紐布隆斯威克的斜陽

女人四十一枝花

韻子 著

臺灣商務印書館 發行

紐布隆斯威克的斜陽　目錄

本書主要人物

杜秋寧　六十多歲，出生中國大陸，童年隨傳統家庭來台。在台灣的大學畢業後，赴美讀MBA返台從事企業經營十分成功，為大企業家。

胡玉蓉　杜秋寧妻，接近五十歲，大學畢業，中國大陸來台家庭的後一代，在台出生。

杜為亮　杜秋寧堂弟，四十二、三歲，大學畢業。一九六〇年前後自大陸赴美，與太太在美東紐澤西州紐布隆斯威克鎮開一家東方禮品店。

海　棠　杜為亮妻，約四十歲，禮品店實際經營人，中學畢業。

杜佩如　秋寧女兒，二十多歲，赴美讀書多年後留美東工作。

杜志尚　秋寧兒子，佩如的弟弟，二十多歲，赴美讀書多年後留美東工作。

楊先生　四十歲左右，秋寧公司裡的經理級人員。

杜佳佳　三十二、三歲，秋寧堂姪女，任職美國某企業。

竟　成　佳佳丈夫，三十六、七歲，任職美國某企業。

凌梅莉　玉蓉在台北韻律舞蹈班同學，四十三、四歲，台北某公營事業會計人員。

林大夫　台北某醫院主治大夫。

一、聖馬迪奧那個深夜

安靜的夜，恬適的心靈。

玉蓉坐在自己臥室寬大的梳妝檯前，對著鏡子慢慢梳理那烏油油披覆兩肩的滿頭長髮。她從小就很滿意自己這頭濃密的烏髮，幾十年來，每當梳理時，內心都會興起一份欣慰，甚至還有一點輕微的驕傲。她也喜歡自己頭髮散放出來的陣陣清香，常常會忍不住抓起一把髮絲來嗅一嗅和吻一吻。最近幾年來，也許是年齡增加的關係罷，發現頭髮似乎慢慢有點掉落，長期下來，自覺整個頭髮好像比過去少了一些；但是，感謝老天爺的特別眷顧，由於頭髮原來就十分濃密，現在縱然真的掉落了一些，除了自己有點疑惑也微微心疼之外，別人倒還看不出來她頭髮有何不同。更何況，雖然也曾發現兩三莖白髮，但是經染過後，不僅白髮根本完全不見了，而且滿頭髮絲反而顯現更烏黑，所以她也就不十分在意。

頭髮梳理好了，看起來油光雪亮。她又在臉上輕輕抹了一層薄粉，淺淺地畫了一下兩道細眉，並且在胸頸周圍噴一點香水，那是她特別喜歡但卻已經長久未用的那種牌子香水。她站起來退後兩步，稍稍低下頭去看看鏡裡的自己，覺得鏡裡那個婦人相當嫵媚，面容十分清爽，正有如她感覺到自己渾身也十分舒爽一樣。於是，這才把浴袍脫下，換上一件頗為華麗的粉紅色真絲軟緞薄薄長睡袍，再對著鏡子，正面看看，後面看看，又側著臉左邊看看，右邊看看，這樣照了又照，覺得沒有什麼地方不適當了，才放下了心，想到今天一天的家務事已料理完畢，工作和責任已了，應該可以享受一下輕鬆的時刻了。

她雖然從來不肯承認自己也算是徐娘半老，而且每逢半老這個念頭不請自來糾纏她時，她總是竭力把這念頭趕走，但意識中卻仍留有一個模糊的陰影，畢竟難以否認自己確已四十好幾的事實。每逢對鏡細看時，明顯看見額頭和眼尾都隱隱似有皺紋，而且身材似乎也微有富態，但是自己卻硬是故意不去想四十多歲這句話。尤其在化妝後，皺紋根本就完全隱藏不見了。至於說到發福，當著身邊沒人時，她總是在鏡前轉來轉去仔細看，最後總是覺得實在還夠不上說是胖，只不過是比較豐滿一點罷了。她丈夫秋寧常常說，婦女太瘦不好看，像一枝竹竿那樣有什麼好？抱起來一點柔軟的感覺都沒有；倒是豐滿一點反而別有一番風韻，充滿温柔的情調，那才動人，甚至還更性感呢！她雖然一向敬愛秋寧，但對秋寧的許多觀點，心底下卻不一定完全贊成，而且有時候偶然還會提出來辯論。不過，對秋寧有關身體豐滿和性感的這種説法，覺得倒是十分有理。而自己的身材，現在不正好就是豐滿性感嗎？不正是別有一番風韻嗎？由於丈夫很有錢，幾十年來家境都很好，他們夫妻的營養都很好，無憂無愁，生活過得一直很不錯，兩人之間又和睦愉快，所以丈夫固然是一貌堂堂，太太也養成現在這種皮白肉嫩的上等家庭貴婦人儀態。很多朋友説她看起來最多也不過三十多歲，這使她時時想到俗話所說：「徐娘半老，風韻猶存」以及「女人四十一枝花」這些話，自己現在不正好就是風韻洋溢的一枝花嗎？想到這裡，心底下也忍不住暗自得意發笑。

她丈夫秋寧在一九四九年中學畢業後就隨同父母從大陸來到台灣，在台灣讀完大學，又去美國一間名校讀了一個無論在美國或在台灣都很吃香的企業管理

（MBA）學位回來，起初在台北一家建設公司擔任土地購買和房屋興建規劃工作的小主管，使他充分熟悉了購買土地，與土地持有人合作興建房屋，以及房屋出售等重要實務。不到幾年，他就邀了幾位好朋友投資，開了一家小規模的建設公司，並且親自擔任董事長兼總經理，公司除了有一塊又大又漂亮擦得雪亮的金碧輝煌銅招牌掛在他自家住宅大門外，實際上只有兩名凡事都做的小職員，在他家客廳擺上兩張二屜小桌子，加上他自己也擺一張稍大辦公桌，就算是整個公司的辦公室了。

那時候，正值台灣起步發展經濟的初階段，這種實際上只要有很少的十萬八萬塊錢新台幣資本就可以開張的建設公司，在幾個大都市裡風起雲湧，比比皆是。只要你能夠找到有一塊土地的地主，和他談好合作條件，主要是將來房子蓋好後，地主和公司各分有多少面積的房屋，訂個合建契約，公司就可以大張旗鼓做買賣了，在報紙上大登廣告，以預售方式發售還只是空中樓閣的房屋。凡是有意買這種預售屋的房客，第一次只要繳付總價款中很少部份的錢算是定金，公司就會與他訂立房屋土地買賣契約，然後依房屋建築的進度，逐期繳交房屋預購款。這種付款的分期，通常都定為六、七期，至少也有四、五期，以減輕買主每次付款的負擔。這樣，建設公司和提供土地的地主都不需要預先支付房屋建築費用。而且為便利現金周轉起見，建設公司在和地主訂定契約取得土地使用權後，還可以拿土地去向銀行辦理抵押貸款。

中華民族人民向來節省，中美協防條約訂定後，海峽風平浪靜，台灣經濟進步迅速，家家都積蓄了一點點小錢，尤其是公務員，因為政府每年都提高俸給所得，民間稱之為「調整待遇」，加上物價也不高，日常生活所費有限，所以縱使是小公務員的家庭，也能夠存一點錢去買這種分期付款的房子，房款不足之數，就邀幾個同事或是左鄰右舍打個會。但實際上百分之八十買主都是向銀行貸款房價的百分之七、八十。方法是一開始就與建設公司商定，把預買的房子抵押給銀行，然後採分期付款辦法慢慢的還本息給銀行，而且一抵押就是十幾年或二十年。所以買主大都能夠在夫妻省吃儉用情形下買自有房屋，很多菜市場賣青菜的阿巴桑也能夠用這種方法甚至買上兩三棟房子呢。房子建築和買賣這件事是台灣經濟發展的多條路線中很重要的一條線。有許多建設商都是這樣白手起家，賺錢後又轉業到其他生產工業去。

由於趕上台灣經濟迅速發展這波浪潮，秋寧既雄心勃勃，又專心工作，有眼光，有膽量，公司業務發展得十分順利，所蓋的每一座或每一批房屋很快都全部售出，生意做得越來越大，幾十年下來，公司已擴張成北台灣建設界有名的一家大企業了。而秋寧也真正成為台北市的大企業家了。他就這樣一做幾十年沒有改行，雖然勞累，但卻是順利成功而且愉快地活了幾十年。由於秋寧出身中國大陸北方舊式書香世家，從小接受奮鬥努力上進的儒家哲學教養，完全沒有時下企業界某些人那種紙醉金迷的享受人生觀，而仍然保持正當經營作風和儉樸生活典型。他似乎不知道什麼叫做享受，而只知道什麼叫做工作。

玉蓉伴同他過這種忙碌日子久了，與丈夫較少有溫存浪漫的時刻。女人在滿足一般需求後，大多希望能有那種空閑、懶散，以及與男人共相溫存享受的日子；所以有時候玉蓉會笑秋寧不知享受，不懂人生。不過秋寧也有解釋，認為工作有成就和有好結果就是最高的享受，因而繼續工作時，工作本身也就成為他一種享受。

但是，到了五、六年前，由於受到整個經濟大環境影響，房屋不是賣不出去，就是賣出就虧本，很難經營，許多同業都紛紛倒閉了。在這種充滿危機的情形下，他考慮再三，想到自己一轉眼忽忽竟也快七十了，身體漸漸不如以前，更因為抽了幾十年的紙煙，近來出現了無葯可治的肺氣腫毛病，不再能像以前那般拚命勞累，常常會發生嚴重氣喘，每到冬天，氣喘就會發作二、三次，而且一年比一年厲害，每次發作，幾乎都必須趕緊住進醫院，使用氧氣罩急救，而繁重的工作，對他也不再是享受了。如果病況繼續這樣發展下去，有朝一日，健康必定發生問題。所以他自己覺得，這是一件嚴重的事。醫師和朋友都告訴他，美國的大陸性氣候對氣喘病患有利。他於是決計把建設公司董事長兼總經理的職位通通辭去，退休下來，遷居到美國西岸舊金山附近這個名叫聖馬迪奧 San Mateo 的鎮市來靜居養老。這是一個縣治所在地，也在大家稱之為灣區的範圍內，氣候很好，華人不少，人口也不太少，但是沒有熱鬧的市區。另外，秋寧並且把所持有自己公司的股票也大部分讓給朋友，只留下很少一點，聊以維持與公司多年來的這點關係，

三年前的冬天，有一天，他感到呼吸特別不舒暢，但卻又不像是歷次肺氣腫發作的情形，於是趕快去看醫師。經加州的醫院檢查結果，發現竟是心臟病，而且隨即就給他做了心臟導管手術，置入兩個支架在心臟血管裡。從此開始，也就長期服

用心臟藥，幸好倒也算是穩定下來了，但也就成為又一種終身不能痊癒的老年養身病。重要的是他的心臟病與其他人有所不同，一般人的心臟病做了支架後，行動能與常人無異，但秋寧卻不如此，而是臉孔從此變得發黑，常感疲勞。尤其是雙腿越來越無力，以致除了日常行動之外，根本不能多走路。有時縱然陪玉蓉上市場去買菜蔬，在市場裡慢慢走動不到五分鐘，立刻就疲累不堪而必須坐下休息。這使得他很少外出，因而深感不便，除了上醫院等必要情形，仰賴太太陪同才外出之外，平常只好整天坐在家裡看書看電視，最多也只在室內作日常生活的少量必要走動，或是做一點柔軟體操。至於以前繼續了幾十年的慢跑和急步，以及其他運動，現在被迫一概都停止了。這樣幾年下來，身體就一步一步衰弱，漸至百病叢生，很容易感冒，渾身不是這裡痛就是那裡痛，晚上不到八點鐘就疲乏不堪，眼皮怎麼也睜不開來，昏昏入睡。所以，他這一兩年來都八點鐘不到就去睡了。所幸睡眠還好，白日精神也還好，頭腦很清楚，也能夠閱讀，而且還關心世事和社會動態。

秋寧與玉蓉是在台灣同一間大學不同系別畢業的前後校友。那年，秋寧已經畢業十六、七年了，而玉蓉畢業才一年，兩人都還是單身，在一次校友聚會中偶然相遇，當時就談得十分愉快，彼此一見鍾情，經過一年多的交遊後就結婚了。婚後秋寧對太太體貼備至，玉蓉也溫婉持家，幾十年來，兩人感情一直很好。秋寧在學校時就被女同學們稱為帥哥，儀表俊拔，一貌堂堂，五官端正，性情爽直，舉止開朗，不僅很有男子氣概，而且彬彬有禮，眉宇間更有一縷文雅氣質，經常服裝整潔，尤其當他遇見玉蓉時，事業雖然還不算很了不起，但是已經是一家卓著聲譽的大公司，基礎十分穩定了，他眉宇間也就自然而然地流露出幾分自信，很能博得女性喜愛。玉蓉則亭亭玉立，眉清目秀，那段時期喜歡梳高髻髮式，人人都說她是東方古典美人，尤其性情溫和善良，具有舊式家庭婦女美德，更加強了她那份東方女性特有的溫柔韻味。她勤儉持家，敬愛丈夫，舉凡見過她的人都贊她賢淑，她也是真的溫良賢淑，甚至秋寧也以她的賢淑為榮。秋寧常常當著她的面對朋友講述一個有關她的笑話。至於這個笑話究竟是真是假，甚至根本就是秋寧杜撰，只有他們夫妻倆自己知道。秋寧說：有一位多年的老朋友，第一次見到玉蓉，當時就說：

「大嫂真是一位心地慈祥善良的好人啊！擺明在臉上，一看就知道。」

秋寧聽了，神色詫異地立刻抗議：

「這就奇怪了，你認識我多少年了，從來也沒說過我心地善良。現在第一次看見內人就說她善良，對照之下，好像我是不是就不善良呢？」

玉蓉大學畢業後，在行政機關做那種坐辦公桌的公務人員，與秋寧結婚後，仍然繼續在原機關任職，過的是早八晚五的上下班刻板生活，每天早上七時多一點就出門去搭公車，晚上要六時左右才回到家。他們婚後第一年，由於玉蓉不願意家裡有第三人插入來擾亂他們甜蜜的新婚生活，所以沒有僱請佣人，寧願自己來操作全部家事。好在秋寧向來生活簡單，兩人的小家庭，家事也不多。所以她每晚下班回家後，還要煮飯和做家務，直到九時許把晚餐後的碗筷洗好，才算是一天任務全了。到了第二年，婚後生活漸漸安定下來，新婚後那種昏天黑地的狂熱日子過去了，家裡才開始僱請女僕，但是她還是會自動去廚房幫忙做晚餐。他們夫婦倆中午都不回家用餐，至於晚餐，秋寧除了必要時偶爾會在外面參加應酬外，通常都儘量回家與夫人共用晚餐，晚餐後，也都留在家裡客廳小書桌前處理公司帶回來的工作，免得在自已書房裡工作而看不見玉蓉。而玉蓉幫忙做完家事後，通常也都在客廳看電視，直到十一時左右才去就寢，這樣也是為了可以整晚都看得見同在客廳裡的秋寧，兩人偶爾還可以隨意交談。這樣長期下來，玉蓉養成了晚睡的習慣。而秋寧通常更要到深夜快十二點鐘才能把事情處理完畢去睡。多年以來，夫妻倆都過著這種定型生活，倒也覺得各得其所，相安無事。前些年，秋寧退職移居來美國西岸，她也就提前辦理公務人員自願退休，伴隨秋寧搬來美國長住，不再工作。秋寧自從發現心臟病後，每晚更是很早就寢，並且勸她也早睡，她也照做了，但是卻怎麼也睡不著。就像中國民間社會裡許多老一輩家庭主婦那樣，無論有事無事，晚上總要東摸摸西弄弄，摸摸索索地要蘑菇到半夜三更才肯去睡覺。現在遷移來美國後，家裡不再僱用女僕，家事都是玉蓉一手包辦，她夜間也更是這樣摸摸索索地，還是要摸到快十一時左右才會休息下來。

最近一個多月來，她就寢時間又更遲些，那是因為秋寧的堂弟為亮來她家短期寄居，晚上通常都要十一點多鐘才回到家。她因為向來謹慎小心，特別注意住家安全，認為男人都比較粗心大意，所以總要等為亮到家後，由她親手關好大門才放心。

秋寧夫妻結婚五、六年後，就開始分居兩間臥室，主要原因是秋寧鼾聲太大，使她不能安眠，而秋寧經常把公司工作帶回家來做，到深夜就寢時也常常把玉蓉吵醒，這都使她睡眠不足，不僅去機關上班有時會遲到，而且白天還常會打瞌睡。這些情形，玉蓉從來不講，秋寧起先更是沒有注意到，後來才漸漸發覺，經過一段時間的了解和逐步溝通後，兩人都欣然同意分房而居。不過，兩人的房間不僅都在同一樓層，而且還是緊鄰，沒有什麼不方便。很多時間秋寧當然會跑到她房裡去的。

今天晚餐後，她快快把廚房裡的雜事和另外一些家務事都處理好了，就去洗澡。現在洗過澡了，也化過晚妝了，看看時鐘已經快十點，這才注意到隔壁房間裡傳來一陣又一陣的鼾聲，知道丈夫秋寧已經睡得很熟了。秋寧最近這幾天身體畢竟好一些，睡眠也好了，使她也安心多了。她於是習慣性地輕步走進秋寧房間，在房子中間離秋寧臥床小有距離的地方站住，靜靜注視熟睡中的秋寧，只見秋寧一如往常，睡得很香甜，一動也不動，鼾聲很大。

秋寧向來習慣躺在床上看幾分鐘書催眠，所以常會在刺眼的燈光中昏然入睡。這幾年移居來美國後，身體不好，每晚都上床很早，幾乎每晚都是玉蓉去替他關燈。此刻，她到他房裡去，還是照例去為他關燈。她在房間裡默然站了片刻，看見他的確睡得很好，鼾聲均勻，覺得很安心，這才順手替他把電燈輕輕關了。

回到自己臥室後，找到那本還只看兩、三頁的小說書，準備帶下樓去看。她順便又對鏡中的自己端詳了片刻，覺得樣子很好，這才手拈著書，穿著拖鞋，款款下樓來，在客廳沙發上舒服地坐下。她發現自己現在並不想讀什麼小說，於是就把書隨手放在一旁，而去打開電視機，隨意找了一個近乎胡鬧的輕鬆節目。但是，看不到兩分鐘，就覺得自己實在也無心看什麼節目，因為她心裡一直在惦念著一件事情：為亮是不是就快要回來了？

為亮是她丈夫秋寧的遠房堂弟，比秋寧年輕差不多二十歲，比玉蓉也小一、兩歲，雖然不是十分英俊，但卻有那麼一股瀟灑勁兒。早年在大陸居留期間，就和現在的太太海棠結婚了。他原來在大陸一間高中擔任了一兩年英文教師，十多二十年前來到美國，一直在東岸紐澤西州一個名叫紐布隆斯威克（New Brunswick）不大不小的鎮上，與太太海棠兩人共同經營一間小小的東方禮品店，生意不好也不壞，所獲利潤除了足可糊口之外，還小有盈餘，生活是穩定了。又經過繼續多年的儲蓄，以及對節餘下來的錢再加經營，算是為這個連同一子一女的四口之家奠定了小康局面，無所憂慮。依照美國社會安全制度，到時候，他們夫妻如果都退休不再工作，兩人同時都可以享受退休金，僅僅靠退休金就可以過安定的日子了，再加上自己的積蓄，維持生活更是綽綽有餘，老來也可高枕無憂。為亮天性本來就是樂觀派，企圖心也不很強烈，早年還比較有點衝勁，後來雖然偶爾也曾想過要再奮鬥一番，期望有所振作，進一步開拓前途，擺脱這種只不過是一間小禮品店的小康局面；但是想歸想，如何具體著手進行卻又是另一回事。安定無憂的生活容易使人怠惰，慢慢地也就忘記奮鬥振作的願望了。

為亮這個小小家庭能有這種安定局面，與海棠的能幹又長於理財很有關係。禮品店進出貨物以及照顧店面等等重累粗事，當然都是為亮的責任；而金錢的收支進出以及與銀行往來，進而經營運用餘存的錢，例如買賣股票等投資方面的事情，舉凡涉及財務，都完全由這位中學畢業的海棠一手包辦，無庸為亮操心。為亮一向愛太太，對太太辦事能力近乎崇拜，甚至有點奉若神明，所以從不耽心金錢安全，也不耽心太太任何行事，對這個家庭的一般事情和財務方面，自己向來也就樂得不聞不問，省了許多麻煩。贊美上帝！剛好海棠這種能幹女人偏偏就最喜歡這種倚賴太太的乖男人，真是道道地地的天作之合，使得這對結髮夫妻對這種家庭關係狀態，雙方都覺得非常滿意。兩人既然各得其所，彼此也就無猜，互信互愛，形成難得的恩愛夫妻。到後來，海棠更不知不覺地自認管理家庭錢財是她獨自的責任，平日根本就很少去與丈夫討論家庭財務上的事情了，更用不著向丈夫報帳；尤其由於經營成果很好，對自己深覺滿意，充滿自信。只有當禮品店出現特殊出色業績的時候，以及她所買股票大漲的時候，她才會忍不住得意地告訴丈夫，讓他分享那份愉快。

他們為了節省開支，沒有僱用店員，完全由兩夫妻自己經營。海棠除了管理財務和看店之外，還要做家務事和做飯，所以整天都很忙；至於為亮，只有去補貨和特別必要時候才會外出；去大陸或日本採辦大批貨品時更必須出國，其餘時間都是留下來幫助照顧店面。因為平日來店觀賞和選購禮品的客人總是不少，所以他們兩人整天都守在店裡動彈不得。他長年累月這樣工作下來，心理上漸漸產生一種慢性倦怠感，因而更自然而然地覺得能夠有海棠這麼一位太太替他理財，實在是天賜厚福，求之不得。海棠從少年時候起，就顯露出她負責的天性，做事顧慮週全；現在中年了，這種性格在這種丈夫的鼓勵下，更獲得充份發展，到最後，很自然地就發展成為專制了。在這個家庭裡也是在這家店裡，她就是女皇，為亮就是她統治下心甘情願的忠實臣僕。兩人既習以為常，更是相安無事。

現在，他們兩個都已年逾四十，海棠外表漸有老態，也經常不化妝打扮，而為亮像大多數男人一樣，卻仍然健壯如昔，完全沒有歲月的痕跡，甚至在海棠眼光裡，反而增加了一種中年男子才有的成熟穩重魅力。這使她很快就想到，在別的女人眼光裡，一定也同樣會感受到他這種魅力。這使得她一方面更愛這位丈夫，另一方面卻又耽心丈夫會受到別的女人勾引，或是丈夫會主動拈花惹草愛上別的女人。因此，這幾年來，她把丈夫看得很緊，凡是一般太太們控制丈夫的習慣手法她當然都懂，例如在丈夫熟睡後搜索他的每一件衣褲的每一個口袋，聞聞襯衫上有沒有異常的氣味和香水味，看看口袋裡的小記事本上和那些小紙條上寫些什麼話，有沒有什麼古怪的名片、地址、或電話號碼記載，甚至會不會有什麼秘密珍藏的照片，當然更會注意他的往來信件和電話。她更瞭解一件事情，當一個男人口袋裡沒有錢的時候，就會像剪去翅膀的鳥兒一般飛不起來，很多壞事也都做不成。所以，她對丈夫用錢一事更是特別注意，不僅常讓為亮口袋裡只有很少的零用錢，而且也不讓他的信用卡帳戶裡有太多存款餘額，對他用錢的情形更三不五時地轉彎抹角追究得十分清楚。不過，為亮每隔一小段時間，就必需獨自出去為禮品店補貨，而且幾乎每年都要去中國大陸和日本補貨一次。當他外出補貨的時候，手上當然有較多的錢。可憐的為亮，唯有這種時刻，當他看到自己喜歡的東西時，才有可能偶爾順便買一兩件回來。在這種情形下買來的東西，當然事先都不及告訴海棠。而海棠每次對他逕自決定買東西回來，卻總是不分青紅皂白，堅決反對，而且把它看成一件大事，認為是在向她挑釁，除了是從海外買回來的不易退貨外，凡是在美國國內批進來的，必定逼迫他去退貨。他因為不願與她爭吵，只要能夠退貨的地方，常常就只好依了她而去退貨；但也有時候是不能退貨的，或者實在不願意去退貨，兩人便爭吵得很厲害。在這種情形下，海棠從不讓步，為亮則覺得太太毫無道理，過於專制，十分生氣，也常常不肯退讓，兩人因而爭吵得很厲害，聲音很大。有一次，為亮買了一床竹蓆子回來，兩人為了是不是要去退貨而吵了兩個多鐘頭，第二天還繼續吵，仍然沒有解決，最後海棠甚至還大哭大鬧起來，硬說為亮欺侮她，存心製造糾紛；而為亮也覺得海棠太過無理取鬧，這些年來自己受盡了冤枉氣，憤怒地雙手搥桌自責，淚流滿面。這兩年來，這種吵鬧經常發生，每次爭吵之初，雙方都不肯讓步，但最後總是為亮讓步。海棠內心非常明白：必須堅持決不讓步的基本原則，才能確實控制為亮的一切行事，保障自己擁有為亮全部的愛，鞏固這個家庭的安定。

這種爭執，雖然實質上原本是愛的另一種表達方式，但是這種愛卻是過於自私而有點瘋狂，所表現出來的專制性格與獨佔狂使為亮受不了。這使得為亮想起過去做學生時，一位政治學教授所說的話：中外古今政治上的專制獨裁者，無一不是高度愛國主義者。在他們自我意識中，也無一不是在苦心孤詣為國為民。他們完全不理會人民能不能忍受他們的暴政，縱然聽到人民的抱怨，甚至目睹人民公開反抗，仍不會絲毫動搖他們自認愛國而專制的信心，仍然強迫人民忍受他所加之於他們的痛苦，並且等待去迎接那遙遙無期的美麗明天。暴君常鼓勵人民說：

「親愛的同胞們！我們大家來共同努力和奮鬥罷！為了國家的前途！也為了我們自己！更為了我們千千萬萬的子子孫孫的永久幸福！我們要勒緊褲帶，剋制自己，來發展和充實我們的武力，把我們的國家建設成為世界第一等強大國家！到那時候，我們臉孔上將只有歡笑和驕傲，但卻是我們今天共同努力與忍耐換來的！我們必須要這樣做，才不愧為我們國家的一份子！」

請注意，暴君説這些話的時候，內心都絕對充滿了神聖感，充滿了對國家民族的熱忱，並非口是心非地在欺騙人民。試看秦始皇、希特勒、史太林，那一個獨裁者不是這樣呢？為亮現在覺得，一名在愛情上強烈自私專制的妻子，與這種政治上的獨裁者完全沒有兩樣。海棠現在早已形成她們家的秦始皇了！她深信自己是在愛這個家，愛這位丈夫，卻完全不知道丈夫實在難以忍受她的暴虐行為。

前年，海棠與也是來自中國大陸的兩位移民太太商量妥當，集資在西岸舊金山中國城頂了一間小餐館，三家合夥經營。並且約定，為亮夫妻因為在東岸有自己這家禮品店要照顧，不能分身，所以海棠完全不去舊金山，餐館全年都由那兩家人駐店專職主持，為亮只是每年去幫忙照顧餐館四個月，分成上、下半年各去一次，每次兩個月。海棠很快就想到為亮的堂兄秋寧住在離舊金山只有二十多分鐘車程的一個小鎮上，於是決定把她們合夥開餐館的事情在電話裡告訴了堂嫂玉蓉，也談到要找住處的話。玉蓉也就告訴了秋寧。夫妻倆向來對人熱忱，經過簡單商量後，覺得家裡有的是多餘空房間，很快就同意這位堂弟可以借住他們家。去年上半年和下半年，這位堂弟已經到他們家借住過兩次，現在算是第三次了，也已經來了一個多月。再過二十多天，就兩個月期滿要回東岸去了。

為亮每次來都把他的自用車從東部開來，借住期間，早出晚歸，通常都是早上八時開車出門，晚上要幫忙把餐館雜事收拾好，也把當日收支金錢和帳目共同計算清楚後才離店。如果時間還早，有時會先去找找舊金山街上新認識的華人朋友喝一會兒茶和談談天，然後才開車回秋寧的家。到家時，通常總在夜間十一時左右，由於舊金山黃昏很長，所以這在當地說來還不算太遲，玉蓉一定還在等著為他開門。不過，這情形畢竟使他覺得有點於心不安，所以曾經問過：

「玉蓉嫂，為了等我回家替我開門，害得你每天都很晚睡覺，很不好意思。」

「不要緊。」玉蓉很輕鬆地說。

「為了不要太影響你們的生活秩序，可不可以配一把大門鎖匙給我？讓我自己開門？」

玉蓉笑了笑說：「絶對可以！不過多少年來我都是習慣晚睡，並不是因為你來了才晚睡。我們是自家兄弟，不要這樣客氣。」

「那就好。」為亮心安一些。

開口要人家大門鎖匙的話，畢竟有點太直率，所以他以後也沒有再提這件事，玉蓉也沒有配鎖匙給他，因為她把這件事告訴秋寧，秋寧聽了以後，認為不必，以免為亮萬一掉了鎖匙增加麻煩。事實也確如玉蓉所說，她久已經習慣晚睡了，對這件事也真正並不在意。

今晚，她照例還是在等候為亮回來，懶洋洋地坐在客廳沙發上看電視。她抬頭看了一下牆上的鐘，發現剛好已過十一點了。正在遲疑時，就聽見大門傳來兩下輕微熟悉的嗶剝聲，她立刻確定是為亮回來了。為了避免門鈴聲音會驚醒秋寧起見，玉蓉曾經與為亮約好，他只要輕輕叩門，每次叩五下就好了，她一定會很快去開門。

她快步走向前院，微微帶點興奮地把門輕輕打開，一眼就看見為亮那張熟悉的臉孔。她自己也不知道為何，今晚竟格外渴望看到為亮這張臉孔，現在總算看到了，所以就仔細注視著他，然後才特別親切地低聲說：

「為亮，你回來了！」

為亮也發現，玉蓉的臉孔比以往任何時候更溫柔動人，而且微微飄動的睡衣還散發出陣陣撩人的香味。他的心不自覺地怦然跳了兩下，熱情親切地低聲說：

「謝謝玉蓉嫂。今天本來真的是想要早一點回來，結果還是晚了，因為餐廳裡生意好些，所以也多了幾筆賬要算，耽誤了一下。」

玉蓉站在他身邊，一邊聽著，一邊靜靜地凝視著他，等候他把門輕輕栓好了，兩個人才一同走到客廳裡來，剛一站住，為亮急著就問：

「對不起，先問一句，海棠有沒有電話來？」

玉蓉見他剛一進門，想到的就是他太太，油然興起一種女人天生的妒嫉，心裡多少有點不痛快，於是懶洋洋地說：「還沒有接到呢！」

他雖然看出她那不太愉快的表情，但卻仍然用一種類似懇求的語調說：「對不起，那就讓我回房間去換衣服，先打個電話給她，有點急事呢。」

玉蓉漫不經心地說：「那你就去罷。」

為亮寄居的房間就在客廳旁邊。他進房去後，玉蓉意態闌珊地坐在沙發上等他出來。可是過了很久竟還是沒有出來。玉蓉有點不耐煩，心裡暗想，什麼了不起的急事呢？怎麼一講就這麼大半天呢？於是就定下心來側耳傾聽，這才聽出為亮講電話的聲音很大。再仔細諦聽，聽出他似乎是在電話裡爭吵，但卻聽不清楚是吵什麼事情，只是偶爾聽得出一兩句有點像是憤怒的話。於是她把電視聲音關閉，這才清楚聽出不僅是在爭吵，而且還吵得很厲害呢！他似乎已經不能控制自己，正在大聲說許多重話。這固然使她非常驚訝，卻也疑惑，但也還只能夠繼續坐在沙發上靜聽，畢竟不方便走到房門近旁去細聽。

他總算出來了，步子很重，走到她面前站住了，滿面怒容，一聲不響。這時候，她滿腔的焦燥不安立刻一掃而光，但一時間卻還不知道該講些什麼話才好，只得先用關切的眼光看看他，然後才輕聲地說：

「坐下來罷！為亮。」

他坐了下來，臉孔有點蒼白，仍然不說話。

不管怎樣，至少可以斷定為亮和他太太在電話裡談得不愉快，這暗地裡竟帶給她一絲快意。但是她卻假裝成完全不知道他是在生氣，而特別輕聲細語地說：「海棠的電話打通了嗎？」

「我剛剛就是在和她講電話，真叫人生氣！」

「不要生氣！」玉蓉故意帶著一點點驚訝神色，微笑的說：「家務事不會有什麼大不了的，生什麼氣呢？」

「玉蓉嫂，妳不知道，海棠現在許多地方都太過份了。」

「海棠很能幹，總還是在為你們的家設想呀。」玉蓉安慰他：「有什麼事都慢慢好商量。別生氣！別生氣！」

為亮要說話，但卻顯然是忍住了又不想說。不過，最後還是忍不住說了：「這種家庭的事情，本來我也實在不想說，不過我們都是自己兄弟，也沒有什麼不可以說的。」

玉蓉內心裡正想聽聽究竟是怎麼一回事，但卻只微微點了點頭：「對，我們都是自家人，說出來心裡會舒服些，不要緊！」

於是他便把事情真相，一五一十原原本本都告訴了玉蓉，說得很長。

為亮和海棠本來是恩愛夫妻，親朋無有不知。但是這兩年來新出現在兩人間的爭執，卻還很少有人知道，即使玉蓉夫妻也不知道；尤其最近，兩人間更出現了新的危機，原因是海棠打算要拿他們倆的共同積蓄，也就是他們省喫儉用了多年留下來的一點老本，替他們那個不長進的兒子去還賭債，而且為數不小，要二十多萬美元！儘管為亮十分反對，海棠卻堅持己見，夫妻因此發生嚴重爭執。他本來是好丈夫，也是好父親，非常顧家，自己不賭也不浪費，更從來不在外面勾搭女人，滿腦筋都是中國人舊道德老觀念，只打算全心全意培植他們這名寶貝獨生子，期望他能出人頭地。但是兒子偏偏不爭氣，讀中學時就交結了一批抽大麻和吸毒的同學，而且更和他們混在一起賭博，常常失踪十天半月，白天晚上都不回家。第一次失踪時，夫妻倆十分恐慌，不僅報了警，而且也親自分頭到處尋找，連續找了許多天，筋疲力竭，勞累萬分，仍然不見兒子踪影，也沒有半點消息。這樣忙了十多天，最後只能停下來，憂心忡忡留在家裡，坐困愁城，唯恐兒子有所不測。但是，總算謝天謝地，希望終於在絕望時出現，那天黃昏時候，兒子竟忽然不聲不響若無其事地歸來了。夫妻倆既驚喜，又懊惱，更氣憤，儘管痛責一頓，兒子似乎無動於衷，拿他沒有辦法。從此以後，大概每隔一段時期，兒子就會故事重演，再失踪一次。這樣重複多少次之後，父母終於對他失望了，也麻木了。時間久了，經想盡辦法多方查究，才慢慢發現，原來兒子每次都是賭輸了錢，欠賭債無法償付，被逼討得無路可走，情急之下，只好三十六計走為上計，金蟬脱殼而消失了。至於每過一段時期後，何以又有恃無恐地現身而回家，其中奧妙究竟何在，起初還是完全不知道，追問兒子也問不出究竟來。直到最近才真相暴露，原來兒子每次最後都是去借錢應急還債，但歷次借債都是只借不還，累積下來，現在也到了追逼清償的限期，連本帶利是一筆不小的數目，竟要二十多萬美元！兒子被逼得受不了，甚至遭受到了生命安全的威脅，迫不得已，只好硬著頭皮把真相和盤托出，向母親求救。母親愛子心切，在無計可施情形下，流著眼淚答應兒子救他，決定從夫妻兩人多年省喫儉用辛苦節存下來的一點養老錢中，提出這麼一大筆錢來給兒子還債。這件事情，海棠原來並不想讓為亮知道，後來想來想去，還是告訴了為亮。為亮一聽就十分氣憤，並且徹底反對。可是，海棠認為，為了兒子的生命安全起見，別無選擇。為亮則認為這無異於鼓勵兒子為非作歹，使之迷途而不知返，同樣將斷送兒子畢生前途。

這幾天，夫妻兩人正為這件事情每夜在電話上爭執得很厲害。不過玉蓉連續幾晚都只是看見為亮電話講得很長，並不知道事情竟有這樣嚴重。

為亮夫妻這次爭吵，不是一件孤立的事情。近兩年來，他們倆常為細故爭吵不休。這種情形，在海棠看來，認為是丈夫越來越彆扭，不像以前那樣愛她了；在為亮看來，則認為是太太越來越專制，自己越來越沒有自由，更沒有尊嚴，早已成為太太的奴隸了。兩人起初還像一般夫妻吵嘴一樣，吵吵鬧鬧，吵過也就算了，並不放在心上；後來連續不斷地吵多了，兩人內心慢慢都開始產生真正惡感，吵後的不滿情緒留在心裡不忘，傷痕重複刻劃得越來越深，在這種情形下，鴻溝也越來越深，進而更互相抵制，甚至互相報復。你越壓制我，我就越反抗；你越反抗，我就越壓制你，形成惡性循環。雖然當兩人共同出現在別人面前時，還能夠表現得平和自然，別人如不細察，一點也看不出真相來；可是兩人內心積怨之深，有如仇敵，幾乎已毫無感情可言。因此，為亮這兩年，尤其是這幾次來到西岸，竟成為他對海棠虐待他的避難期，使他覺得是逃出了海棠的暴政統治，完全沒有精神壓力。這次到西岸來後，至今一個多月期間，除了與海棠通電話的時間都在生氣之外，其他時間都覺得輕鬆愉快。更幸運的是遇到這位堂嫂玉蓉，永遠都以溫和笑臉相迎，說話時總是輕聲細語，就像親姐姐呵護被人欺凌的小弟弟那樣，體貼備至，使他備感親切溫暖，從心底感動，而且也就充份接受了。當他每晚自舊金山回到住處時，她總是在守候著他，為他開門。他白日在舊金山餐館裡，無論是忙碌或空閑時刻，以及獨自開車往返舊金山途中，她那豐滿的軀體也總是在他腦中閃耀著，他無時無刻不在巴望著早點回到她身邊和她說話。這位堂嫂的親切，使他內心興起自幼喪母以來，未曾再有過的那種孺慕依戀深情，她對他的關懷和尊重，更是不能從海棠那裡得到的。他去年已經兩次借住玉蓉家了，每次當兩月期滿要回東部之前，內心都有一種不捨之情，只是絲毫不敢表露。而這一次來西岸後，他的心裡只是充滿了一個玉蓉，並且下定決心要讓玉蓉知道他的心意；玉蓉對他更是越來越親切和喜歡。

今晚，強悍的海棠剛剛在電話裡怒責他毫無父子之情，破口大罵他只重視金錢而不知愛護兒子，簡直禽獸不如。他被嚴重激怒了，氣憤之餘，更充滿被誤解與被羞辱的滿腔悲情，只覺得在這茫茫世界上，竟不知該去向誰傾訴！？這時候，恰好玉蓉就在身旁，他當然視她為生命中唯一知心貼己的人。在玉蓉這股有如母姐般的和煦陽光撫慰之下，現在，他很自然地就把全盤悲憤，像流水般的向她傾訴，一瀉無餘。最後，他無奈地說：

「海棠這麼專制，我實在不知道要怎麼辦才好！她以為把錢給了兒子就是救了兒子，卻不知道實際上是害了兒子。像這樣，兒子以後永遠也不會改過遷善，將會越來越墮落下去！而我們夫妻省喫儉用半輩子存下來的一點點錢，最後竟是拿來為兒子還賭債，真不值得！不知道我前世造了什麼孽？天老爺現在竟這樣懲罰我！」他嘴唇在抽搐，手臂也在微微抖動，似乎馬上就要哭出來。

「可以和海棠再商量一下，再商量一下。」玉蓉溫和地說。

「沒有辦法再商量了，我們為這件事情已經吵了一個多星期了，也不知道吵過多少次了，每晚從舊金山回來，電話裡都是在跟海棠吵，怎麼也沒法溝通。她剛剛在電話裡還告訴我說，已經決定明天要去替兒子付款還賭債了，二十四萬！美金二十四萬塊錢！沒有一塊錢不是我們夫妻的血汗！說起來不怕見笑，我家裡的錢都在她手上，倒底有多少錢，我從來也沒有問過，她也從來沒告訴過我，所有的事都是她一手包辦，她一人獨斷獨行！我根本就沒有辦法去阻止她，也沒有發言餘地。我說的話沒有一次不被她否決和駁斥，而且總是惡言惡語，根本就不像是夫妻！現在我只覺得自己無能，我真悲哀！我也真無用！」他的眼淚撲簌簌地沿著臉頰滾落下來。

「的確是血汗錢，為亮，你是對的。不過海棠一定也是對孩子不忍心，這的確是一個兩難的問題。明天和海蓉再商量商量怎麼樣？」

玉蓉並不打算這時趁機批評海棠，但內心深處實在萬般憐惜為亮，她現在覺得為亮比自己的親弟弟還要更親。她也認真在想，只要有任何方法能夠減輕他那怕是一點點痛苦，她都願意全力去做，無所顧惜，她真願意犧牲自己一切去使他快樂起來。

為亮淚流滿面：「沒有辦法商量了！我就是明天一早飛回東部去也來不及了，縱使來得及也擋不住海棠的固執了。我在海棠面前真是一錢不值！我那裡是她的丈夫？我什麼也不是！」他低下頭來，像一個受盡了欺侮而又無助的孩子那般啜泣不已，而且地哭出一點細微的聲音來，雙肩抽搐，整個身子也不斷在震慄。他忽然自覺有點不好意思，便趕緊用雙手蒙住臉孔。

玉蓉一籌莫展，眼睜睜地注視著面前這位自己最關心的男子，平日瀟灑動人，現在竟如此脆弱地頹然坐在沙發上，她心裡一陣又一陣湧起了說不出來的疼愛和憐恤，十分不忍！她趕緊走過去坐在他那長沙發的扶手上，身子緊緊靠著他，伸出手臂圍住他的肩背，輕輕撫拍他，彎下頭來低側著臉靠近他的臉，注視著他，萬般溫情地說：

「為亮！不要難過，不要難過，為亮！聽我的話好嗎？不要難過！我真不知道要怎麼來安慰你才好！如果有任何我幫得上忙的地方，我什麼都願意！」

他就像觸了電似地忽然站了起來，雙眼裡充滿悲傷和感激，滿腔委屈地低頭過去看著坐在沙發扶手上的她。兩人的臉從來沒有像此刻這樣逼近，她清楚地看出他那雙熱淚滾動的眼睛裡，流露著無限的愛意，也流露無限渴望，癡癡無告地直望著她，在祈求她的援助。而他，也看出玉蓉那無限慈祥和愛憐的神情，在深情地注視著他，表示出萬般的情願，顯然是在等待他要做些什麼；而且，我的天！她是這麼美！這麼美！美得讓他早就情不自禁了！現在，這個人就在自己面前，而且整個人緊緊地靠著他！她身上那股幽香，一陣一陣地襲擊他的靈魂，他早就沉醉在春風裡，心神蕩漾，不能自持。啊！我的天！就在這片刻間，他像觸了電一樣，再也忍耐不住了，也知道不用再忍耐了，他顧不了一切，一把就把她抱了起來，抱得緊緊地，把頭倒在她肩上，就像小孩子倒在母親懷裡時那樣小聲嗚咽起來了，啜泣著，吻著她雪白粉嫩柔軟的頸子，他真的昏迷了。玉蓉也心疼地抱緊了他，兩個人互相抱得很緊，互相感到了對方的體溫，熱血在他們兩人身體裡急速奔流，兩人臉頰也互相緊貼，不停用力撫擦，兩人都整個溶化了，靈魂也密合在一起了。

「玉蓉！」為亮快慰地低低地叫了一聲，覺得自己內心的委屈忽然獲得了宣洩。

「為亮！為亮！」玉蓉也確實知道，自己全副的愛已獲他充份接納，而且也已減輕了他的傷痛。為此，她也感到莫大快慰，感動得頻頻低聲呼叫他的名字。

兩人都迫不及待地去吻對方，嘴唇緊緊密合在一起，熱吻著，舐吮著。為亮瘋狂了，只覺得渾身滾燙，抱著她猛然臥倒在長沙發上；而玉蓉內心更是完全放棄一切了，把自己整個交給為亮了。她雙眸半閉，流露出難忍的渴望眼光，心靈深處只是不斷在呼喊：「為亮，快來罷！」有一種說不出來的焦急！愛與慾熔合後的熱流同時在兩人血管裡奔馳，像是一座久要爆發但卻被壓抑遲遲未爆發的火山，現在突然爆發了，火漿噴射，渾身都被燒燙熔化得如酥如麻，完全癱瘓。她毫無氣力地仰臥在長沙發上，為亮的身子壓住了她，仍然緊緊地抱著她，兩人喘著氣，恣情地互相用力撫摸對方的身體，墜入夢幻似的深淵，完全忘卻了世上的一切。

天啊！一片昏天黑地！……

這客廳的燈光一直是通明的。不知從何時起，上方二樓欄杆邊，秋寧露出上半身站在那裡。他披著長睡袍，用驚愕和憤怒的眼光盯視著沙發上正在猛烈顫動的這對男女。他沒有發出半點聲音，只是不知不覺地張大了嘴巴和雙眼，強自保持靜默和嚴肅。

然而他內心卻充滿了驚愕和震慄，渾身熱血沸騰，怒火難抑，潛藏在身體深處的原始獸性要迸發了，恨不得立刻飛奔下樓去，像一陣驚雷閃電般地狂呼大叫，把兩人碎屍萬段！但是，他馬上又想到玉蓉與自己不僅同甘共苦度過了大半輩子，而且她還為他生育了兩個兒女。照中國傳統觀念來說，也就是對他杜家傳宗接代延長香火，大有功勞。他在家庭舊道德思想薰陶之下，自小就有強烈的容忍和感恩觀念，對太太的這種大功勞，口頭雖然從來沒有說出來過，但卻向來心存感激。他認為就憑這一件事，也應該特別寬諒她這一次，保全她的令譽，也算是報答她了。於是，在這個緊要關頭，他告訴自己要忍耐和寬恕，只要繼續再十多二十天，為亮離開了，事情也就可以結束了。於是，在百般無奈與自我強制下，沒有衝下樓去，只是嘴唇發白地站在樓上欄杆旁，渾身震慄不已，冷冷地一聲不響。

他胸膛起伏，微微喘氣，半晌後，忽然迅速轉過身子，竟微跛著腳步回臥室去了。

二、風韻

第二天早晨玉蓉起床比平時晚了很多，下樓來時，看見秋寧全神貫注地坐在電腦前工作似乎已經很久了。秋寧聽見了她的腳步聲，卻頭也不轉地盯著電腦螢光幕繼續工作，只是用一種若無其事的口吻問玉蓉：

「今天怎麼起來這麼晚？」

她稍微遲疑了一下，也若無其事地用平淡聲音說：「昨夜躺在床上看小說，看到很晚才睡。」

「告訴我，是什麼好小說能夠把你迷住？讓我也看看。」

玉蓉沒有回答，臉上也沒有表情，只是有點多心地暗想，他這句話是什麼意思？

秋寧也沒期望她回答，接著又說：「嗯，我已經簡單喫過早餐了。妳自己也快去喫罷。」

玉蓉這才放下心，笑了一下，細步走過來微微靠著丈夫的身子，把手搭在他肩上，柔聲地說：「很對不起，起來遲了，沒有替你做早餐，你會生我的氣嗎？」

秋寧聞到了她身上殘留的那種香味。他向來喜歡她這種牌子的香水，但是這時候卻十分厭惡這氣味。他轉過頭來瞧了她一眼，看見她穿的還是昨夜那件粉紅色真絲軟緞長睡袍，本來也是他向來覺得特別性感的衣服，但是今天卻也不想去看它。照平常習慣，兩人家居別無他人打攪的時候，只要她走近他，微微有一點點愛意表示時，他總是會動心的，縱然是再忙或興緻不是很高的時候，也都會伸手去輕輕摟一下她的腰肢，或是撫摸一下她的手，或是抱她一下而且温柔地吻她，用以報答她的情意；但是現在，他完全沒有這個念頭，心頭只有厭惡；不過，想了想，總算是還勉強禮貌性地表示了一點善意，故意假裝出一種完全沒有生氣的輕鬆語氣說：

「怎麼不生氣呢？我當然非常生你的氣啊。」

她聽到這麼温和的一句話後，更安心多了，就拍拍他的肩膀，又用手撫摩梳弄他的頭髮，摸摸他的臉。她知道他一向喜歡她撫弄他的頭臉：

「那就好！我就知道你不會生我的氣。」

她走開了，順便抬頭看了看牆上的鐘，故意裝出驚訝的口氣說：

「哦，真的嗎？九點多了！」

他盡力壓制心底下那股強烈的厭惡感，不願再說半句話了。

她斜著眼睛偷偷瞄了一下為亮寄居的臥室，房門一如往常地開著，一眼就看見了那張床和整齊的寢具。她不自覺地心跳了一下，胸腔裡情不自禁地盪漾起一陣溫暖的波瀾，頭腦也一陣輕微暈眩，臉上還湧起熱潮。她回過眼睛來看秋寧仍專心於他心愛的電腦，全神貫注地盯住螢光幕，並沒有來注意她，她這才安心走向廚房去了。她瞄了瞄廚房洗滌池裡那些早餐後的碗碟杯盞，一眼就分辨出為亮用過的那幾件。她隨手拿起為亮習慣用來喝牛奶的那只馬克杯看了看，並且拿來在臉頰上緊緊地按摩了好一會兒，內心有一絲親切感。她很安寧地暗暗告訴自己，人生確實有些真正快樂的事情。當你心頭有了真愛的時候，就會時時刻刻都感到愛的溫暖。那種溫暖，布滿你身體的每寸血肉和每個細胞，使你全身有說不出來的輕鬆、和平與舒暢，使你每時每刻都是快樂的。縱然為此遭遇到煩惱和横逆的時候，你也能夠毫不在乎地接受；縱然痛苦臨頭，你也能夠勇敢去面臨和肆應，毫不畏懼。愛的歡愉能將外界加臨予你的一切不愉快輕易淡化。愛，真是太美好了！基督徒常常要人們讚美上帝，如果愛也是上帝賜給的，上帝確實值得讚美和感恩！啊，真要感謝上帝！

美國加州的五月初，雖算是入夏了，實際上寒意尚未盡除，廚房裡靜靜的，細微的晨風陣陣吹來，很像是涼爽的仲秋，陽光穿過窗外樹枝照射進來，把繁密枝葉的影子投落在廚房地面，不停地搖曳著，予人一種輕快感。柔和的陽光也斜射在她粉嫩的臉上，使她感到温暖；她還在回味昨夜的歡愉，細細咀嚼那種甜蜜滋味，不知不覺地竟輕輕哼起一曲忘記已久的情歌，慢慢地為自己準備早餐。

客廳裡，秋寧一邊打電腦，一邊也在回想昨夜情景。他內心雖有萬丈怒火，但老成練達的他，深知面對這種嚴重問題必須冷靜，不能像市井莽夫那樣僅憑意氣。他十分明白，當女人被男人迷惑成中魔後，會完全失去理智，變得強烈地感情用事，情形比男人迷戀女色要厲害得多。女人被男子迷惑後，會心甘情願奉獻出自己一切，任何犧牲都在所不惜；她心頭有了愛，對他人會變得格外仁慈寬大。仁慈的時候，會誠心希望天下有情人都成眷屬，也像自己一樣能享受愛的甜蜜；寬大的時候，對平時必定計較的大事，也都毫不計較了。至於對自己的丈夫或是原來的男朋友，也許是由於女人內心的慚愧，也許是妄想給予他一點補償，更重要的是想對自己的行為加以掩飾，所以會對丈夫特別曲意巴結，甚至不惜示愛，雖然內心對他實際早已毫無愛意了。反之，當她為了要維護不倫戀情，而在必要時，卻會不顧一切，完全異乎常態地，極其惡毒殘忍地去對付侵犯者。秋寧閱歷豐富，對女人這種特性早有深刻的了解。不過他現在注意的不是這些，因為他內心另有複雜的考慮。

這已經是為亮第三次來他家寄居了。這一次，為亮剛來兩、三天後，秋寧就發現住在這同一屋頂下的他們三人之間，與以前氣氛不同；與為亮沒來前只有他們夫妻倆的時候不同。例如他們夫妻兩人之間的情形，最明顯的是太太對他變得特別寬大殷勤，也特別溫柔體貼，還常常會故意找機會來討好他，愛撫他。而且，當她這麼做的時候，處處明顯地露出刻意做作的痕跡來。就以今天早晨她下樓時的情形為例，她顯然就是有意靠近他的身體用以表示親熱，這是他們進入老夫老妻階段以後，近些年來少有的動作；又如她對一些日常細節也顯得特別機警，眼光也常流露出警惕之色；此外，還有許多其他言行，處處都顯示異乎常態。這很容易使他發現，向來單純的夫妻之間，已經有了什麼新東西滲入了。而最明顯不過的事實就是，剛好本來是單純夫妻兩人的家庭，現在多出一個男人來了，這不顯然就是這個男人帶來了什麼新東西麼？他雖然有了這種警覺，但是最初還不能確定那是什麼新東西，所以暫時沉潛不聲不響，只是開始冷靜觀察和搜索，對所見所聞的點點滴滴，都加以仔細研究。這樣，很快就撥雲見日地有所悟解了。他認為，她種種異常的言行舉止，完全是出於她新產生的一種心態，這種心態，又起因於她在刻意掩藏但卻掩藏不住的一種快樂情緒，快樂得使她願意寬大慷慨到諒解他人的一切，而且更刻意來對他討好示愛。然而，她這種快樂情緒究竟從何而來呢？起初他也曾小有迷惑，不過很快就得到答案了，在家庭生活的細微末節中，發現了不少蛛絲馬跡，看出了端倪。並經反覆求證，發現玉蓉與為亮之間，似乎存有一種微妙關係。最簡單不過的就是玉蓉每次看為亮時的那種無限深情眼神。「觀人莫善乎眸子。」真是經驗之論。這使他大為喫驚，幾乎不敢相信為亮竟會如此沒有道義，更不相信玉蓉以半老之年竟還可能移情，而且對象竟是堂弟。他回想最近十多年來，儘管自己忙累，但就生理上的正常需要這方面來說，自己畢竟還是一個身體健全的男子，當然會時常去找玉蓉，而且只要她同意，不僅他自己覺得愉快，而且確知玉蓉也都得到滿足，甚至遠勝年輕時的美妙；但是最近幾年來，情形明顯有所改變，她常以各種藉口來拒絕他，次數多了，他起初認為是她過了更年期，對這種事情已經沒有興趣了，所以也只好壓制自己去遷就她，而且自己也沒有在外面找別的女人。但是後來有些事情證明，更年期的解釋是錯誤的！她似乎只是對自己的丈夫沒有興趣，而並非對其他男人都沒有興趣；適得其反，他發現她有時竟會公然對別的男人表現出特別親切，而且不是普通的親切。什麼是禮貌，什麼是友善，什麼是親切，以及什麼又是有情，大概一般男子都具有這種一眼就能察別的本能，秋寧豈能例外？然而，她何致於如此呢？因為他向來以為她不是一個有強烈「需要」的女人，何況她還以賢淑著稱呢？其中道理究竟何在，他始終不明白。尤其他發現，她曾經顯露出喜歡的那幾個男人，無論就任何方面說來，都不比自己高明，那她又所為何來呢？另外，更令他百思不得其解的是，當她對某個男人有興趣時，所表現出來的大膽開放態度，竟與她幾十年來的表現完全不同，更與她賢妻良母的典型不稱。這種種事實，使他獲得一項新認識：賢妻良母既然也是女人，女人當然應該都喜歡男人，所以賢妻良母同樣也喜歡男人，尤其是喜歡老夫老妻關係以外的男人。

不過，秋寧還是暫時不動聲色，若無其事地只將這一切隱藏在心中。他知道這件事太重要了，不可僅憑推斷，不可率爾定論，要求證，要有確切事實；尤其不可操切，以免徒然加速情形惡化，應該再仔細觀察。

玉蓉還以為自己的心機和行跡都掩飾得很好呢。可是，有一件很多人都知道的事情，玉蓉卻不知道，墜入愛情漩渦中的人，根本無法長久掩飾那種會自然流露出來的特殊喜悅之情，戀愛中的男女，眼睛會放射光芒。這些現象，玉蓉毫不自覺地都已經流露出來了，秋寧早已看得清清楚楚。他暗中也密切注意到，有些晚上，當他偶爾還沒有就寢，而為亮又從舊金山提早回來時，玉蓉毫不掩飾的那種興高采烈之情，完全異於平常。每當他們三人在一起談話時，玉蓉也總是毫不自覺地對為亮表現出過份的親切和關心。而且只要有任何涉及為亮的事情，玉蓉都會表現出特殊的細心。諸如此類種種言行，也許她自己認為都不過是作為居停女主人的嫂嫂在照顧暫時寄居自己家裡的弟弟時所應有的正常態度，卻根本沒有想到已經超越了常情。她那一顰一笑的特殊舉止，和所流露出來的熱情，冷眼旁觀的秋寧，一一默識在心。

對於男女間的情事，秋寧多年來別有一些心得，他認為上帝賦予女人一種特殊能力，當女人打定主意要在丈夫背後另找別的男人時，她總會有辦法做到，而且在一般情形下，短期內還必定能夠不讓自己的丈夫知道。當然，只是短期內，不過最後，女人畢竟還是會輸給男人，無論這是出自上帝對男人的好意或是惡意。上帝對女人為善不卒，竟沒有把女人那種得意忘形的愚蠢習性同時消除，而使得女人早晚會在無意間洩露她的私情。同時，上帝對男人還是公平，另外也賦予男子一種特殊能力，用來保護或是監視他的女人，只要有任何其他男人企圖或是進行勾引他的女人，或是他的女人想去勾引其他男人時，行事無論如何隱密，最後他卻總是能夠發現；女人縱使如何偽裝，如何欺騙，如何狡猾，最後還是逃不過男人深含妒火的雙眼和在這方面特別自私的靈魂。你絕不能動他的女人，你只要有一點點動作，他早晚會察覺。

當他越來越清楚玉蓉的心機和行為，以及自己所面臨的這種隱隱蒙羞情勢後，很自然地勾起了他原已忘卻的一些回憶。玉蓉曾經喜歡過幾個別的男人，每次也曾使他有過驚訝。不過，他通達人情，對人比較厚道，又深諳夫妻相處之道，在某種範圍內，對太太仍能保持適當程度的寬容。他認為，女人偶然喜歡別的男人，是人之常情，就好像男人通常都會喜歡別的女人一樣，只要能夠止於可以接受的程度，那麼，喜歡就只是喜歡而已，事情早晚終將過去。而且過去了就過去了，一切宣告結束，自始都可原諒，丈夫可以作為過眼雲煙，完全忘懷，一笑置之，與太太繼續良好的家庭共同生活。

不過，這種事情，對一個男子來說，所謂忘懷，絕不是在腦中真正徹底消失。以後只要有什麼狀況觸發時，所有細節都會完整清晰地重現。現在，為亮的事情使他想起前幾年的另兩個男人，一個是他自己公司裡的年輕部屬楊先生；另一個是他遠房姪女佳佳的丈夫竟成。

楊先生的故事發生在大約十年前台北他自己的公司裡。那時秋寧還沒有退職，公司辦公室設在台北最漂亮的敦化南路一座高聳入雲的大樓裡，秋寧是公司的董事長兼總經理，公司和他個人在社會上都很有聲望。那年初冬，秋寧要去歐洲洽購大批建築材料，預定全程半個月左右，他邀玉蓉同行，以便共同欣賞歐洲景色之美。秋寧還指派了一名公司採購部門的經理級主管隨行，用以減輕旅行事務和材料洽購事務的工作負擔。這位主管楊先生四十出頭，從事建設公司的購料工作已經超過十年，經驗豐富，性情溫和順從，軟綿綿的就像一塊豆腐，是那種任何長官都會喜歡的部屬。赴歐半個月費用不少，依他們公司出差規定，楊先生的旅費全部都由公司負擔，所以被指定出差，在公司內部習慣上都被視為是對人員的一種激勵行為。秋寧選擇楊先生同行，當然也是早已欣賞這名部屬。楊先生經常服裝光鮮，褲管畢挺，皮鞋雪亮，滿身都是名牌，儀容整潔，頭髮乾淨，身上還常散發一點男用香水的淡淡清香。他說話的時候聲音低柔溫和，措詞委婉，神色親切，對人彬彬有禮，不論自己內心情緒如何，但是外表上卻很少會露出緊張神色而使他人不安。儘管有時候他無法同意你，卻也決不會在言語上與你對立；尤其在女性面前，必定面露微笑，儘管他平時辦事乾淨利落。他這種人，是台灣這麼多年成功發展經濟過程中，慢慢陶冶出來的典型市場經理階級人員。他們之中，不乏留學國外獲有博士或碩士高學位的人。每天午餐時光，你如果到櫛比鱗次高樓林立著金融、證券和投資等機構行號的台北市敦化南路走走，就可以看見，在那林蔭茂密氣氛高雅的紅磚人行道上，在男男女女衆多的人群中，有許多這種人士都出來了，匆忙地在附近那些精緻的小店中尋找一頓簡便的商業午餐。從這套文化薰陶出來的這些人，通常很少會惹人討厭，更很容易博得他人好感。

楊先生這次有幸能隨同大老闆杜秋寧董事長夫婦出來洽購建築材料，充份了解可能是自己好運的開始，所以打定主意要好好巴結一下大老闆，刻意要盡心伺候這一對老闆夫婦。路上所有有關事宜諸如事先的擬訂行程、洽商旅行社、訂購飛機票、訂定沿途旅館等事項，旅途各地的用車和餐飲，以至旅途金錢的準備、保管和支付，以及與建築材料公司安排洽談時間、準備有關採購資料、事後作成記錄等等大小事項，通通都歸他一人負責辦理。雖然有點辛苦，卻無一不辦得井井有條，清清楚楚，一切正確不誤，從無差錯，使秋寧夫婦完全不必費心，十分滿意。因而兩夫婦對他都深有好感。出發前，楊先生更已經仔細研究，充份準備，閱讀了許多有關文件和觀光旅遊書籍，而且攜帶了許多旅遊及建材有關的實際資料，因而一路上竟還成了他們夫婦專用的半個導遊，為他們作了許多解說。他們夫婦每有諮詢，他不僅能夠頭頭是道地提出口頭說明，而且還可以提出一些現成書面資料來補充。他們離開台灣不到兩天，玉蓉心裡就喜歡上這位外貌俊秀挺拔而性情就像一隻小綿羊的楊先生了，再過幾天，秋寧也看出來她喜歡他了。後來，玉蓉更很快暴露出她潛藏的本性，不論在什麼地方，譬如吃飯的餐桌、遊樂場所、步行的風景地點等等，她都明顯喜歡和楊先生擠坐或並肩步行在一起，靠得很緊，絮絮不休地問長問短，說東說西；甚至拍照片時也想盡辦法找理由找機會要楊先生站在她身邊合拍。遇到上下坡或是要跳過去的地方，她都故意半撒嬌地要楊先生來牽她的手幫助她。楊先生當著秋寧的面當然不會表現得那麼欣然和迅速，但每次都還是很有禮貌地聽從玉蓉的指示，大大方方地遵辦。這種事情重複多次以後，玉蓉的心意已經十分明顯了；秋寧內心對玉蓉難免有點不快，對楊先生究竟只是對這位老闆夫人尊敬服從呢？還是私心裡也想和玉蓉接近呢？一時還不能確切分辨，也有點困惑。後來他想，楊先生當然不會這種麼傻，因此也就泰然處之了。

玉蓉常常向楊先生詢問有關遊覽觀光和行程時間等細節事項，有很多本來是只要問秋寧就可以的，或者根本是不需要問的，但是，她似乎是有意在找題目和楊先生說話，偏偏愛問楊先生這個那個。

「楊先生，我們明天是幾點鐘去那家材料公司洽談生意？」

「報告董事長和夫人，我們是約好九點半鐘到達那家公司。這之前，大概九點鐘不到，他們公司派來迎接我們的車子就會先停在旅館大門前等候。」楊先生很恭敬的說得非常清楚，而且說話的時候，不斷地輪流看看秋寧又看看玉蓉，表示他並不是在單獨答覆玉蓉的話。

「我還要跟你們一同去材料公司嗎？」這個問題本來也是應該去問秋寧的，但是她卻面對著楊先生問。

楊先生當然沒有答話，只是轉過頭去默默地看著秋寧。

秋寧雖然微有不快，但仍表現得落落大方地對玉蓉說：「要不然，把你一個人留在旅館無事可做怎麼行？和我們一道去也可以聽聽看看呀。出來旅行不就是要走走看看嗎？我看還是三個人一同去罷。」

她這才轉過頭對著丈夫說：「下次你們去談生意的時候，」說著又把頭轉回來面對著楊先生：「楊先生，最好還是請你替我事先另外安排參加一個tour，讓我也可以多看看風景，好不好？」

楊先生還是不接嘴，只是用一種詢問的眼光看著秋寧。

秋寧沒有表情，漫然地看著手上一張不相干的觀光宣傳品，過了片刻才平靜地說：「好呀，我們到時候再看情形罷。」

他們抵達奧地利的沙爾斯堡了。那是名作曲家莫扎爾特的故鄉，景色實在美得出奇。上午他們三人一同去過材料公司，大致談妥了貨品項目和價目；下午，楊先生一人再去和廠商洽談細節，他們夫婦倆就由一位當地導遊陪同，駕車去市郊山區遊覽。山巒連綿，每座都不高，全是饅頭形的平頂山巒，極少遊客，他們把車子開到山巒稍高處，捨車步行，縱目四顧，起伏無際的山巒重疊，一望無際，而稍遠的更高處仍然掩蓋著燦爛的皚皚白雪，低處也沒有綠意。上百個大小不同的湖泊，星羅密布地散落在群山之間的山窩地，大的幾乎有台灣日月潭那麼大，小的也比鄉間一般平地的池塘要大許多，水質無不清澈見底，發出洌洌閃光，一片片恬靜地躺臥在灰色長空下，整個世界都寂靜無聲。很容易使人想到，這個世界從幾萬年前開始以至於今似乎就是如此寂靜，甚至幾萬年後也將繼續如此寂靜，永不會有絲毫改變。漫步流連，整個景色所呈現的那種安詳，以及安詳中所蘊涵的美，都令夫婦倆遲遲不捨。他們在山中一再漫步巡逡，直到暮靄四合，才不得不在教堂悠揚鐘聲中再登車離開山區。

返抵旅館後，兩人的心神還繼續沉醉在那美景之中，整個人似乎已失落在山區了！夫妻倆一再讚歎不已。用過晚餐，回到旅館房間，時間還不到十點。秋寧精神很好，一進房門就反手把門鎖上，轉身一把抱緊玉蓉，和她依偎著糾纏不放。但玉蓉仍舊是保持這些年來的一貫態度，與丈夫温存廝磨只幾分鐘後，就不斷推說疲倦。秋寧無可奈何，最後只好去呼呼大睡了。

第二天，他們三個人又一同去另一家公司洽談，但實際上整天都花在參觀他們的工廠生產。工廠很大，一邊慢慢走著看著，一邊說明，所以整個上午都是在走動，然後就是午餐。玉蓉看見這種情形，就在下午三點多鐘的時候，單獨先回旅社，躲在房間裡睡覺，醒來就坐在旅館房間沙發上翻閱從台北帶來的畫報雜誌消磨時間，然後又下樓去隨意喫了點東西。而秋寧和楊先生兩個男人下午仍繼續在工廠裡磨蹭，用過晚餐後才回到旅社。秋寧覺得很累，告訴玉蓉說很想早睡。玉蓉安慰他說：

「你工作了一整天下來，不停走動著，還要看他們產品製造過程，要鑑別材料好壞，又要討價還價，應付這麼多事情，當然會很累，確實應該早點休息。」

「你不累麼？你要不要要也來睡？」秋寧摟住她，想要她陪他躺下來談話。

玉蓉笑笑：「我下午回到旅社就躺在床上睡足了，那來的累？現在精神正好得很呢！」

秋寧沒有再說話，自己上床去睡了。

秋寧一口氣睡到夜晚快十二點鐘從夢中醒來，上洗手間後發現玉蓉不在房間裡，起初倒也不在意。回到床上繼續閉上眼睛準備再睡時，忽然想到玉蓉人生地不熟，有點不放心，於是就起來穿好衣服下樓，到處看看。最後，當他快走到酒吧時，遠遠就看見玉蓉正坐在酒吧的吧櫃前，微微斜著身子靠在併排座位上一個男子身上。他帶著疑惑的心情走近去一看，沒錯，果然是玉蓉，而那男人卻是楊先生！知道她的安全沒有問題了，秋寧固然放下了心，但是，卻也興起了些微不快。

他當然不能把心中的不快流露出來，只用平靜口吻說：「你們兩個人都還沒睡啊？」

根本沒想到秋寧竟醒了，而且還忽然找到這裡來了。玉蓉聽到他的聲音，一驚之下，馬上就從半糊塗中回過神來，迅速把上身從楊先生身上挪開，挺直腰肢，轉過頭來看著秋寧說：「你怎麼不睡又起來了呢？」

秋寧眼睛靜靜地一瞟，看見楊先生臉上也出現了驚訝與一絲困惑的神色，但是最多也只是一秒鐘，困惑神色就完全消失了。楊先生趕快站起來把座位空出，自己讓在一邊，又恢復了平日那種恭敬態度，十分溫和的說：

「董事長請這邊坐，要替您叫點什麼喝的嗎？」

「好。」秋寧若無其事，大大方方地坐了楊先生原來的座位，楊先生就坐到秋寧的另一邊那個座位上去，與玉蓉之間隔了個秋寧。秋寧看了看楊先生：「我剛才覺得有點疲倦，就先睡了一會兒。你也和我一樣忙了一整天，不累麼？畢竟年輕精神好些。」

「我本來也是想早睡的，只是有點口渴，下來買點飲料喝，恰好在這邊遇見夫人也要喝點東西。」顯然是怕引起誤會，楊先生解釋得很清楚。

秋寧聽懂了，表示可以理解地點了點頭，於是就轉頭向酒保隨意要了一杯果汁。三個人再坐了十幾分鐘，就結束談話一同上樓各自回房間去了。夫婦倆回到房裡後，秋寧什麼話也沒有說，玉蓉更是不想說，分別各自上了自己的床，熄燈就寢了。

這趟業務旅行結束回台灣後，秋寧心裡打定了主意，絕對不讓楊先生再到自己家裡來，絕不在玉蓉面前提到楊先生，也不在家裡給楊先生打電話。起初，玉蓉還藉口旅途上一些不緊要的事情，向秋寧問到楊先生，有時甚至還借題目自己打電話給楊先生，但是秋寧每次都是隨便找個理由，或是根本沒有什麼理由就把她擋回去；更找了些堂皇理由，明白告訴她不要再打電話給楊先生。夫婦間雖然話不說明，但卻心照不宣，彼此完全明白。

回台灣後沒幾天，楊先生又來董事長室請示業務，兩人講了大約半個多鐘頭，在楊先生站起來正要離去前，秋寧隨意地對他說：

「還有，這趟去歐洲，許多事情都虧了你費心。」

「請董事長見諒，太多不週到的地方，實在是抱歉！還要請多多包涵。」

秋寧點點頭，並沒有要他繼續坐下，又輕描淡寫地說：「我內人免不了有些女人家脾氣，一路上麻煩你更多。不過，現在回來了，已經不再是在旅途上了，我已經告訴她不要再來麻煩你了。」

楊先生多精靈！一聽就懂，趕緊說：「夫人沒有什麼事情來麻煩我，董事長請放心。」

他笑了笑，就把自己很多天前就想好了要說的話，慢慢地說出來：「所以如果她還打電話來麻煩你的時候，你儘管告訴我，不必客氣，讓我來替你處理，我不會叫你為難。」他乾笑了一聲：「嘿嘿，不要再去理會她！」

話說到這種程度已經十分明白了，楊先生暗地裡怔了一下，但表面上卻也禮貌地陪同笑了一下：「嘿嘿！」接著就微微彎了一下腰，和和氣氣，恭恭敬敬地說：「是！董事長！其實是沒有什麼來麻煩的。不過，如果夫人打電話來交辦事情，我一定會馬上先報告董事長，請示怎麼處理。」多精靈！多順從，他太明白了，董事長說的都不是什麼好話，所以帶著不安的心情，趕快鞠了個躬出去了。

後來幾天裡，玉蓉的確是又打過一兩次電話給楊先生，楊先生當時就在電話裡借理由推託得乾乾淨淨，為了希望她能了解情況起見，甚至還不惜有點像是給她碰軟釘子，話中等於是把門都關上了，而且也真的趕快老老實實把經過報告了秋寧。此後，玉蓉才死了心，也就不再提到楊先生了。

再過一個多月，看起來，似乎他們三個人都已經把這件事情忘記得乾乾淨淨了，但是秋寧當然並沒有真正忘記，而且還借了一個不相干的題目，暗示公司的一位副總經理，不聲不響地替他把楊先生逼得自動離開了公司，而且當然不讓玉蓉知道，這個故事才算真正結束。從此以後，秋寧也不再想到楊先生這個人，更避免去想到這段經過。時間稍久，整個事情才似乎真的都忘記了。與玉蓉之間，等於是從來沒有發生過這件事情。

另一個引起秋寧不快的男人，竟是秋寧的姪女婿竟成。姪女佳佳和她的丈夫竟成都不到四十歲。幾年前，秋寧夫妻從台灣搬來加州後不久，佳佳夫婦倆也恰好都調來加州兩家電子公司任職，住處離秋寧家不遠，開車二十多分鐘可到。兩夫婦大致每個月都會來秋寧家聚首一次，每次來都盤桓半天，為秋寧平靜的家庭生活帶來一點歡樂。秋寧很喜歡這位姪女，常常與她談些舊事，談家鄉、談家族、談童年、談風土人情、談食物、談一些民間陋習，兩人談得很親切，常常哈哈大笑。竟成不是秋寧叔姪的家鄉人，對他們家鄉事沒有太大興趣，但禮貌上也參加部份談話。竟成很週到，有時候也會借機會去和玉蓉談話，話題是他們公司裡的事情，也討論台灣、大陸和時局等等。為了討這位嬸嬸的歡喜，當嬸嬸在廚房做飯菜時，也會殷勤的到廚房去陪她，幫忙洗菜洗碗，因而很獲玉蓉歡心。時間長久下來，秋寧漸漸發現，雖然竟成對玉蓉的態度只是尊敬和禮貌，但玉蓉對竟成似乎已不止於上下輩份間的親切了，而透露些微異常感情的成份。譬如每次吃飯的時候，玉蓉總是要設法靠緊竟成併肩而坐。這類行為，看在秋寧眼睛裡覺得很熟悉，立刻想到過去在台北自己公司裡的那位楊先生。

「竟成，你坐過這邊來，那邊太遠了，不好夾菜，這邊方便些。」玉蓉從廚房出來，看見大家都上桌了，每次第一件事情就是調整竟成的座位。

「謝謝嬸嬸，不要緊，就這樣好。」竟成仍然坐在太太佳佳身邊不動。

「還是坐過來好。」玉蓉走過去用雙手緊抓竟成露在短袖外那隻強壯得像球棒一樣的手臂，硬把他拉起來：「你叔叔喜歡和佳佳講話，就讓佳佳坐在你叔叔身邊陪他。」

他們一共四個人吃飯，所以只坐半個圓桌。結果成為秋寧夫婦倆併肩坐在中間，竟成和佳佳倆則一左一右分別坐在他們夫婦倆的外側，竟成是靠緊坐在玉蓉外側。

四個人都開動吃飯了，玉蓉照例繼續她必做的第二件事情，把桌上的各種菜，尤其是她認為比較好喫的菜，夾許多放在另外一只盤子裡，而且顯然夾得過量，把菜堆得高高的一大盤，放在竟成面前要竟成獨享。然後，她又對秋寧說：

「秋寧，你也給佳佳拿些菜。」

用餐時間裡，玉蓉不斷與竟成談話，温言細語，問長問短，十分熱切。也問他喜歡吃些什麼菜，對那些菜喜歡怎麼樣的做法。下一次竟成夫婦再來的時候，她就會把竟成上次所說到的那幾種菜，並且也完全照他所說的做法，做來給他喫。她也與他討論男女服裝、談電視節目等等輕鬆題目。秋寧眼睛看著，耳朵聽著，心裡了解著，當然都清清楚楚地注意到了。起初他還只是覺得這位嬸嬸太過熱心於做長輩，後來才漸漸發現，她已經不止於是一般的嬸嬸了，已再度成為歐洲之旅時的玉蓉了。然而，他只是偶爾才會瞟一眼，瞧瞧那兩人的神情動作，心裡卻不斷默念：

「這不是親切，這是親密！這不是親切，這是親密！太親密了！」

不過他又轉念，竟成和佳佳都年富力強，而且夫婦恩愛，感情甜蜜，竟成應該不會對玉蓉有什麼念頭，更何況兩家住處不是可以步行到達的，竟成夫婦白天都要上班，玉蓉又不會開車，兩人間不可能有更多往來。兩夫婦又只能每個月來訪一次，逗留的半天裡，四個人都共聚一起，不會分開，所以大致可以不必作無謂的耽心。

秋寧依了玉蓉的吩咐，常常給佳佳夾菜，而且還勸佳佳說：

「佳佳吃菜，多吃些這個竹筍紅燒肉，味道不錯，是你嬸嬸的拿手菜，我也很喜歡這個菜。」秋寧停了一下，又帶著開玩笑的口吻補了一句：「而且竹筍可以去膽固醇，又可以去脂肪，保證不會發胖。」

佳佳笑了起來說：「我不胖，也不怕膽固醇。」

這樣大概只有一年多時間，竟成夫妻因為工作調動，搬到密希根州去了，秋寧的想法是對了，這事情也就這樣自然結束。

楊先生和竟成兩個人的故事，秋寧本來好像都已經忘得乾乾淨淨，但是現在，因為出現了一個為亮，使得這兩人的面貌就清清楚楚又浮現在他眼前，鮮明的往事一幕又一幕地在搖幌，他完全沒有忘記！而且大概終身也不會忘記！但是由於秋寧從來沒有對玉蓉把這些事情點破說穿，玉蓉可能至今還以為自己心意深藏，無人知曉；殊不知這些事情的點點滴滴，丈夫都永記在心。這兩件事情最後的安全結束，對秋寧和玉蓉說來應該都是幸運，但是玉蓉本人卻覺得只是無奈。由於玉蓉那以後與竟成根本沒有機會接觸，與楊先生更是完全斷絕音訊，而且那時候的她，熱情雖已興起，但畢竟還沒有燃燒成熊熊的火燄，所以這兩齣戲也都沒有更多的情節發展。

過去兩次平安的結局，並不表示永遠都會繼續平安。因為秋寧發現，有一隻隨時伺機而動的小鹿潛藏在玉蓉心房。另一方面，依秋寧對世事的經驗，天下女人除了天生太醜陋以外，通常在這個時候或是那個時候，只要機會適當，總歸會有男人想染指，新的男主角隨時都可能出現。所以，秋寧曾經對這種事情深思過，並且決定了處理方針。他通情達理，深曉人性，而且為人又達觀，胸懷寬大，所以定下的方針也非常理智。不過他也嚴肅警告過自己，這個寬宏大量的方針，絕對不可以讓女人知道，只可深藏在自己內心；如果讓女人知道了，無異鼓勵女人去找男人，註定最後必將失去女人。

他認為無論男女，人人都是血肉之身，人人都有情慾，絕大多數人在婚後年月稍久後，對長期共同生活的配偶，都會開始覺得平淡而缺乏吸引力。至此，有些人會把精力完全放在事業上，有些人只是一味去追求金錢或榮譽，但是更有不少的人則難以忍耐家庭生活的枯燥無味，更難以忘棄情慾之歡，於是就會去尋求婚外愛情。當然，也有不少人對原來的配偶久而敬愛彌深，但這並不就表示對別的異性缺乏興趣。依秋寧多年親眼目睹和聽見的許多事實，他相當確定地認為，無論男人或女人，畢生很少私心裡不曾愛過配偶外的異性；而且，如果環境允許和時機便利，如果確知有一定程度的安全保障，至少短期內不會張揚喧騰於衆人之間成為醜聞時，大多男女都不會拒絕與配偶外的異性發生不同程度的愛情，甚至性的接觸。至於另有少數人，能夠完全不顧別人批評，公然大膽結交婚外異性，那應該是特殊情形，就更不必論了。西方人說「七年之癢」，也就是說，人都具有這種尋找婚外愛情的天性。而秋寧卻認為，男女豈止有「七年之癢」？誰不知更有「十年之癢」、「二十年之癢」以至「三十年之癢」，事實上還會癢得更厲害呢？

不過，問題要點是在目前我們這個社會裡，男人的婚外情似乎已被縱容，那麼女人是否也可以同樣有婚外情呢？直接了當地說，現在是否可以容許玉蓉去交別的男朋友呢？秋寧反復想了又想，認為公平說來，如果玉蓉只是內心喜歡那個男人，卻沒有親密關係，那麼，看在幾十年老夫老妻的情份上，更看在玉蓉為他生兒育女的份上，他願意視若無睹地寬恕和忍耐；但是，如果放浪形骸，有過份親密的行為，甚至有身體的接觸，那就不問是什麼程度的接觸，都必須斷然予以制止；否則，夫婦成仇，家庭基礎動搖，最後甚至離婚，發展成為悲劇，將對夫婦雙方都大有不利。他甚至更寬大地認為，玉蓉從少年時候起就跟隨自己共同創造前途；現在兩人都老了，都退休了，兒女也都成人了，各自成家了，玉蓉縱然喜歡什麼別的男人，也不過是心裡喜歡而已，應該不至於有什麼過份行為。基於這種種原因，秋寧最後的結論是：既然如此，就適度放任她一點也不是什麼重大問題，現在，自己和玉蓉畢竟都老了，難道還會鬧什麼桃色新聞嗎？這就是他處理這類事情的一般態度。

他認為，像自己這樣通情達理而又寬宏大量的男人似乎很少，但卻應該是理智的。對於玉蓉現在變得越來越古怪的情形，秋寧竟還能保持心平氣和而忍耐，正是由於他有了這種寬諒胸懷的原故。秋寧有時甚至想得更深，整個人生只不過是一個過程，有緣相聚成為夫妻，也不過是一個過程，既然已經結合，就應該儘量維持，不到實在不能廝守的時候絕不分手。男人女人都是一樣，在對方眼光裡，總歸各有不同缺點；如果離婚另再結婚，配偶換來換去，很快就會發現新配偶十之八、九都仍然不能盡如人意。所以夫婦間持有某種程度的容忍和寬大，是長相廝守共同生活的必要態度。

這種經過深思後所作成的決定，強烈佔據秋寧心頭，讓他信守不渝。

無論婚前或婚後，愛情永遠是一齣人類不斷重複上演的老劇本，有時是悲劇，有時是喜劇，只是情節多多少少會有些變化。而現在，這齣愛情劇又在秋寧家上演了，以前演過的幾次都夠不上說是悲劇，更不是喜劇，應該只是一種輕微的鬧劇罷了；現在，剛開始上演的，究竟又是什麼劇？當然還不可知，只是從已經演出的情節看來，發展得已比以往明朗深入和具體，由同一位女士扮演女主角，那就是玉蓉；卻換上了不同的男士扮演男主角，那就是秋寧的堂弟為亮。當秋寧驚覺這種戲竟又在他家庭上演之初，使他不得不又拾起以往所定下的態度來重新考慮，看看是否仍然可行。經過他考慮後，認為原則仍然可行。不過他也想到，根據已往幾次經驗，這種事情縱使男女雙方都有情有意時，最後也不一定會繼續發展成災禍，而有可能因種種想得到的或想不到的原因，使劇情中斷或結束。所以不到必要時，更不宜過早採取行動，以免反而促成事情惡化。

但是現在，劇情竟意外急速地演進，情形變得已不如他所期望的那麼樂觀。他早已覺察到，玉蓉與為亮間的熱情昇高得很快，很明顯，玉蓉不像過去幾次那樣只是喜歡喜歡而已，而是已經沉醉於愛的漩渦中了。等到他目睹了深夜客廳沙發上那一幕之後，他立刻告訴自己，情況已經惡化了，過去所決定的那種寬容方針，現在已經不切實際了。這兩天，他一直為這件事情苦惱。

就在那一幕之後第三天的那個夜晚，秋寧照例睡得很早，半夜十二點多鐘左右，也照例醒來去上廁所，在微微迷糊中，似乎聞到空氣裡又盪漾著那股誘人的特殊香水味。這是一個他們夫妻間的小秘密，這種香味，代表他們夫婦間的一種特殊語言，也代表他們夫婦間的一種特殊關係。這時，在這半夜三更，忽然又聞到這種異香，馬上就喚醒在他體內沉睡已多年的綺思，於是立即很自然地輕步走進玉蓉臥室。他發現房裡燈光關閉，一片漆黑，空氣中也盪漾著那種香味，但是房中卻空空無人。他忽然驚訝起來，趕快走出房間想呼喊玉蓉，但是腦子裡一閃，糢糊地驚悟到一些事情，就趕緊走到走廊欄杆邊又往樓下張望。發現樓下客廳的燈也完全關閉，黑暗中一片寧靜，但空氣中也微微飄盪著那種香氣。不過，顯然飯廳或廚房的燈光是亮著，所以在燈光反射到客廳來的微亮中，仍然看得出客廳空無一人。他判斷玉蓉一定在樓下飯廳或廚房甚至什麼地方，為亮的臥室不就在樓下麼？想到這裡，心頭忽然湧起萬丈妒恨怒火，暗暗咒罵著非要殺了為亮那混帳東西不可。於是，轉身踉蹌地衝到樓梯口就要下樓直奔為亮臥室。但是，他才步下兩三個梯階，忽然再一轉念，又冷靜下來了，心底下問自己：

「這樣做是理智的嗎？」

他有些遲疑，不覺停下了腳步，站在梯階上一動也不動。待側耳再靜靜傾聽，果然，樓下什麼地方似乎有人斷續的在竊竊私語。再細聽後，聽出那低微的聲音中似乎還夾雜有輕微喘息聲。他畢竟有些老了，聽覺遲鈍了，雖然再四細聽，仍不能確定這些聲音究竟是來自樓下何方。

他又有些激動，再度想衝下樓去，但卻雙腳未動，心裡不斷在盤算，如果衝下去看個究竟，當然可以立刻獲見實情。不過他想到，當親眼面對，逼近那種令人憤怒的景象時，雖然恨不得立刻一刀殺了為亮，但是，他知道絕不能因一怒殺人而把自己陷於不可挽救的失敗地步；但是如不殺他，自己卻又再也沒有迴旋餘地了，三人當面拆穿這種事情，自己必定羞怒難忍。情勢發展下去，廣為散播，成為醜聞，不僅三個人的榮譽都將嚴重受傷，尤其自己與玉蓉的婚姻關係當然破裂，除了離婚之外，似乎沒有任何其他選擇了。家庭破碎了，幾十年夫婦恩愛也隨之煙消雲散了。他對玉蓉雖然已感失望，不再有所留戀，但倒也還沒有到達恨之入骨程度；何況用這種醜聞方式來破裂，似乎是莽夫的行為。

他又想到，縱然三人當面拆穿，也不一定就必須破裂，另有比較温和週全的選擇，例如三人如果同意，可以約定，玉蓉和為亮的關係就此斷然終止，並且保證以後絕對不再有任何瓜葛，三人並且對這件事永遠守口如瓶。這樣，不僅可以挽救玉蓉於懸崖危境，更可以維持兩個家庭免於破裂。不過，果若這樣做，唯一受到委屈的是自己，戴了綠帽子還要認輸罷休，自甘緘默，這對一個男子漢來說，實在是很難忍受的事情。更何況這類故事大家聽得很多，都知道偷情的雙方常常口是心非，不僅不能信守諾言永遠斷絕來往，而且很快就會舊情復燃，再續前緣，並且益發膽大忘形，以致終必張揚於大衆成為醜聞，徒然顯示自己的懦弱可欺，豈能忍受？

這樣看來，如果他現在下樓去當面拆穿，可供選擇的兩條路的最後結局似乎相同，只不過是醜聞公開時間的早遲而已。這些精細的分析，存在他腦中已久，現在不待多想，立刻就一一浮現。他在樓梯口遲疑地站了一會兒，終覺這兩條路都有不妥，最後決定還是暫時隱忍不下樓去，好在再過幾天，為亮就要回東岸去了，等為亮走了之後，再向玉蓉把事情說穿，要她主動停止這種不正常關係，這樣就可以免除承受三人面對的難堪，似乎比較週全些。當然，自己這樣躊躇再四，真正的考慮還是夫婦幾十年的情份，總想能給玉蓉一次寬諒。當他打定主意後，心頭怒火也就平熄了，又一次回到自己臥室去了。

回到臥室後，秋寧馬上就想到幾天前站在樓上欄杆邊親眼看見客廳沙發上的那一幕。現在是第二次了，他再度寬恕了玉蓉。前次的寬恕，原本認為再過十幾天事情就過去了，只待為亮一回東部去，事情就結束了。但是，殊不知目前卻正是這對熱情如火的戀人在情慾深谷中沉迷得最深的時候，根本就忘記了世上的一切，怎麼會收斂呢？而這一對更絕對也不會想到秋寧早已知道了一切，並且竟還有過複雜的考慮和這種想像不到的良情美意。這一對戀人現在只知道：繼續相聚的時光只剩下不到十天了，備感珍惜，如飢如渴地只希望盡情吮吸那愛情蜜汁，只要為亮一天沒走，兩人的慾火也就只會燃燒得更烈。

秋寧在床上輾轉反側，一直瞪著天花板胡思亂想。同處在一個屋頂下，而且是自己的家裡，眼睜睜地看著自己太太居然與另一名男子一再廝混，被羞辱的念頭強烈佔滿他腦際，這實在是大丈夫最難忍受的事情。男子縱然再懦弱，在這種情形下，也必定奮起衛護個人人格尊嚴。俗話說：「色字頭上一把刀」，所指的主要是性的蒙羞者的報復行為。但是，現在自己卻舉不起這把刀，反而聽令別的男子緊抱自己妻子的肉體在縱慾，自己卻畏懼地躲去睡覺了，真是奇恥大辱，莫與倫比！想到這裡，他幾乎又要從床上跳下來。不過，他又轉念，現在時代已經變了，何況這裡既不是中國大陸也不是台灣，而是美國，不能用純粹中國觀念來看這種事情。依照任何國家地區的法律，太太與人通姦，丈夫自可提出離婚，通姦男女都可能被判徒刑，但罪不至死。尤其美國婦女在這方面更有相當高度自主權，當她們有了婚外情時，只要願意，甚至自己還會堂堂皇皇直接告訴丈夫，主動提出離婚，絕對不會有「偷漢子」這一類自覺羞恥的觀念。至於就男人而言，當太太有外遇的時候，雖然也會覺得不光彩，但卻不似中國人看得那麼嚴重。秋寧想到這裡，覺得心寬一些，更覺得每人確實都應該有自己認識問題的獨立標準，不必受制於一些簡化的社會既有觀念。

秋寧仔細追想這件事情的原委，一年半前，明顯是在海棠的要求下，同意為亮來他們這個原本安寧愉快的家裡借住，每半年裡兩個月。同意為亮來住，是由於玉蓉心地善良，向來樂於助人；而秋寧平時也認為為亮為人正直，既然是堂弟，所以欣然同意。為亮來住後，每天去舊金山工作，早出晚歸，毫不影響秋寧夫婦家庭生活秩序。遇到週末或其他假日，為亮都是外出辦他自己的事或去找朋友，偶爾難得留在家裡時，還會自動幫忙做一些他們家庭粗活或打掃。這兩年秋寧身體不好，只能撐著手杖在自己屋裡樓上樓下走動，若要外出，倒是一定要玉蓉陪同，以免意外。夫婦倆自從退職來美後，家裡既沒有僱請女傭，也不再像在台灣那樣每星期都有自己公司的工人定期來家裡清掃；現在是自家前後院的雜草和大門外的積雪，秋寧根本都無力料理，雖然可以僱請清潔公司派工人處理，但是根據過去的經驗，夫婦倆都不喜歡派來打掃的工人。所以在一般情形下，這些難題都自然落在玉蓉身上，以她這種半老的家庭主婦來講，從來沒有做過粗事，做起來實在很累。而現在，當為亮在他們家寄居的兩個月期間，為亮會代勞，問題都輕而易舉地解決了。另外，當他們三人都在家裡而且空下來時，秋寧也和為亮談天，兩人倒也談得來，對許多事情都有相同觀點。所以起初一段時間，主客之間相當愉快。

多年來，秋寧除了自己管理財務外，一般家務完全依賴也信託太太。玉蓉怎麼安排，他就怎麼接受，很少有不同意見。客廳和臥室等地方聽由她怎麼布置，他都表示欣賞；每天喫什麼飯菜，飯菜的鹹淡如何，都是玉蓉告訴女僕照做，雖然不完全合他的胃口，但是他也從來都是照樣接受，久了也就被同化了。其他許多家務的處理，以及與親友往來肆應，只要與公司無關，也都完全由玉蓉決定處理，夫婦間向來相安無事。

夫婦倆結婚時都還年輕，婚後初期，兩人都刻苦耐勞，共同奮鬥創造前途。當時夫婦倆商量好，全部家用訂有預算，由太太主管總支出；家用來源則由兩人分擔：太太繼續在公務機關工作，每月薪資全部充作家用；丈夫所得，也拿出一部分來補充家用，並且在每個月初一次給足太太，併同她的全部薪俸，都由她統籌支配；丈夫收入的其餘部分，分文不留，全數都儲存起來，成為夫婦倆的共同財產。

秋寧早年抽紙煙，在這種安排下，買紙煙和理髮等日常生活所必需的零用金，每次也都要倒過頭來向玉蓉在統籌家用預算中支取，自己口袋裡經常沒有零用錢。玉蓉要零用錢的時候，倒是只要自己決定就可以自行支付了，玉蓉對這種家庭收支的處理方法覺得很滿意。但也只不過行了只兩，三年，隨著國家經濟繁榮和秋寧事業的迅速發展，家庭經濟情形很快就獲得重大改善，家庭財務管理自然也隨著慢慢放鬆。玉蓉常常對同事說，對於秋寧完全不過問她用錢這一點，覺得很高興。而更美妙的事情是那時期政府逐年都大幅度調整公務人員待遇，玉蓉的薪資年年增加，由於物價漲得不多，家用支出增加有限，所以她手頭越來越有剩餘。這情形，秋寧當然瞭然於心，但是不僅從來不去過問，而且每年都要增加一些家用預算給玉蓉。另一方面，秋寧是那種典型的工作狂，只知工作，對應酬享受的事情缺乏興趣，所以自己很少有機會用錢；玉蓉也是出身舊式家庭，儉樸成性，所以夫婦倆一直維持一種簡單但卻自覺滿意的家庭生活。

至於由秋寧經管的那部分家庭共同財產，後來已不只是把他每月董事長兼總經理薪俸的剩餘儲存累積，而是每年以董事長和股東身份從公司公平分配所得的大筆股息、紅利和獎金等也都存入。再經過加以運作，從事股票和房地產等投資，又賺得不少，他家早就成為大財主了。至於玉蓉，手頭也非常寬裕，很快建立了她的個人積蓄，照民俗的說法，也就是除了她丈夫掌管的夫妻共同財產之外，她也有了私房錢。秋寧對這些情形並不去注意，只是時間稍久，當然也模糊地了解到玉蓉手頭已不再像以前那麼緊縮了；時間再久一點後，更明確知道玉蓉有了個人的存款。不過，他對許多事情觀點都還開明，覺得太太縱然有私房錢也是好事，橫豎最後仍然還是屬於這個家庭總財富所有。在他的觀念裡，結髮夫婦之間，本來就應該一切不分彼此，你的就是我的，我的也是你的，用誰的名字去標示那份所有權，以及由誰經管，都無不可。例如他們購置房地產，就是分別用兩人名義，而非都用秋寧一人名義，後來還更用上兒女的名義。所以他不僅不去干涉她，而且還偶爾提出有關財務安全方面的勸告。後來，玉蓉越來越進步了，自己也學會了買賣股票、期貨、基金、賺外匯漲跌差額，以及參加民間的打會等，雖然都還不夠資格成為大家所說的股票市場的大户，但卻已有足夠資格被稱為中實户了，絕不是菜市場一般賣菜婦人那樣，只有菜攤上那幾個小錢買上三兩張股票而已。而且她運氣很好，買進的股票大都漲價，歷年賺了不少，所以手頭的錢也就更多了。秋寧前幾年退休後，每月還是照例從自己的退休金中撥付家用錢給她；而她，也多少是有點要配合秋寧，也向機關辦理了自願退休，因而雖然沒有了固定的薪俸收入，但卻每月仍有固定的退休金收入，雖然比薪俸少了些，但總算還是有定期收入，所以手頭還是相當活絡。

秋寧這樣一路回想下來，想到這裡，很容易悟解到，玉蓉這些年來的一些言行舉止和神態，看起來都比過去更有自信。這種自信，除了大部份是來自這個成功家庭給予她的榮譽外，原來還更與她手頭有了錢大有關係。這種個人經濟情形的改善和自主，顯然很快就培養出她的獨立感，這種獨立感，也絕不因她賢淑天性而削弱。在秋寧看來，甚至她可能不自知，這種獨立感正是她敢於放膽與為亮相愛的潛在心理基礎。

最近這幾天，秋寧不斷回憶和分析這些往事，每分析到最後，結論幾乎都是：只要再過幾天，為亮走了，一切就都會很快結束而成為過去。但是，豈知這短短的幾天，對他竟是度日如年。為亮一日不走，他的痛苦就一日加深。不過，小不忍則亂大謀，除了咬緊牙關之外，一時實在也沒有其他更好的辦法。他不想把這件事情張揚開來。

在他第二次放過玉蓉之後，他不再早睡了，儘管到了八點鐘就已經疲勞萬分，眼皮沉重得撐不開來，卻仍然強自掙扎，坐在客廳沙發上不上樓去就寢。只對玉蓉說是發現了一個電視連續劇節目非常有趣。玉蓉起初不明真相，還只顧催促他上樓，他也只是含糊應付。

這夜，到了九點多鐘，他實在是再也撐不住，而在沙發上昏昏沉沉地睡著了，鼾聲如雷。玉蓉怕他受涼，過來推他又拉他，他還是倒在沙發上怎麼也起不來。這使玉蓉想起，再過一會兒為亮就要到家了，心裡暗暗著急。因為她們倆昨夜還特別約好，今後幾天都要儘量提早回來相聚。一想到這裡，一想到為亮，壓抑在心頭的那團熱火立刻就燃燒起來了，但卻同時也觸動了她的警覺，更使她心虛起來了，開始疑惑今夜秋寧是否故意遲遲不肯去睡。因此，反而不方便過度催促他去睡了。她看了為亮的房間一眼，又斜睨著那張長沙發，心裡想著，不就是這張沙發麼，現在竟被秋寧佔據了，正張開雙腿，大模大樣地在那兒睡著了。她心靈十分不耐，除了眼睜睜地瞪著他之外，實在別無他策。

這時候，前院大門傳來兩、三下嗶剝聲，細微到很難聽出來，但是玉蓉卻立刻就聽出來了，知道是為亮提早回來了。她看了一眼牆上的鐘，正指著十點四十分。她迅速起身去前院開門，門一打開，一眼就看見為亮站在她眼前，那張佈滿熱誠的臉是那麼可愛，而且現在與她靠得這麼近，她迫不及待地緊抱著他，狠狠親他的臉頰，並且忍不住靠在他耳邊用那種不發聲的喉音，親密地叫了一聲：

「為亮！我真想你！」

為亮也忍不住抱緊了她，低叫一聲：

「玉蓉！我更想你！」並且用自己的臉和唇在她臉上很快地用力親吻和摩擦，但很快又把她推開。

玉蓉小聲說：「他還沒有回樓上去，正在客廳沙發上打瞌睡。」

為亮當然聽出她聲音裡的那份緊張和輕微的抱怨，也知道她是在警告，就用一種微帶驚訝的眼光望了她一下，並且點點頭表示了解情況，就把眼珠子瞪得大大的，默然不再說什麼，只是鎮靜地關好門，慢慢地向客廳走去。玉蓉趕快又偷偷地用力撫摸了一下他的手，並且搶先走在前面進了客廳，看見秋寧竟已經醒來，端端正正坐在沙發上，精神煥發地在看電視。玉蓉看見他居然醒得這麼快，既略感意外，更有點失望，但是卻只是平靜地在一旁坐下，對秋寧淡淡地說：

「是為亮回來了。」

秋寧精神顯得很好，絕看不出他是從昏睡中剛剛醒來。他沒有答覆玉蓉的話，眼睛卻盯住跟在玉蓉後面剛進到客廳來的為亮。為亮馬上露出滿臉笑容，帶著愉快又恭敬的神態說：

「秋寧哥還沒睡啊？精神真好！」

秋寧也高高興興地說：「這個連續劇很有趣，你也坐下一起來看罷。」

為亮一邊說一邊坐下：「好！來陪秋寧哥。」

「你今天好像是回來得早些？」秋寧望了望牆上的鐘。

「今天餐廳的帳比較少，所以就早點回來。」為亮說。

「很好！其實你也不要經常工作得太累，以後還是早點回來好。」

玉蓉在一旁默不作聲，只是目不轉睛全神貫注地一直盯著他們兩人談話時的神色，而且特別注意秋寧的表情。現在聽見丈夫竟勸為亮要早點回來，不僅覺得高興，而且馬上改變觀點，認為丈夫今夜遲遲不睡，只不過是偶然湊巧，並非有什麼特別用意，原先還以為丈夫已經起了疑心，現在似乎可以證明自己判斷錯誤，太緊張多心了。這時她就高興地插嘴說：

「是呀，以後還是早點回來好。其實，只要餐廳打了烊就可以下班了，不要拖延到那麼晚。」

「謝謝，我本來就決定要早一點下班回來的，再過不到幾天，我也就要回東部去了，也該收拾收拾一些零碎東西。」

秋寧心裡想，回東部去與每晚回這兒來的早遲有什麼關係？你又有什麼多少東西好收拾呢？實際上只不過是想要與玉蓉多接近罷了！不過，他雖然心裡這麼想著，口頭卻故意帶著點訝異口吻漫然地說：

「哦，真的呀？你快要回去了嗎？日子過得真快，不覺得轉眼就兩個月了！」玉蓉不自覺地用微微依戀的口氣說：「下次要隔四、五個月才能再來。」

秋寧咳嗽了一聲，哼了哼，並且隨著慢慢地發出幾個含含糊糊的聲音，實在聽不清楚是在說什麼，但是那神態似乎是自言自語地在說：「嗯，四、五個月喲？」又沉吟了片刻，才清楚地說出句子來：

「下次來，」他正視著為亮，一個字一個字清清楚楚地說：「為亮，我建議你下次一定要帶你太太海棠來，絕對不可以再獨自一個人來，把海棠孤零零地丟在家裡辛苦。」

要海棠同來西岸兩個月？包括秋寧在內現場三個人心裏都明白，這是根本不可能的事情！秋寧硬是瞪著眼睛在說瞎話！但是態度卻表現得那麼認真，口氣那麼鄭重，令人無從認為他是在講笑話。不過，儘管如此，玉蓉和為亮兩人仍然懷疑他倒底是在故意講笑話還是老糊塗了？但是為亮沒有花腦筋去研究這些，就直率地把它看作只是客氣話，笑了笑：

「每次我出門後，都是海棠獨自辛苦照顧我們那家小小的店，她是走不開的。她如果要出來，除非把店門關上，停了生意不做才行。可是少做了生意她又不願意，所以她實在是很難出門的。」

豈知秋寧聽過後竟板起臉孔，一股正經地說：

「什麼人都要休息呀，都應該要度假呀，你不能老是把個太太關在家裡讓她過辛苦日子替你家賺錢呀！」他加重語氣說：「你這樣對不起海棠呀！我要替海棠向你提出抗議！我是在說真的呵，不是說笑話，你別以為我是在說笑話。」然後他更把語氣裝成非常嚴肅和斷然：「下次一定要帶海棠來；否則，我和玉蓉會都不歡迎。」他轉過頭去看著玉蓉：「玉蓉，你說是不是？」

他的神態使人覺得像是在假話真說，又像是真話假說，實際則是真話真說，而且顯然還是在說重話，連不歡迎的話都說出來了，聽起來是假不了，也絕不像是在說笑話。玉蓉和為亮兩人這才都有點惶惑，知道該要正視這種情勢，但一時間卻不知道要如何應付才好。幸好為亮還算機警，腦子一轉後，很快就說：

「謝謝秋寧哥這麼關心，我回去一定會把秋寧哥這份厚意告訴海棠，讓她了解到這份盛情。」

玉蓉腦子也隨著轉過來了，就說：「對呀，希望海棠最好也能來。不過，也不要過於勉強她。」

秋寧心裡想，以前只以為玉蓉忠厚，卻沒有想到，遇上了愛情她就變得這麼聰明會說話呢！他心裡想，愛情的力量實在偉大，常話說是有錢能使鬼推磨，現在是愛情能使人昏頭！愛情也能使人開竅！對平凡的人能給予智慧；對懦弱的人更能夠給予勇氣。想到這裏，他露出了一絲會心的微笑。那兩個人看見他笑了，緊張心情就沖淡了一些，也露出微笑來。不過秋寧忽然又收起了笑容，仍然搖了搖頭，用一種明白看得出來是故意偽裝成正經八百的神色說：

「海棠不來怎麼行？一定要她同來，我們才歡迎啊！」

這種話，表面上似乎不過是要把空氣弄得輕鬆些，但意思很明白，仍然在堅持並加強原來的主張。把話反過來看，不就是更明白在說：如果海棠不同來，就不歡迎為亮來嗎？這使得玉蓉覺得應該趕快結束這個談話題目，於是就轉過頭來對為亮關切地問：

「你今晚這麼早離開舊金山，大概還沒有喫晚餐罷？」她口吻親切，與其說彷彿是姐姐對弟弟，倒不如說更像母親對兒子講話：「肚子餓嗎？我去給你把飯菜燒熱好嗎？」

「謝謝，我喫過晚餐了。」他趁機站了起來對秋寧說：「我想去房裡換一下衣服。」於是也不等待答話，就逕自走向臥室去了，根本也不正眼看玉蓉一下，實際上他斜瞄的眼角仍然清楚地看見她眼睜睜地正在盯著自己。

從幾分鐘前為亮回來時刻起，玉蓉無論是在講話時或旁觀時，一直都有一種無法掩飾似乎也根本沒想要去掩飾的愉悅表情，水汪汪的眼神就像一池秋水般盈盈有情，令人覺得她那洋溢的熱情幾乎馬上就要流瀉出來了，偶爾說一句話，音調也特別清脆響亮悅耳，睇視為亮時的神色更是格外溫柔。這種種異乎常態的細微動作和點滴神情，無一不看在秋寧眼睛裡，也無一不激起他內心更熾烈的怒火，難以忍耐。

當然，他還是忍耐下來了。

為亮既已到臥室去了，秋寧仍沒有和玉蓉說話，只把眼光轉回電視螢光幕上，心不在焉地，似看未看。玉蓉看見為亮已走開，也覺得若有所失，而且感到客廳裡的氣氛不好，秋寧仍然沒有上樓就寢的意思，所以她心情複雜，茫然地望了一下電視螢幕後，躊躇了一會兒，忽然站了起來，彷彿想起了一件什麼重要事情，自言自語地說：

「有件事情我忘記告訴為亮了。」然後就快快向為亮臥室走去。

秋寧望著玉蓉的背影，內心勃然大怒，她與為亮居然片刻都不能分離，為亮前腳剛一走開，她後腳馬上就要追到他臥房去，真可惡！也真下賤！他十分衝動地嘩啦一聲站了起來，走了兩步，正要發作開罵時，卻又強自控制住了。他想到，自己深思熟慮後做成的決定是要暫時忍耐。這念頭多少天來都佈滿他的腦際，強烈主宰他的行事。每遇自己稍有衝動時，這念頭就會馬上跳出來壓制他。於是他重新坐下，在沙發上生悶氣，獨自想著，堂堂男子漢，眼睜睜看著自己的女人走進房間去會她的情人，自己竟束手無策！是可忍孰不可忍？真是十分委屈，內心鬱火激盪不已，情緒始終不能平靜下來。他想到玉蓉此刻已在為亮臥室了，兩人一定已經緊緊擁抱在一起了。玉蓉這一行動，等於是公然無視於我這個丈夫的存在，堂而皇之地到那渾蛋房間裡去親熱！欺人太甚！這些日子裡他真是百般忍耐，但卻每次都受到太大刺激，而這對渾球竟再三再四地繼續挑釁，現在竟公然要當面親熱給他看，他實在再也無法控制自己了。他這麼一想，就像皮球反彈一樣，馬上又霍然跳了起來，再也不能壓制自己了，他已經打定主意，只要一眼看清楚他們兩人在做任何越軌的事情時，就先揮杖痛毆那男渾球一頓再講，這次是下定決心不再忍耐了。

他撐著手杖微跛著腳，一下就衝進為亮臥室了。當他踏進為亮房間時，實際上和玉蓉先後只差幾秒鐘，這次是心底下打定主意要發作了。但非常意外也有點安慰的是：他看到玉蓉和為亮兩人並沒有擁抱在一起，只是面對面站在床前說話，兩人身子距離非常近，為亮說話的聲音很細小低沉。他立刻就後悔自己進來太快了，如果遲幾分鐘進來，情形一定不一樣。不過，他心裡還是有點得意，因為他看出來了，自己的滿面怒容已使他們兩人都張惶失措。他們絕對沒有想到，他竟會這麼快就跟在後面突然衝進房間來！為亮一眼看見他時，固然有點愕然，但卻很機警地就迅速改變話題，並且提高聲調，假裝成是繼續原來話題的模樣，對玉蓉說：

「你放心！我一回到家裡就會把你的好意清楚地轉告海棠。」

轉告海棠？這就是她必須追到房間裡來告訴為亮的重要事情嗎？顯然是在掩飾！秋寧原本就是滿腔怒火，現在發現為亮這種閃爍態度，徒足以暴露他們兩人間曖昧關係，因而更加氣憤。不過，他現在畢竟沒有眼見他們做了什麼不可告人的事情！也就沒有什麼理由來撕破臉！所以只好用一種不耐煩的語氣說：

「我看你們倆還是一起到客廳去看電視罷，這個節目很不錯，不要錯過了。」

停了一秒鐘，態度幾乎已擺明了，索性更鐵青著臉孔補了一句：「你們兩人有什麼話要講，到客廳去講也是一樣。」

玉蓉臉色有點尷尬，只好訕訕然地往外面走，嘴裡還故意對為亮說：

「好，那就這麼辦罷。只要別忘記告訴海棠就好了。」

為亮沒有理會玉蓉，只懶洋洋地答覆秋寧說：「你們先請罷，我覺得有點疲倦。」

可憐的秋寧！這以後幾個晚上，仍然都不肯像以往那樣每晚八時就去睡，寧願睏乏不堪，坐在客廳沙發上掙扎，仰著頭睡睡醒醒，大部份時間都鼾聲如雷。玉蓉心裡當然十分明白了，也就聽其自然，絶不再去催勸他了。那以後幾天，為亮也不再提前回家了，縱然偶爾早回，也是回來後立即早早進入房間就寢。但無論他早回遲回，秋寧一定總還是坐在客廳沙發上，必定等到為亮回房間就寢了，以及玉蓉也去就寢了，自己才去睡，絶不再讓玉蓉單獨守候為亮回來，也不讓玉蓉單獨在客廳看電視。這種情形，使得玉蓉自覺沒趣，也只好前所未有地每夜都早早去睡，雖然實際上睡不著，也只好在床上輾轉反側。而可憐的秋寧！那些夜晚更是澈夜不能成眠，因為他疑惑那兩個人是不是半夜三更會有什麼勾搭。他老了，攝護腺有問題，既然睡不著，更要頻頻起身上洗手間，而且每上洗手間，都故意要弄出許多聲音來。這樣，確使玉蓉和為亮不再方便為所欲為了。因此，玉蓉就像是熱鍋上的螞蟻那樣，慾火燒身，日夜難熬。

為亮要離開的日子雖然越來越近，但是對秋寧而言，卻正像俗話所說的也是「度日如年」，他睡眠不足，身體發燒，心情惡劣，百般忍耐。當然，最後總算是挨過去了，為亮兩個月的寄居期也總算滿了。謝天謝地，為亮終於走了。

為亮走的那天早晨，秋寧大大方方，一手撐著手杖，一手還特別牽著為亮的手，微微跛著腳，和他肩併肩地從客廳一同走出去，把他送到自家院子大門外。這時秋寧內心暗暗覺得有點奇怪，為何玉蓉竟躲在廚房裡沒有出來送為亮？當他與為亮一同向外走時，秋寧又舊話重提，用特別鄭重的語調，一個字一個字地朗聲說：

「為亮，你聽著，我可是說真的，下次你一定得和海棠一道來才行，我們歡迎！」

為亮只含糊地嗯嗯了兩聲，沒有接嘴。他把簡單的行李放好在自己汽車後廂之後，一句話也不說，忽然回頭又往屋裡走。秋寧還來不及問，他很快就已經進屋了。秋寧猜想他一定是忘記了什麼東西沒有拿，只跟著回頭走了兩、三步就停下來了，但是非常意外地望見為亮竟是向廚房方向去了，覺得十分詫異，因為剛剛為亮與玉蓉在客廳道別後，玉蓉已進廚房去了。正在疑惑時，兩三分鐘後，為亮出來了，手上卻並沒有拿什麼東西。秋寧就好奇地問：

「你到廚房去幹什麼？」

「去跟嫂嫂說一聲謝謝。」

「你不是已經跟她說過謝謝，我們才走出來的嗎？」

為亮聲音很低，硬著頭皮含糊地說：「我是去和嫂嫂說一句話。」

「說一句什麼話？」他更詫異了，體內有一股熱氣忽然往上衝，而且猛烈地衝擊他的神志，他用那種不滿的眼色盯住他：「有什麼話，讓我轉告她不就好了嗎？」

為亮腦子一時轉不過來，只好無可奈何地答話：「我欠嫂嫂一點零錢，去向她說明一下。」為亮的聲音低到幾乎聽不清楚。

秋寧心裡覺得更是意外和驚訝，他們私下怎麼還有金錢往來呢？自己難道真是成為阿木林了嗎？怎麼一點也不知道？。但是，他並沒有開口追問，因為他馬上想到，這傢伙這輩子永遠也不能再進我家這個大門了，現在讓他快快滾蛋就好了。於是，只再看了為亮一眼，就什麼話也不再說了。

兩人很勉強互道了一聲再見，為亮把車子開走了，揚起一陣不小灰塵在空氣中滾動著。秋寧望著那團灰塵，心底下恨恨地咀咒：「混帳東西！，臨走還留下了這麼一團害人的灰塵，真是渾球！」他回到屋裡，一方面因為總算放下了一塊心頭大石，內心覺得十分輕鬆；另一方面卻又因為為亮剛剛還要到廚房去和玉蓉單獨告別，十分生氣。他猜想，玉蓉不出來送為亮是故意做給自己看的，但是為亮這傢伙竟不能忍耐，硬要到廚房去，顯然只是要去與她單獨道別，絕不是去談什麼欠錢的事情。當著廚房裡沒有別人的時候，可以想得到，他們是怎麼道別的了！想到這裡他就憤怒！熱火中燒！因此，他坐在沙發上又獨自生著悶氣，並且立刻想到要在何時如何向玉蓉攤牌。他想了一陣子後，初步想法是：等到明天，還是應該用一種心平氣和的態度，但卻毫不含糊的措詞，把自己親眼所見的事實，對她大致說出來，然後要她明確承諾今後與為亮永遠徹底斷絕往來。

這時候玉蓉從廚房裡出來了，神態似乎有點不自然，過來坐在客廳沙發上不知道該做什麼才好，隨手拿起身邊那幾張報紙無意識地翻了幾下，似乎有點想安下心來讀報紙。秋寧仔細看了看她那侷促不安的神色，就好心地想找話講。但是心情畢竟也不很安寧，所以只好輕輕歎一口氣，用一種冷靜的口吻說：

「總算是走了！」

但是他心裡卻是在對自己說：「噩夢總算是結束了！」

玉蓉好像是從沉睡中被驚醒，但卻沒有完全醒過來，慌亂中順著丈夫的口氣勉強地說：

「哦，是呀，為亮走了。」

兩人沉默了一會兒，都覺得沒有什麼其他適當的話可以再說了，但是為了不想很快就把情況弄僵，所以秋寧就繼續試行找話說：

「我們這個家庭本來兩個人非常安靜，過得蠻好的，忽然有第三個人住進來，實在很不方便，而且一住就是兩個月！實在太累！」他稍稍停了一下，忽然把聲音提高很多說：「過兩天，我想請你打個電話去明白告訴為亮，就直接了當的說：我們這裡不方便他再來住了。」

她愕然一驚，完全沒有想到秋寧竟會有這種斷然的打算，而且來得這麼快，措辭又這麼粗鹵，就很不滿意地直率質問：「這是為什麼？」

這念頭在他內心已久，這時候就好像沒有聽見她的話，根本不去理會她，只是仍然聲調高昂地繼續說：「要不，你如果找一個什麼比較堂皇的理由，用委婉溫和的措詞告訴他，我也不反對。但是，還是這個意思，而且必須把意思說得很明確，讓他清清楚楚知道：他不可能再到我們家來住了。」

她完全不以為然，變得有點氣憤了：「這恐怕還要考慮一下！」

「沒有考慮的必要了。我早就考慮得很清楚了。」他神態冷峻，斷然拒絕。

她的態度也明朗了，從幾分鐘前的侷促不安，忽然變得放任了，似乎完全無懼於他追究什麼了，大聲地說：「你沒有什麼理由這樣對待人家，我反對！」

這可不得了！對事情像這樣迅速堅決明朗的反應，是秋寧與她結婚幾十年來第一次看到，所以也使他驚訝。他從沙發上跳了起來，更高聲地說：「咦，你反對？」很出乎他意料之外，他眼睛瞪得很大，顯然是被激怒了，聲調很高：「咦！你居然說出來了哇？聽你這個口氣，人家？人家？為亮究竟是你的什麼人呀？要你這樣偏著他？護著他？他究竟是你的什麼人呀？你不覺得呵？你居然露馬腳了？你是準備要挺身站出來嗎？不錯呵，這種事情也要好漢做事好漢當，對不對？了不起呵！好勇敢呵！」他因為有肺氣腫的病，只要一生氣，馬上就會氣喘發作；加上還有心臟血管病使他缺氧，以致雙腿本已經常無力，只要情緒稍微激動，走路就會顫動得厲害。他現在很激動，喘著氣又顫動著腳，在客廳裡氣憤地跳動著大聲說話。

他突如其來的這一串連珠砲式的質問和指責，也出乎玉蓉意料之外，使她嚇了一跳，但馬上就恢復鎮靜，不僅沒有退縮，反而被刺激得更加勇敢。就在這一刹那間，她決定豁出去，突然就變成另外一個人了，雙眼露出兇光直瞪著他，放大了嗓子吼叫：

「什麼叫做露馬腳？我露什麼馬腳？我不是他的什麼人！他根本就是你的親戚！我只不過是要替人家討一個公道！」

「又是人家！我的親戚？狗屎親戚！混帳東西！不過是想沾我這個本家堂哥哥便宜的小癟三罷了。這種小癟三還有資格來跟我講什麼公道嗎？什麼叫做公道？難道這不是我的家嗎？他有什麼權利提出什麼主張一定要住到我家裡來？既然不是你的什麼人，你玉蓉又憑個什麼替他討什麼公道？難道我不能決定這個家庭的事情嗎？哈！這還得了嗎？他一定要強住進我家裡來嗎？而且還有你在撐他的腰幫他的忙強住進來嗎？」他氣得嘴唇發白。

玉蓉繼續大聲地說：「不錯，這是你的家！但是也是我的家。這個家的事情絕不是你一個人說了就算。」

他們倆自從結婚至今幾十年來，夫婦倆雖然也像一般家庭一樣，間常不免會爭吵，而且爭吵時玉蓉幾乎每次都相當堅持，無論有理無理，都絕不讓步；但是，幾乎就像百分之九十的夫婦一樣，所爭吵的都是些日常生活瑣事，吵過也就算了，而且兩人都從來沒有像現在這樣大聲吵過，更沒有這樣兇狠過。但是今日所爭吵的，內容竟是太太的情慾關係和丈夫的愛恨情懷，本質更涉及夫婦行為自由的分際和婦女家庭地位問題，都相當尖銳。玉蓉的確從來不曾像今天這樣勇敢無懼，她接著又更直率地說：

「這也不是你一個人的家，這個家我也有一半份，我現在明白告訴你：我，胡玉蓉，歡迎為亮來住。」

她的話像是一顆強烈的炸彈，轟然一聲把丈夫炸得火冒三丈。他跳了起來，也斷然地說：

「光是你歡迎他來住沒有用，我不歡迎他來住！他絕對住不成的！這還得了？不相信你試試看！」

「你不歡迎？你憑什麼做這種無理的決定？」她狂叫起來：「你專制！你獨

裁！我絕不再順從你！憑什麼理由我要順從你？」

他很生氣，氣她為了要別的男人，竟對丈夫瘋狂到了這種地步。他更愕然，不僅愕然於她的瘋狂，更愕然於她竟如此輕視共同生活幾十年的恩愛，也愕然於她這種前所未有的大膽。她以為他是傻瓜，傻到什麼都不知道呢。她應該明白，她自己做了這種對丈夫不忠的事情，本來就應該於心有愧，卻還如此蠻橫，好像完全沒有任何事情發生。尤其當著只有他們夫婦兩人單獨面對的時候，彼此之間，話已經說到如此地步了，她還裝什麼糊塗呢？其實情形很清楚，如果她真心想留在這個家庭，繼續他們的夫婦生活，姿態就應該放低些；反之，如果真想去和為亮長相廝守，甚或只不過是想長期軋姘頭，就得勇敢站出來把真相攤開，與丈夫離婚。然而，她現在一方面似乎不在乎與為亮的曖昧關係，另一方面卻更態度如此強硬，顯然是不願意離開這個家庭，只想繼續與為亮勾搭，享受那天理不容的私慾。這好像是在說：「秋寧，你不要來與為亮相爭，你就閉上雙眼不要干涉我們的事情罷。」豈不欺人太甚？他不認為自己有什麼理由必須接受這種荒謬的侮辱。他勃然大怒：

「什麼理由嗎？難道還一定要我明白說出來嗎？你以為我真是阿木林嗎？我專

制？你才荒唐！你問我有什麼理由嗎？你為什麼不問問你自己是什麼理由呢？還一定要我說白了嗎？」

她仍然大聲說：「問我自己？我自己怎麼樣？難道我做了什麼不該做的事情嗎？」

玉蓉今天的這種態度，以及所說的這許多話，都是前所未有。而且大概所有認識她的人都不會相信她竟會說出這些話來，也想不到她腦子裡竟會有這些想法！秋寧更是絕對沒有想到，她居然還能夠昧著良心，企圖繼續矇騙他。他一氣之下，原來打算和緩處理的腹案，也就忘得乾乾淨淨，丟到九霄雲外去了，積壓已久的滿腹委曲，就在這片刻間急速化成一股衝天怒火，突然爆發，洶湧而出。他大吼起來：

「好！你要我講是不是？我講！我講！你以為我瞎了眼睛嗎？那天夜晚，就在這張沙發上！」他原來是在客廳裡跳上跳下，這時跳了過來，用一隻腳在那只沙發上用力踩了兩下，用手指著那沙發：「就在這張沙發上！就在這張沙發上！我在樓上欄杆邊親眼看得清清楚楚！我只是心存厚道，原來還是為了想要顧全你的面子，一再忍耐，不肯當面拆穿罷了，你一定要逼我說，我只好說了。事實俱在，你做賊還不心虛，你還要賴嗎？」

玉蓉以前原本認為秋寧對她與為亮的私情，似乎知道又似乎不知道，絕對不會那麼確切明瞭。而且，縱然知道，也不會有什麼具體證據。卻沒想到，他現在竟這麼準確具體地把事情直接說出來了。不過，她太明白了，這種事情，最好的辦法是不承認，現在事過境遷，光是他親眼目睹也是沒有用的，因為當時沒有第二個旁觀目睹者，更也沒有照相，有何對證？所以她決定必須一賴到底！這種事情，以前就曾經想到過，知道早晚必須面對這一狀況。為亮當然也想到過，所以還曾經特別叮囑她，處理這種事情絕不可以誠實，必須狡猾。她雖渴望與為亮結婚，終身共相廝守，但是，事情牽涉太多，目前一點把握也沒有，根本還談不到這些，潛意識中只是模糊地覺得似乎只有維持目前這種暗渡陳倉的情形下去，所以還必須也維持現有婚姻，在秋寧面前當然也就必須不承認這些事實。她知道，現在必須繼續堅持這種態度，於是，儘管內心已經軟了半截，但外表卻仍然維持那種理直氣壯又堂而皇之的姿態，大聲地說：

「你信口胡說！在這張沙發上怎麼樣？你有什麼證據？你胡說！」她毫不含

糊：「我絕不打電話跟為亮說不讓他再來我們家裡住。」說完，竟站起來逕自上樓去了。

「你不告訴他，我自有辦法告訴他！不要敬酒不喫喫罰酒。」秋寧對著她的背影大聲地說，然後癱瘓地倒在沙發上，氣喘得很厲害。

一切完全出乎秋寧意料之外！她這些話，她這種態度，根本與她幾十年來的性情和行事風格完全遠離，她已經徹底變成另外一個人了，不僅是勇敢，厲害，而且臉皮厚，狡猾潑辣！真是想不到！而且變得這快，這麼徹底！就在他剛剛用腳踐踏沙發椅子的時候，他清清楚楚看見她神色大變，但一剎那間又變得若無其事，也就在那一剎那間變成另外一個人了，完全成為瘋子了！再也不是那個幾十年來賢淑的玉蓉了！尤其是她雙眼露出的那種兇光，證明她已經完全沒有夫婦情份了！這情形給秋寧前所未有的震驚。多少年來，幾乎無人不讚美賢淑的玉蓉，以及自己也見人就推崇心地善良的玉蓉，竟變得如此醜惡，如此厚顏無恥，甚至還如此兇暴！而且更學會了撒賴和撒野這些低賤的潑婦行為。看情形，她是籌之已熟，把偷情的事情早已看得毫不在乎了！對丈夫更沒有絲毫慚愧和歉疚之感了。更使秋寧詫異的是，她從來不是一個有心機的人，也絕不會處心積慮去研究行為合法或違法這些問題，更不會講出證據不證據這一類話；她也從來沒有使用過這一類名詞，甚至可能根本就沒有過這些觀念；而現在，對這許多名詞、觀念、做法，都充分熟悉了，好像她向來就是一隻這麼老練的孤狸精，在熟練有效地運用這些下賤手段，來支持一己情慾。更重要的是，綜合了這些權利和證據的觀念，以及採用狡猾無賴的手段，和她今天所表現出來的潑辣氣勢和下流姿態，也不知道是何時開始在她內心形成的。

但是，最令秋寧不解的是，她天性內向，出身舊式家庭，大學礦物系畢業，更從來不喜歡研究問題，完全不去注意什麼法律上的道理。現在，卻不知道又究竟是在什麼時候，在什麼地方，與什麼人研究過這些問題？尤其這些有關法律責任方面的事情，又是誰教會她的？什麼時候她研究過婦女家庭地位問題？什麼時候她又研究過婦女身體自主權這種時髦觀念？當然，很容易想到的是，可能是為亮灌輸給她這些觀念。但是秋寧很清楚，為亮向來也不太懂得法律，那麼，另外又有誰在背後教唆她呢？她雖然向來有些固執，卻只不過是在許多日常小事上面堅持己見，本質上畢竟還是一位溫和善良婦女，既不新潮，也不前衛，從來不是一名勇敢無畏而且愛爭吵的女人，更不可能是兇狠潑辣的女人。但是，現在卻完全變了，變得對他這名與之共同生活了幾十年的丈夫而言，變得十分生疏，一切都出乎意外！十分不解！幾十年來同床共枕的玉蓉竟在瞬間變成了一名陌生婦女，竟表現了這種從來沒有過的怪異性情，或者說是顯示了他從來不被人知的的另一面。

秋寧也知道，人性本來就常有潛伏或隱慝未發甚至終身不發的那一面，當其有朝一日外發了，必定有觸發的外來因素，也必定有觸發的人。現在，她的隱匿面已經外發了，那個外來的觸發因素顯然就是她的婚外情慾，觸發的人當然也就是為亮，但是，灌輸她一些理論觀點的卻似乎不像是為亮，必定還另有其人，那個人又會是誰呢？這許多知識，絕不是在沒有他人幫助之下，她本人一己獨力所能獲得。他更不了解的是，縱然有人在引發她和教導她，按她的本性來看，本來也不是很容易接受這類觀念和作為的，但是現在事實證明她卻完全接受了，而且勇敢地都做了。這種莫與倫比的力量是什麼？

這還用得著多問麼？這種力量不就是剛剛說過的情慾嗎？不就是性嗎？性的力量之巨大，足以排山倒海，摧毀一切，可以把一個軟弱的人變成勇敢剛強的人；也可以把一個剛強的人變成懦夫，真是不可思議！

三、危機

秋寧的病不少，也有高血壓和長期的腸胃功能失調，但總算都還能維持在醫藥控制之下；而比較嚴重的病是肺氣腫和心臟血管病這兩種。肺氣腫也是一種慢性病，按人類在這方面現有知識來說，認為是一種無葯可治的病症。症狀初發輕微時，患者還只是不舒服；症狀嚴重時，最後會要人的命。不過，通常不是很快就取人性命，大致都會拖延一段時間，快的也有三、二年；慢的有時可以拖上十幾年。如果症狀輕微，而且患者能特別注意保養，也有可能不會構成危險，所以聽來似乎並不那麼恐怖。

秋寧的肺氣腫，是由於他少年時期就開始抽紙煙，繼續了幾十年。自從前幾年發作成病後，聽從了醫師勸告，下了大決心把煙戒絕，而且每天早晚以及稍有空暇的時候，都必定做深呼吸和一些運動，所以病況就漸漸穩定下來。至於心臟病，除了使他不再能多走路，只好困守在家之外，倒也頗為穩定。自從做了心臟血管支架之後，除了身體仍然衰弱之外，倒從來沒有發生過什麼特別狀況。

前幾年他剛剛遷居來美的時候，原本是想長住美國終此餘年；不過，現在發生了玉蓉與為亮間的這種事情，迫使他不得不重行考慮，必須要有一個長遠的妥適處理。只是不讓為亮再來他們家寄居，減少接觸的機會，固然可以阻礙他們私情的繼續發展，但卻不能保證完全斷絕他們的來往。像這種事情，只要男女雙方想繼續接觸，秘密的甚至公開的方法和途徑太多了，絕不是他這種半殘廢的老人所能防制得了的。尤其以玉蓉那種凡事堅持不移的性情，以及最近表現出來的那種烈火般熱情來論，他根本就沒有力量去阻止她。他苦苦地想了很久，最後決定，最好的辦法是釜底抽薪，根本就搬回台北去住，把他們兩人遠遠隔開，也許可以讓他們慢慢冷靜下來。

他把要回台北的意思告訴了玉蓉，並且說明，為了治療心臟病，美國的醫師既然都沒有辦法了，只好回台北去看看，因為大家都知道，台灣的醫葯也相當進步。

當然，玉蓉聽後，心裡立刻就認定，治療心臟病只是託詞，真正原因是她與為亮的事情。但是秋寧卻堅持說是為了治療心臟病，並且說另外還有些財務上的重要事情，必須親自回台灣處理。

玉蓉惱了，毫不遲疑，馬上就說：「當時要來美國住也是你決定的，為的是美國大陸氣候乾燥，對你的肺氣腫毛病有利，害得我配合你還辭職退休。現在，又要搬回台北去也是你。好！那你回台北去好了，我沒有意見，不過我要留在這裡看房子。我倒的確很喜歡加州的氣候。」

這種近乎絕情的說法，玉蓉以前是絕對說不出口的，所以秋寧聽後覺得愕然：「那不行，我行動不是很方便，回台北後，無論是去醫院或是外出辦事，單獨一個人可能都有問題，還是需要你陪著我和幫助我才行。至於這棟房子，實在沒有什麼要看的，只不過是留下了一些傢俱罷了，我們可以找一家服務公司，花幾個錢包給他們定時來打掃和照顧就可以了。」

玉蓉說：「我看你身體還算不錯，走幾步路絕對沒有問題。回台北後，計程車很多，只要一出大門馬上叫計程車就好了。如果覺得確有必要，就去買一部自用車，找一個司機來開，也很方便。問題不都解決了嗎？」

「話是這麼說，但是一個家庭有許多雜事，我一時也說不清楚，回台北後還是有這類雜事，我沒有辦法去管那許多，所以絕對不能沒有你。人家說『少年夫妻老來伴』，也就是這個意思，現在我們正好就到了老來伴的時候了，你一定要陪我回台北去。」他這種話，雖然實質是在求玉蓉，但卻毫無懇求的口氣，說來似乎理直氣壯。

她心底下這時已經決計不離開美國了，但是秋寧的話卻說得這麼肯定，給她的壓力太大。她覺得自己必須態度更明朗才行，於是就直率說出最後的意思，語氣也相當堅決：

「家裡的一些雜事也可以找個女傭來料理，這也並不是什麼難事。我現在給你說清楚，我是絕對不會回台北去的！」

秋寧生氣了，立刻就提高聲浪說：「我現在也給你說清楚，你必須和我一同回台北去！」

兩夫妻吵了起來了，而且吵得很厲害。玉蓉的態度十分堅定，絲毫不肯讓步。

以往在這種情形下，通常最後都是秋寧讓步；但是今天他卻絕無讓步之意。兩人吵了很久，還是沒有結果。

秋寧早就想清楚了，這是他生命裡關鍵性的一件事情，必須貫徹主張，絕無妥協或讓步的餘地。他又想了很久，覺得最好還是讓兒女去勸勸玉蓉，於是就打電話給分別在美西兩地的兒子志尚和女兒佩如。當然，秋寧這時候還不會把玉蓉與為亮的事情告訴兒女，所以兒女也都不知道。兒女只是聽了爸爸電話裡所說回台北去治療心臟病的打算，而且爸爸的肺氣腫也穩定了，對台灣的海洋性氣候已不再像以前那麼過敏了，所以都覺得父親是對的，非常贊成。而回台北去，當然必需有媽媽在旁照顧才放心。而且父親畢竟老了，回台灣去更必須身邊有個親人。於是姐弟倆果然就分別打電話給媽媽，力勸媽媽要陪伴老爸一同回台灣去。可是不管兒女怎麼講，玉蓉仍然是橫下了心絕不回台北去，甚至在電話裡對兒女責罵秋寧：

「你們不要受那老東西的騙，實際上他身體情形很不錯，不一定要我照顧他，他自己什麼事情都能夠處理得很好。你們大概還不知道，你們的父親現在老來變相，變得很怪，現在常常找我吵嘴，我不想跟他回台北去再天天吵嘴，讓我獨自留在這裡清淨些，也可以多活幾年。」

母親把父親稱為老東西，這還是兩姐弟第一次聽到的新名詞。母親說的這些話和這種態度，也使兩姐弟驚訝。他們兩人這才發現父母間的感情竟已經變成如此意外惡劣，完全不是以前的情形了，只是不明原因為何。為此，兒女雖然與母親繼續多次在電話裡商量，但由於玉蓉堅持不肯一同回台灣，所以最後還是得不到結論。秋寧也了解這種情形後，於是下定決心，只好把最後殺手鐗使出來。他再度打電話給兒女兩人，鄭重其事說清楚，再三叮囑兒女務必要直率明確告訴玉蓉，如果玉蓉再堅持不肯一同回台北去的話，那就只有辦理離婚，不必再商量了。這話雖然有些粗鹵，但是兒女奈父親不何，心裡覺得有點慌亂，也只好再在電話中委婉傳話，並且苦勸母親。玉蓉起初還是不肯一同回台北去，孩子們又轉過頭來與父親電話往返商量多次，再勸母親。玉蓉雖然還是多度堅持，秋寧卻毫不動搖，而且措詞越說越強硬。孩子們也認為母親理由不充足，加州房子既無她留下來看守的必要，而父親老了又有病更是必需她伴同照顧。至此，玉蓉一方面除了說不出更好的理由之外，自己也實在還沒有打定主意這時候就要離婚。所以，經反覆考慮後，雖然心裡有一百二十萬個不願意，最後也只好答應考慮。她本來是想等待為亮來電話時，問他的意見，但是為亮卻一直沒有電話來，自己又不方便去電話，唯恐給海棠接到。再過幾天後，她只好在孩子倆來電話追問時，勉強答應一同回台北去。

她自忖年事也漸老，如果真的離婚，而又不能與為亮結婚，將來日子一定會很寂寞；但是，說到與為亮結婚，目前看來似乎還是一件不可知之事。因為自己和為亮之間的感情開始未久，對為亮還不是那麼有把握。為亮雖然表現得那麼深愛她，但是她看過和聽過關於情變的故事很多，知道許多男人常常只是一時貪歡，那裡會去真正想到長久的事情？所以，應該往前再走一段路再看。更何況，為了保持女性某種程度的矜持起見，身為女人，這時似乎還不宜於主動與為亮談這種天長地久的事情，另一方面，為亮必定根本就沒有想到結婚這種事。而且，她甚至已經模糊地感覺到，為亮似乎有點懦弱，很怕太太海棠，使她懷疑他有沒有膽量和決心與海棠離婚而來與自己結婚。而且，他更可能現在根本還沒有想到這麼多，甚至什麼也沒想到。所以，她有了這許多顧慮，照目前情形來看，事情還只有走著瞧。

不過，有一點是十分確定的，她愛為亮，而且非常非常愛為亮，所以絕不會放棄為亮。另一方面，她也深知秋寧的個性，只要他想要做的事情，必定盡全力去實現和貫徹。現在，離婚兩個字他已經說出口來了，究竟是真有此意或只是口頭威脅之詞？還不可知；但是，似乎至少已不無離婚的可能了，而且是為了她與為亮的事情。

夫婦倆終於回到了台北，還是住在自己原有的那幢房屋裡。當他們前幾年規劃去美國長住時，秋寧早就想定要留下這棟房子不賣，作為家人隨時回台北落腳之用，他對玉蓉稱這是他們家庭自用旅館。他和玉蓉本來是在樓上各住一間臥室，這次回來，因為腿軟無力，行動不是很方便，所以除了仍保有樓上臥室之外，他並且還常在樓下一間房子裡睡午覺，慢慢的變成夜晚也常在樓下睡；玉蓉仍然住她原來樓上的房間。

秋寧第一件要做的事情就是陸續去了台北幾家大醫院進行詳細檢查。這樣不停的檢查，連續一、兩個月下來，非常辛苦。檢查結果，都認為肺氣腫的病確已停止惡化了，而雙腿無力確是因為心臟病的原因，但卻也沒有什麼辦法可以改善。這樣，他無可奈何，只好又回到原來聽其自然的態度。

回到台北後的玉蓉，一般情形似乎還算正常，夫妻之間也平靜無波，別人看不出他們之間發生過任何事情。慢慢地，夫妻間又回復到以前安居時狀態，共同過著平靜的日子。兩人有時也會一同坐在客廳看電視。秋寧覺得，只要能夠維持這情形，繼續一段時期的表面安寧，也許可能幫助玉蓉頭腦慢慢清醒過來。至於玉蓉背後究竟有沒打電話給為亮，或是用其他方法與為亮聯絡，秋寧一無所知；不過，他認為不必窮究。

因此，夫妻兩人感情算是不錯，多少又表現出一些老夫老妻的情份，彼此頗能互相體諒和愛惜。對於回台北後家裡幾件比較主要的事情，兩人也都一一商量過。例如原本幾十年來都僱用的炊洗女傭，他們兩人都認為現在家裡事情很少，兩人都退休住在家裏，少有對外的活動，生活簡單，除極少數至親和有必要來家裡面洽的朋友之外，很少客人來訪，所以家裡也就不再有僱請女傭的必要，而決定不僱了。他們都發現，這樣反而得到了更多的安寧；不過也有缺點，就是玉蓉外出時，留下秋寧獨自在家多少有點不放心。

當玉蓉每天把家事做完以後，就完全無事可做，像許多老夫老妻一樣，兩人空下來卻也不是天天有什麼話可談。時間久了，她當然覺得無聊，除了把當日的幾張報紙翻來覆去讀讀，和看看電視之外，就沒有任何打發時間的辦法，何況她對讀書報和看電視也不是很感興趣。秋寧看在眼裡，深有歉意，所以就勸她出去走走，散散心，例如士林夜市、沅陵街衣物市場、四平街衣物市場，以及例如通化街那些小吃市場等地方。秋寧這個勸告倒合了她的意，因為她本來就喜歡逛街、逛百貨公司和逛市場，所以只要秋寧病情穩定時，她有空就會去百貨公司和一些廉價市場走走。她尤其喜歡獨自逛街，沒有同伴更無所牽罣，逍遙自在。

另外，不久後，偶然有朋友談到健身房，後來還邀她去參觀韻律舞和有氧體操之類的教學班，她回來告訴秋寧，秋寧也説這對身心有益，很鼓勵她去參加。她本來並不喜歡運動，不過自己也覺得這幾年似乎小有發福，於是很快就真的參加了一個韻律舞蹈班。豈知參加之後，竟很快就愛上了它，精神勃勃，興緻很高。每次要去上舞蹈課之前，都會快快活活地準備打點。她選擇的這個班一星期三次，每次都在早上九時上課，斷斷續續的跳舞，也做點別項減肥動作和休息，全部課程三個鐘頭，直到中午十二時才結束。下課後，就與幾位同班阿巴桑同學，一道在外面隨意進用簡單的午餐，偶爾也會找一家特別的店家，喫點好喫的東西，大家一邊喫一邊談天說地，十分開心，飯罷興盡才各自回家。她每天到家時，通常都已是下午三點鐘左右，習慣都先去秋寧臥室看看秋寧。那時候，秋寧總是在酣睡，通常要在四點鐘左右醒來，醒後第一件事情就是呼喚玉蓉的名字，玉蓉大多是在廚房裡答應他。所以他起床後也總是先到廚房裡去看她一眼，她總是在清洗秋寧獨自在家午餐留下的碗筷，也做點有關準備晚餐的雜事，而且通常都沒有不高興的神情。他實在很願意看見太太高興，並不願意看見她寂寞，更不願見她愁眉苦臉。

玉蓉居家頗能善盡主婦之責。多年來，自從夫妻分房後，玉蓉每天早餐後都要到秋寧臥室去替他整理床舖和房間，總是把房間收拾得整整齊齊和乾乾淨淨，也經常適時提醒秋寧換穿乾淨衣服。自從遷居美國時開始直到回台北以後，家裡已經有好些年都沒有僱用女僕，秋寧換下來的衣服被褥也都是她用洗衣機清洗，一樓那間幾乎是他一人專用的衛浴室，也都是她每兩三天為他清洗一次，並且適時為他補充盥洗用品。不用說，兩夫妻每日三餐當然也都是她一人準備，包括菜飯、水果、麵包、牛奶等等食物和一些日用品，都是她去附近市場買回來，以至把餐點飯菜做好放到桌上為止。每當她把所有食物做好擺在桌上，並且替他盛好一碗飯也放在桌上後，她就會朝著坐在客廳沙發上的秋寧說一聲：

「飯好了！」

秋寧也必定轉過頭去，看看已經擺好在餐桌上熱氣騰騰的飯菜，應一聲：

「哦，好！」

過一會兒，他就過去與玉蓉共餐。在餐桌上，他們習慣總是會講些相干的或是不相干的話，氣氛像往昔一樣。

玉蓉除了每星期有三天外出上韻律舞蹈班外，其他在家日常生活的其他事項，由於兩人已經是幾十年老夫老妻了，早都有了一些自然累積的習慣，大多都是各自處理，誰也用不著刻意去照顧誰。同居在同一個屋頂下，各行其是，各得其所，各安其生。兩人有話就講，有時候偶然也會討論得很長，因為玉蓉雖然賢淑，但卻十分固執，似乎對任何事情都天生有不同意見，所以兩人間不傷和氣的爭執向來經常發生。當兩人沒話說的時候，就各做各自的事情，互不干擾。像這樣，結婚幾十年來，本來倒很能享受安寧自適之樂。現在回台灣來養病，這些多年來的習慣仍照例沒有什麼大改變。秋寧躺在床上看書，或坐在那張桌子邊工作，或是坐在客廳沙發上看電視，有時可能整天不說一句話。玉蓉有時也會來坐在另一張沙發上一起看電視，除了偶然說幾句話評論節目外，通常兩人也不大講話。其他空暇的時間，玉蓉大多是獨自坐在飯桌旁，把當天幾份報紙翻來覆去地看上一兩個鐘頭。夫妻倆老來這樣相處，彼此都覺得相安無事，真正成為「少年夫妻老來伴」了。他認為這正是典型的老夫老妻生活，也就算是幸福。

玉蓉過去很少把她自己工作機關裡的事情說給秋寧聽，現在也很少談到她們健身房的事情。不過時間久了，兩夫妻談別的事情時，有時難免還是會牽涉到她在健身房的活動，因而秋寧知道玉蓉在健身房裡新交了一些朋友，並且發現其中有一個名字她提到的次數最多，顯然對這位朋友特具好感。

這個名字是凌梅莉，在一家公營事業的總務部門做個小小股長，大小也算是一名主管人員。有一次，凌梅莉還邀同另外三位韻律舞蹈班的同學，帶了水果一起來看秋寧。僅僅這一次見面，就使秋寧對她留下了深刻的印象。凌梅莉她們坐下來不到十分鐘，秋寧就看出她是玉蓉她們那個小集團的意見領袖，尤其玉蓉更是十分服她，幾乎完全聽從這位凌梅莉的意見。凌梅莉的身材不高，甚至有點矮胖；有一張扁扁黑黑的燒餅臉，相貌也不漂亮，甚至可以說是有點醜陋，年齡顯然比玉蓉小幾歲。從談話中知道，她是來自台灣南部鄉間一個土財主家庭，雖然成為台北市這種大都市裡著名公營事業的職員已經十多年了，但她那身材和臉孔畢竟改變不了，仍使秋寧覺得她土裡土氣。不過人不可以貌相，大概任何人只要與她接觸幾分鐘後，必定很快都會發現她頭腦十分靈活。她伶牙利齒，能言善道，反應迅速，機警敏銳的眼光和明快鋒利的應對，直接給人能幹的印象。特別是那雙眼珠子，無論說話或不說話的時候，都一直在那裡骨碌碌地轉動，正合上俗話所說「眼眨眉毛動」的那個樣子，再加上她那種對誰都帶點諂媚的笑容，使人明確地會覺得，她隨時都在企圖博取任何一位面對者的好感。這種種情形，都使經驗豐富的秋寧立刻覺得此人絕不簡單，確定是一名厲害角色，也是典型的三姑六婆。這種立即深印腦際的強烈印象，使他警覺，以玉蓉的忠厚，實在不是這位三姑六婆的對手，必須早一點提醒玉蓉注意；否則，玉蓉早晚必定喫她的虧。不過，由於玉蓉性情固執，所以也不能憑空這樣直率告訴玉蓉，以免玉蓉認為他僅因一次見面，就輕率評斷一個人，反而更永遠排斥他好心的勸告，所以仍然要等待適當機會時再講。

秋寧向來相信命運，他常常認為，當著一個人行歹運的時候，禍患確會連續相隨，一個接著一個而來。大家說：「禍不單行」，實在是大衆經驗之談。他知道，遇到這種情形的時候，必須要忍耐和堅定。不過，經驗也告訴他，相反的，另一種「居安思危」的觀念也很重要，當身處現在這種難得的平靜生活狀態時，應該算是順境了，卻又必須要有警惕意識，因為災禍常常在安靜的表象掩護下醞釀來襲。

果然，上天竟真的不肯給他多幾天安靜的日子。

那天深夜十二點鐘左右，一陣劇痛把秋寧從睡夢中痛醒過來，醒來後發現是左腳在痛。本來，這隻腳已經連續十來個夜晚都有微痛，他未加重視，但是今夜卻痛得特別厲害，是最小的腳趾頭在痛。腳趾頭內部這時候就像針刺一樣，一陣又一陣地在刺痛，痛得不能忍受，整個身體痛得發抖，幾乎要跳起來。他起來開了燈坐在床上，戴上眼鏡，把那隻小腳趾頭扳過來上下仔細察看，這才發現那隻小腳趾頭嚴重瘀血，前幾天原本還只是紫色，現在竟已經完全變成黑色了，使他大為吃驚。他從小頑皮，常常會因猛烈跌倒而使得身體許多地方被擦傷，或是與同學打架受傷，或是有些小病。固然大多情形下都不過只是一些輕微的擦破皮或感冒，或兒童常有的胃腸病；但有些時候也會有比較嚴重的傷病，不過，不論在任何情形下，他仍然都不去告訴媽媽，更不去找醫師，寧願忍受痛苦，讓傷病慢慢地自行痊癒。多少年來，倒也沒有出過差錯而平安度過。由於童年和少年時期養成的這種忍痛耐苦習慣，加上他從小身體頑強，具有極大韌性，使他成人以後一直到五、六十歲，仍然還是不太注意自身的病痛，所幸偶有病痛大多也的確都能不葯而癒，從來沒有成為危機。

不過，他也自知，現在畢竟老了，歲月的黑手對身體的侵害如此無情，這幾年他身體越來越差，殘酷的現實迫使他不得不改變觀念，成為理智而不再任性了，只要每有任何些微病痛徵狀出現，必定密切注意，儘量很快就醫。現在就拿這隻小小腳趾頭來說罷，最初他覺得大概只是普通扭傷，應該會自癒，不必大驚小怪，所以雖然瘀血徵象出現差不多半個月了，卻並沒有去看醫師。誰知情形越來越嚴重，現在他警覺到應該重視它了。他坐在床上仔細想，耽心腳趾頭裡面有細菌，甚至疑惑地想到最近幾天才新聽到的一個病症名稱：「蜂窩性組織炎」，萬一繼續惡化，細菌向上往腳板甚至小腿蔓延，甚至再往大腿伸展，那就很危險了。他想起來曾經看過一位年輕人，因小腿瘡毒糜爛長久不癒，細菌散播到小腿，使半條小腿潰爛，最後竟不得不把整條小腿鋸去，才救了一條命。另外一例是長輩告訴他的，一位壯年人，細菌更蔓延到大腿，那是在抗戰時期，又是那種窮鄉僻壤的地方，不光是醫葯嚴重缺乏，而且當地根本就沒有夠資格開刀切除大腿的外科醫師，所以只能聽任細菌蔓延，上行直至侵蝕心臟，最後竟眼睜睜地看著病人死在那條腿上。

他獨自坐在床上，這樣想了很久，心裡於是有了一個決定。這時他聽見樓下電視機裡傳來一陣掌聲和笑聲，知道玉蓉還沒有睡，就扶著欄杆慢慢走下樓來，把情形告訴了玉蓉，並且把那隻有毛病的腳趾頭伸出去給她看。她看了一下時鐘正指著十一點半，就問：

「你打算要怎麼辦？」

「我想現在就去看急診，這種事情不可兒戲。」

玉蓉向來對事情十之八、九都有不同意見，但是現在總算很好，對於他要去看急診這件事沒有意見，而且說：「我陪你去，快穿好衣服罷。」

兩人一同出去攔了一部計程車，到了他們平常看病的那家醫院的急診處。

這家醫院是台北數一數二的一流大醫院，向來病人擁擠。現在是午夜已過，但卻因為最近正是某型流行感冒盛行的時候，急診處燈火通明，病人異常的多。他們辦好掛號手續，等了半個多鐘頭才輪到看診。秋寧把自己的宿疾都告訴了醫師，也把現在來看急診的主訴求說明了。醫師診視後，要他到隔壁幾間房子裡去做腳趾頭和大腿的X光照相和抽血檢查。他去做好後，夫妻倆就併肩坐在走廊外等候結果。秋寧覺得有點倦，玉蓉去找了一張可以推動的病床讓他躺下來，也給自己找了一張椅子坐在床邊陪他，兩人靜靜地沒有說什麼話，只見走道和看診室裡裡外外人來人往。到處都擠著醫師、護士、病人、和病人家屬，都在忙著。就像螞蟻搬家的隊伍被打亂後，千千萬萬螞蟻到處衝闖著。

這樣又經過了半個多小時，才忽然聽到急診處的護理小姐叫秋寧的名字了，玉蓉很快答應了，就把秋寧的病床推進看診室。醫師說，X光照片和驗血的初步結果都出來了，白血球只是略有增加，表示只可能有細菌，並不確定是有細菌；至於腳趾頭的X光照片，則還看不出什麼病因來。但是因為秋寧年歲大了，為了慎重起見，要他暫時不要回去，就留在急診處用葯，以便直接觀察病情變化。玉蓉和秋寧於是請求給他們一間病房，醫師和護理小姐查看電腦記錄後，都說已經沒有空餘病房了，甚至急診室留置病人的位置也都滿位了，不過因為他年老，所以視同重病，姑許他的病床暫時就停留放在看診室裡。

護理小姐來給他打點滴。經秋寧詳細問清楚後，知道點滴葯瓶裡的葯有兩種，一種是殺菌的某種抗生素，另一種是擴張血管的葯，兩種混合使用。秋寧了解，這表示醫師對他病況所作的兩個診斷方向。護理小姐說，這種點滴不可以打得太快，一定要慢慢滴入，一瓶必須要用二十四小時滴完，不可操切。

整個一夜，玉蓉都坐在秋寧病床旁邊一把椅子上陪他，她勸秋寧要睡，秋寧勸她也必須將就一點，坐在椅子上打個盹也好。秋寧因為身體不好，不睡不行，所以就半迷糊狀態的竟勉強也睡著了。但是幾次醒來，都發現玉蓉始終沒有睡。這使他為她的疲勞而憐惜，卻也想不出什麼辦法來強迫她。他太清楚，玉蓉天性固執，經常是毫無理由地拒絕他人的善意。

玉蓉當然還是很疲倦，整夜都只偶爾才會閉上一會兒眼睛，狀似養神，心裡卻一直在回想往事。她想到上次在美國與秋寧吵嘴的事情。秋寧要她打電話通知為亮不要再到他們家來了，她當時斷然拒絕，秋寧最後就說他自己將會打這個電話。從那以後，玉蓉就一直暗中在密切注意，但卻並沒有發現秋寧打過電話或是用過別的方法通知為亮，而且對她也絕口不再提到過為亮，也不再提到這件事情。於是，有一次，她忍不住悄悄打電話給為亮，除了告訴他自己已經回到台北外，並且也曾經很技巧地查詢這件事。為亮說秋寧根本沒有去過電話。這種種情形都證明，秋寧對這件事情實際上是還沒有採取任何進一步的行動，這也是回台灣後，夫妻倆表面上得以維持相安無事的原因。現在想到這裡，她內心又更平靜許多。

想到夫妻倆回到台北後的這些日子裡，起初幾個月，秋寧忙著上醫院檢查身體，每次都是她陪同，但是其他日子秋寧外出洽事，實際上都是他獨自坐計程車去的。後來，秋寧這些事情都辦過去了，比較不忙，大部份時間都在家裡，就開始做短線股票買賣，因為需要通曉市場變化，所以訂了好幾份報紙，而且還訂了很多種有關經濟、金融和證券的雜誌。那時期，台灣股票市場交易時間是上午九時到十二時，每天在這三個鐘頭裏，秋寧都一直坐在電腦前和電視機前，注視著螢光幕上有關股票價格變動情形的即時報告。行情變化得快的時候，甚至瞬間就要作成買進賣出決定，而且買賣數量不是很小，也幾乎每天都有進出，相當緊張。下午除了午睡外，幾乎都是計算帳目和研讀有關投資和股票的資料，晚飯後還必須細看電視上幾個固定的股市解盤節目，所以整天都很忙，很少有時間去找朋友或是應酬；至於消遣或玩樂的事情，那就更免談了。

至於玉蓉，因為與為亮大洋遙隔，離得太遠了，無論是想寫信或打電話，儘管他們已經秘密約定了一些技術，但是都由於牽涉到雙方的環境狀況而有所顧慮和不便，必須要把情況完全弄清楚，並且確知安全時，才勉強能通幾分鐘電話，所以常不免耿耿於懷。不過，若從另一方面說來，慢慢發現，回台灣來倒也有些小小好處。台北的婦女們盛行減肥，她當然也不例外，除了已經參加韻律舞蹈班，每星期去健身房上課三個上午外，還常常能夠和老同學、老朋友和老同事聚晤，偶爾也參加他們的郊遊活動。幾個月下來，體重果然下降，心裡也興起些微高興；另外，也帶給她些微高興的是在健身房裡結交了一些新朋友。不過，這些活動，也不過是在目前這種心情十分落寞情形下，聊以打發時間和排遣愁緒的無可奈何之舉。這就是她和秋寧回台北後幾個月來的大概情形。

當然，她無時無刻不在想念波濤萬里外太平洋那端的為亮。她就是喜歡他那模樣，喜歡他的一切，內心對為亮是完全接受了。她常常對自己說，並且也對為亮在電話裡說過，如果她能夠永遠享有他，以及為了能享有他，她願意犧牲自己一切而為為亮做任何事情，一無所惜！自己縱使受再多再大的痛苦，也心甘情願，欣然接受，甚至死也甘心。

留置在急診室裡的這個夜晚，秋寧還能勉強睡著；玉蓉卻只是在他床邊那張摺疊小木椅上兀坐，並且也就這樣胡思亂想了整個夜晚。第二天上午十一點多鐘的時候，護理小姐來通知他們，有一間病房空出來了。於是，在護理小姐幫助下，玉蓉把秋寧的病床推進病房住妥。這時，秋寧勸她趁機回家去睡一下，但她仍然拒絕，要晝夜都在醫院裡繼續陪他。不過，好在病房裡有一張長沙發，夜晚可以拉開來成為床鋪，她總算是勉強有地方可睡了。

秋寧住進病房後，他的主治醫師是一位專長血液病症的林大夫，也和急診室醫師相同，疑惑他腳趾頭裡有細菌，或是血液流通不良而形成阻塞，所以仍然朝這兩個方向治療，繼續注射那兩種藥物。但是，當他在病房裡住了幾天後，用藥並沒有出現明顯的療效，那隻小腳趾依然是烏黑色，刺痛也沒有減輕。不過，這種痛，對秋寧這種從小忍耐勞苦成性的大男人來說，實在算不了什麼。他精神很好，食慾也很好，外表和面貌都毫無病態，整體上沒有其他什麼不舒服，躺在醫院病床上大多時間都在看書消遣，偶爾才小睡一下。唯一顯示他有病的徵象就是懸掛在床邊鐵架子上的那瓶點滴；唯一使他感到不方便的，也是插在他手背的那枝點滴針頭。點滴瓶子裡像啤酒一樣淡黃色的液體，沿著那條細小白色透明的塑膠管子，整日無聲地緩慢流下來，一直流到他的血管裡。玉蓉大部分時間都坐在一旁靜靜地看報紙。房間裡很安靜，竟給人一種家庭和睦安詳的感覺。

但是，這種表象和這種感覺都不是真實的，因為事實恰好相反，嚴重的事情在暗中悄悄進行，寧靜中隱藏著災禍。

他繼續再住了幾天，小腳趾的情形仍然毫無改善，醫師才開始疑惑可能另有毛病，所以就改弦易轍，連續多天，進行了多種血液和血管方面的檢查。那天早上，他的主治醫師林大夫例行巡查病房時站在他床前。秋寧問檢查的結果如何，林大夫說：

「我正要告訴你，初步報告出來了，現在所知道的是你血液裡的血小板數量多了一點。我們希望再繼續觀察一點時間。看情形，你要在這裡繼續再住幾天，我們要再做一些進一步的檢查，做檢查要排一排時間，我已經告訴他們去排了，很快就可以排出來，他們會來告訴你們。」他想了一下，又說：「你覺得有什麼特別不舒服的地方嗎？」

秋寧說：「沒有什麼新的狀況，還是和剛進醫院來時的情形一樣，就是那些現象，除了那隻小腳趾頭照樣常常刺痛之外，倒還沒有什麼其他特別不舒服的地方。」

林大夫點點頭說：「好罷，那就這樣罷，我們繼續來找病因。」

林大夫轉過頭來看了玉蓉一眼，又微微點點頭，沒有再講什麼話，就在陪他一起進來的那群實習醫師和護理小姐簇擁下走出病房。過了一剎那，玉蓉好像是想起了什麼事情，馬上追出到病房走廊上：「請問林大夫，你剛剛說的血小板多了一點，這表示什麼？」

林大夫停下步子，轉過身子來對玉蓉說：「杜太太，我現在告訴你，杜先生的血液有點異常，我們準備要給他做骨髓穿刺，等我們安排好了，就會來通知你們。」

玉蓉沒有注意到「血液有點異常」這句話究竟是什麼意思，只特別感覺「骨髓穿刺」這個名詞聽來似乎有點刺耳，也完全不知道骨髓穿刺這種手術是怎麼一回事。不過她似乎曾經聽別人說到過「穿刺」這個名詞，糢糊地知道似乎是一種有點痛苦的手術。她遲疑地問：

「穿刺會很痛嗎？」

「這只是一種常用的基本檢查。」

玉蓉並沒有察覺，林大夫迴避了問題，但聽起來似乎是在糢糢糊糊暗示沒有什麼特別。回到病房後，把這件事告訴了秋寧。秋寧聽後立刻就斷然地說：

「我不做穿刺，你最好立刻就去告訴護理站。」

「為什麼不做？」

「任何穿刺手術我都不做。不是痛不痛的問題，而是根本我就很反對用針管或是內視鏡之類東西刺進一個人身體內部任何部分去挖一塊東西出來的手術。」

他不是怕痛，而是早就聽過不少有關病人做穿刺手術致死的故事，印象深刻。

而玉蓉卻認為，為了治病，凡是醫師認為要做的事情就一定得配合去做，而且她對自己的主張向來固執，很少讓步。但是，現在對這件事情，看見秋寧態度如此明快堅決，同時也想起來了，自己確也曾經聽人談到過穿刺一類手術很痛，所以這時才沒有和秋寧爭辯，而且還真的照他說的話，很快就去通知病房的護理站，說是希望慢點安排做穿刺的時間，等待過幾天再講。護理小姐也就很快轉告了林大夫。

不過，雖然如此，玉蓉心裡卻另有盤算，她這次總算是做得聰明，那天下午，趁秋寧睡熟時，她去找到林大夫，問清楚這種骨髓穿刺是否確有必要。林大夫這時表情不太高興地對玉蓉說：

「你先生的血小板有異常增生的情形，現在已經有五十多萬片，超出了正常數量，腳趾頭又明顯出現了血栓，症狀已經相當明顯了，不可忽視，應該特別注意。我們現在需要進一步查明是什麼原因增生，查明後才能夠進行治療，而最準確的查明辦法就是做骨髓穿刺，所以這是必須要做的檢查。」他停了一下，態度很生硬地說：「否則，我沒有辦法為他治療。」林大夫的臉孔有點冷峻。

玉蓉從來沒有見過態度這樣強硬的大夫，但卻使她意會到秋寧的病情可能嚴重，只好趕快表示同意：「好，謝謝林大夫，我們並沒有不做穿刺的意思，只是想先了解一下。既然如此，那就請你們給他安排時間做穿刺罷。不過，他向來有點怕痛，心裡還需要稍加調適，我會勸勸他，能不能給我一、兩天時間就可以了。我也馬上就會再去和護理站講。」

林大夫一句話也不再說。那種漠然的神情似乎是在說：「你們自己看著辦罷。」

那天晚餐前，玉蓉回到家裡去洗澡換衣服，趁機分別打電話給遠在美國的兒子志尚和女兒佩如；另外，有幾位醫葯知識比較豐富而且秋寧很相信的朋友，她也給他們分別打了電話，把情形告訴他們，並且請他們這一兩天在適當機會時勸勸秋寧。當天夜晚玉蓉回到醫院，告訴他說，回家剛好接到兒女來電話。她另外又在閑談中不著痕跡地勸秋寧打電話給幾位好朋友們討論自己的病況，並且也可以和他們商量商量。秋寧向來就肯與人商量事情，覺得玉蓉這點意見很好，立刻拿起電話筒來，一連串就打了好幾個電話出去，除了避免告訴他們自己是住在那家醫院之外，對病情卻是談得很詳細，當然也談到做骨髓穿刺的事，並且嚴厲批評穿刺的不當，不過最後還是很禮貌地請教他們的高見。結果朋友們或是輕描淡寫地或是著力地都勸他接受醫師的主張，尤其有一位曾經服務醫界的朋友說，這種穿刺很重要，就像驗血一樣，是必要的基本檢查之一，並沒有什麼特別，與傳說出過問題的別種內臟穿刺不同，而且做過的人太多，還沒有聽說有誰因此出過什麼重大差錯；雖然有點痛，卻也並非想像中那麼痛。秋寧聽了這些朋友們的意見後，原來內心堅決反對的立場，開始動搖。第二天，兒子和女兒剛好也從美國先後來電話請安，他也與他們姐弟談到穿刺的事情，兩姐弟都說，有病就應該聽醫師的決定和安排，如果醫師說是必須要做的事情，當然就應該做。他聽過以後，沒有再說什麼。這一切，玉蓉在一旁都聽得清清楚楚，知道他已經不再那麼堅持了，不過，卻還是暫時沒開口問他。

半夜醒來，他躺在病床上細想，既然大家都認為這是一種基本檢查，應該要做，而且也和內臟穿刺不同，沒有什麼危險，那不管它怎麼樣，更不管痛不痛，縱使是上刀山下油鍋，也就去一趟罷。於是他決定接受這種檢查手術，雖然個人的見解還是有點反對這種從身體內部挖一塊東西出來的行為。第二天一早，他就把決定告訴了玉蓉，玉蓉這才去告訴了護理站。

第二天下午，他們照排定的時間去做穿刺。

這兩間稱為診療室的房間，看來似乎是專供骨髓穿刺手術用的，房間裡有五、六張病床，每張床上都躺的有人，有的已經做過了，只是躺在那兒止血和恢復元氣，有的是和他一樣還沒有做。夫妻倆進入病房後不久，就進來了一位年輕醫師，在護理小姐協助下，為隔鄰床上那位病人做穿刺。很可惜，護理小姐把鄰床的布幔拉起來了，遮住了他們夫妻的視線，不讓他們看見手術進行的實況，他們也就只好豎起耳朵來聽。起初聽見醫師和病人簡單的幾句對話，然後聽到醫師不斷告訴病人要注射麻葯和要做什麼動作的話，再過了大約四、五分鐘，就聽見醫師對病人說：「好了。」然後把布幔拉開來，秋寧才看見病人在護理小姐指示下移動身子側身躺臥，讓放在床上的一個像嬰兒小枕頭模樣的小沙包壓著手術傷口處，用以止血。

秋寧詫異地對玉蓉說：「這麼快就做好了，根本完全沒有聽見病人叫痛，好像是一點都不痛呀？」

玉蓉也有點疑惑地正在發呆，一句話也沒說。這時候護理小姐在唱「杜秋寧先生」的名字，輪到給他做了。一會兒，剛剛那位年輕醫師從那端走了過來。護理小姐於是首先把玉蓉趕出去，不讓她旁觀，然後也把圍在床鋪周邊的布幔拉上。

他告訴醫師，他從小喝酒很多而且常常大醉，所以多少年來，每次拔牙都要注射比別人更多的麻醉葯才能有效止痛。醫師點點頭表示了解，然後要他側身面壁躺著，背對醫師，讓他完全看不見醫師的臉孔和手術器材，更不會看見醫師手術動作了。手術於是開始進行。

秋寧這時想到，有人曾經告訴過他，做骨髓穿刺的那枝針大得嚇人。許多病人光是看見那枝針就嚇倒了，甚至因而就立刻拒絕做這一手術。醫師們有經驗了，所以才不讓病人看見他那「恐怖又殘忍的」工具。

這時候才知道，要穿刺的部位是稱為腸骨的骨骼，在他背後臀部尾椎骨上方大約一寸處的脊椎骨左右兩側各有一塊。今天給他刺的是左側那塊，他清清楚楚感覺到，醫師大概是用酒精棉花在那處皮膚上磨擦了幾下，不到半分鐘後，醫師就說：

「我要給你打麻葯了。」

話還沒說完，就有一枝很粗的針猛力刺進了臀部那個部位的肌肉裡去，使他感到非常痛。秋寧忍不住大聲說：

「哎喲，很痛。」

醫師卻輕聲說：「不痛，不痛。」

那枝針還在身體裡面，並且繼續使他痛。不到半分鐘，醫師又說：

「我現在要給你在裡面打麻葯了！」

秋寧感到那枝針現在是在向那塊腸骨內部刺進去，而且其痛無比，很自然地就大叫起來。

醫師慢慢地說：「稍微忍耐一下，馬上就好了。」

針還是在身體裡面刺痛。過了一會兒，麻醉針拔出來了。又過了也許是二、三十秒鐘，醫師又說：

「我現在要穿刺了。」話還沒完，另一枝巨針就已經迅速用力地刺入皮肉，並且直接往骨頭裡鑽進去，而且立即在骨髓裡面旋轉。所造成的痛，不僅是有生以來從未曾有，而且甚至痛得超出想像程度。他立刻就想起大家常說「痛徹骨髓」這句話，現在是真正親身體會到「痛徹骨髓」的那種痛了。這時候，他明確意識到麻醉藥並沒有使自己的肌肉和骨髓麻木，他的感覺似乎反而更分外靈敏，一直感到那枝巨針還繼續在骨髓裡旋轉，使他痛得整個身體要彈跳起來，他只好趕快用手抓緊床沿，不讓自己真的跳起來，只是不可忍耐地高聲大叫：

「哎喲，我的天呀！哎喲，我的天呀！」

醫師絲毫無動於衷，而且還「殘忍地」不把那枝針拔出來。

那位護理小姐似乎還有點同情心，柔聲地說：「就快好了，忍耐一下。」

他有生以來確實沒有經受過這種鉅痛，更從來沒有過這樣大聲叫痛。他不是一個懦弱的人，一生好強負重，忍勞耐苦，幾十年來從不曾因為任何原因而呼痛過。他認為一個男子無論在任何情形下呼痛，都是羞恥的事情，所以成人以後幾十年來，確實從來沒有叫過痛。他從小在家鄉看見農村人家牆上懸掛的關公刮骨療傷畫像，卻仍然怡然執卷讀春秋，那種若無其事的神情，印象深刻，永難忘懷，內心尤其欽佩莫名。但是這時候他卻完全不能控制自己了，竟會痛得連續不斷狂呼。

醫師手中那枝巨針一直在骨髓中間殘忍地旋轉，最後，總算是拔出來了。秋寧心想，那枝空心針在骨髓裡這麼長久的時間，真不知道吸挖了多少骨髓。

這一抽取骨髓樣本的行動，從麻醉針頭刺進肉體，直到把抽取骨髓的針頭拔出來，整個過程大約四、五分鐘，也就是繼續痛了四、五分鐘。當著繼續巨痛的時候，縱然二、三十秒鐘都不是一個短暫的時間，更何況是四、五分鐘？他一直在想，他會這樣巨痛，一定是麻醉葯用量不夠的原故，或是時間太快，麻醉葯還來不及發生作用。雖然自己事先已經特別提醒醫師了，結果竟還是沒有用。穿刺完成後，秋寧看見醫師面部毫無表情地走了，接著是那位護理小姐照例來指導他，為他解說如何用特定的姿勢在這床上好好地側躺至少三十分鐘，到時候如果確知穿刺傷口不會出血了，就可以回病房去。

他身子半側地躺在床上，被穿刺的傷口斜壓放在床上一個小枕頭狀的小沙包上，讓沙包緊壓針口不使出血。這時，護理小姐已把布幔拉開，玉蓉進來了。玉蓉說聽見他大聲叫痛，有點覺得奇怪。他說：

「你不知道，實在太痛了！」

玉蓉說：「我實在不懂，為什麼剛才隔壁床舖那位病人竟一點也不痛？」

「我想每個人的身體反應固然不一樣，另外恐怕一定是給我上的麻葯對我不夠量。其實我事先已經告訴過醫師，需要多一點麻葯。」他停了一下：「我也聽見有些做過這種穿刺的人說過，他們做起來不光是也很痛，而且有一位還說，事隔兩年之後，針口還會時時作痛，現在還在背地裡抱怨醫師當時沒有做好。我確實沒想到會痛得這樣恐怖！現在只希望不要在幾年後還會繼續痛就好了。」

秋寧一向慎重，而且現在他有的是時間，所以足足躺了一個小時後，才讓玉蓉把他的床舖推回病房去。秋寧下床到洗手間坐了一會兒馬桶，稍微用力掙了幾下，回到床上準備睡一下。但是當他轉動身子後，覺得自己臀部似乎有點潮溼，伸手一摸，竟摸到滿手的血，他驚呼起來，叫玉蓉替他察看。玉蓉告訴他是穿刺的針口在出血，並且立刻去把護理小姐請來，替他換了新的止血棉。護理小姐告訴他暫時不可再動，更不可下床去廁所，要繼續躺在床上壓住那傷口。

接下來連續三天，醫院還為他做了幾種其他檢查。到了第四天，林大夫例行巡視病房時，特別仔細看了秋寧那隻小腳趾頭仍舊是紫黑色，毫無改善，但也沒有惡化現象，於是詢明秋寧骨髓穿刺後不再出血的情形後，就告訴秋寧說：

「現在我們要做的檢查都做了，我看你現在也沒有什麼其他特殊情形，只有這腳趾頭的問題。照目前情形看來，這腳趾頭至少短期內不會有什麼立即危險，所以你今天可以辦理出院手續，回去休養，家裡總是會比較舒服些。我們現在正在做一種骨髓培養的檢驗，通常要三個星期才能有結果出來，你用不著住在醫院裡等結果。我們要等到檢驗結果出來後才能決定怎麼治療。」

玉蓉於是就去辦妥出院手續。林大夫開了兩個星期的葯給他們帶回家，還要護理小姐為他掛好兩星期後的複診預約號次。回到家後，秋寧更懶得再爬樓梯去二樓臥室，除了極少數晚上之外，絕大部份夜晚就都住在樓下房間裡了。他詳細查看了醫書和葯典，才明白帶回來的葯裡面，其中一種是用來擴張血管的，當然是用來治療小腳趾頭的；另外三種葯，包括兩種抗生素和一種其他殺菌葯，合併發生治療作用，是林大大稱為三合一療法的用葯，專門用以治療幽門螺旋桿菌的葯。而幽門螺旋桿菌則是他幾十年來十二指腸潰瘍老毛病的真正病根。他這時翻閱醫書才知道，原來在十多二十年前，國外才有人研究出最新方法來根治這種十二指腸潰瘍，醫界通稱之為三合一的療法。連續服用這三種葯一個星期，可以完全消滅幽門桿菌，而使十二指腸潰瘍斷根。出院前，林大夫沒有把這些情形詳細告訴秋寧，只含糊地提到半句，說將來可能會用到一些傷胃的葯，所以要先用三合一療法。現在秋寧看過醫書後，才懂了他的意思，將來要用來治血液病的那些葯，對十二指腸潰瘍患者，極可能有傷胃甚至引起胃出血的副作用，所以現在必須預作布置，先將十二指腸潰瘍治癒。

秋寧照林大夫的指示服用那些葯。第三天，三合一葯的療效還不及出現，但副作用卻先出現了。他一早起來，就覺得精神疲憊不堪，原有的各種病象不僅沒有絲毫改善，而且另外出現了一些新病象，上下午都昏昏欲睡，還身體發燒，體溫高到三十八度多，是他最近幾年來所沒有過的高熱度，身體覺得十分不舒服；另外，還有嚴重的胃痛、腹瀉和頭痛。到了黃昏時候，忽然全身發冷，與他少年時期在家鄉患瘧疾的情形一樣，全身冷得無以復加，不斷戰慄。我的天！現在不是盛夏七月的台灣麼？他趕快到床上去躺下，叫玉蓉給他加蓋被子，直到蓋上了三條厚重棉被，仍然毫無暖意，還在被子底下一直戰慄不止。這樣過了大約半個鐘頭之後，冷退了，在很快幾分鐘裡就轉成發燒，而且燒到超過三十八度。至少在最近十年裡，他除了有一次感冒曾經燒到三十七度點八之外，其他因為身體機能原因引起的發燒，最多也只會燒到三十七度點五。平時，甚至體溫只要到了恰恰足三十七度時，根本還沒有超過常人正常體溫上限，對他的特殊體質說來，已經算是發燒了，並且使他身體十分不舒服。這幾年，他特別注意身體現象，也常常閱讀有關醫葯健康的書，同時也確知有些不同的實例，使他深信，有關身體健康的各種項目，固然有共同的衡量標準，而且都有健康正常範圍內的共同上限和下限；但事實上仍不是可以人人一概而論。各人相互之間，不僅在那共同標準上下限範圍之內存有或大或小的差異，而且在那範圍之外更有差異。例如多少度體溫算是發燒，多少數目的血壓算是高血壓或低血壓，多少白血球才算是過多或過少等等，雖然絕大多數人的數字都在醫書所說的正常標準數字上下限範圍之內，但也有不少人在那範圍之外，仍不算異常；另外，也有些人雖在範圍之內，對他個人卻確已構成異常。例如他有一位醫師朋友，畢生血壓都高達一百八十，不僅不喫葯，而且活到八十多歲。而秋寧多少年來的正常體溫最高也都是三十六度點四、五左右，每逢到達三十七度整時，身體就會出現發燒的徵象，全身感到燙熱，非常不舒服。而他現在體溫已超過三十八度了，就他而言，絕對是異常。

他打電話去醫院林大夫，在電話裡把情形告訴他，並且問可不可以停葯。林大夫一聲不響地聽了半天，最後才很冷靜地說：

「台灣喫過這種治療幽門桿菌三合一葯的，到現在已經有一萬多人了，從來沒有人有過你所説的這些副作用現象，所以我現在告訴你，你的這些現象與三合一的葯無關，你還是要繼續服葯，不可以停葯，免得失去葯效。」話剛説完，就把電話掛斷了，顯然是沒有討論的餘地。

他無可奈何，和玉蓉商量很久之後，雖然很不高興林大夫這種冷峻態度，但還是只好照林大夫的話繼續吃葯。接下來的幾天，他發冷和發燒的情形越來越嚴重，身體更是非常難受，疲憊不堪地整天只能躺在床上。他雖然還是咬緊牙關繼續喫葯，卻不了解這樣下去生命是否會陷於危險境地。他左思右想，也和玉蓉商量，不知如何是好，最後覺得電話裡講不清楚，打算還是要去看林大夫的門診當面討論。但是仔細查看醫院的門診時間表後，發現林大夫每星期竟只有星期三上午唯一的一次門診時間，而現在是星期日，還要三天後才有林大夫的門診。而且經電話查詢結果，本星期三林大夫的門診預約掛號人數也已滿額了，所以如果一定要去看門診的話，就必須星期三當天凌晨去現場排隊掛號。由於這種現場掛號規定只有五個名額，許多人都是天不亮就去排隊，仍然常常掛不到號。兩夫妻經過考慮後，最後決定只好放棄去看林大夫門診的念頭，而懷著絶望和聽命的心情，苟延殘喘地挨過一天算一天。當然，他也曾經想到，是不是要看別家醫院的醫師，經考慮至再，覺得有許多不妥，而且又想到古話所說「病急亂投醫」是病家大忌，所以最後覺得還是忍耐，只好繼續服用林大夫的那些葯。

等到一星期屆滿，三合一的葯也喫完了。第八天，他的燒熱病狀和其他徵象開始緩和下來。到了第九天，雖然身體還是有點低燒，但是奇跡出現了，臉上和身上都不再滚燙了，精神也好很多。以後連續幾天下來，居然完全褪燒了，黄昏時光也不再發冷發燒，那些病象就幾乎完全消除了。他想，事實很明顯，恰好是從那三合一的葯喫完後，次日就開始好轉。這種事實，和林大夫所說與三合一的葯無關的話，正好相反。

在上次門診過後足兩個星期，他該按上次門診時林大夫為他排好的預約時間去複診。並照林大夫的指示，先一天去醫院抽血，查看血小板和紅白血球最新的情形，以便複診時看診需用。複診的那天，他對林大夫不再提服食三合一藥的那一段慘烈經過；而林大夫太忙，也沒問那一段經過。他從小就聽家鄉人說，有三種人千萬不可得罪：一是醫師，二是風水師，三是訟師。他那敢再去觸怒林大夫呢？

複診時，林大夫沒有說什麼話，樣子似乎也不太專心，只是照上次處方，很快地再開了一個星期的葯給他，只是刪除了三合一的葯。倒是因為玉蓉忍不住詢問，林大夫才告訴他們說，秋寧現在的白血球八千還算是正常，血小板數目卻已經又增加到六十多萬片了，比兩星期前出院時多了十多萬片，顯然偏高。秋寧聽後才有點驚訝：

「六十多萬片是不是太多了一點？有沒有危險？」

林大夫從容不迫地說：「是多了一點，不過我們還是要等骨髓培養的結果報告出來後再看情形作決定。」

夫妻倆看見他穩如泰山的神態，沒有什麼話好說，只好退了出來。

以後連續兩個星期都改為每星期一次複診，林大夫態度漫然如故，而且仍然沒有採取任何新的醫療措施，既沒有改變用葯或是增用新葯，也沒有再做什麼檢查，除不再有三合一的葯之外，每次都還是照例開原來葯方上的葯。但是，就在這兩個星期裡，秋寧病況惡化得很快，情形有點驚人，血小板數量每星期增加十萬片左右，以致累進成為七十多萬片、八十多萬片，而且顯然還會不斷繼續往上增加！身子也非常畏寒。在這亞熱帶台灣八月大暑天的大太陽底下，竟還要穿毛衣，只要有一絲風吹來，就會立刻打寒顫。尤其是每次赴醫院抽血和門診，坐在捷運車裡以及在醫院候診時，都因為冷氣比較涼些，除了毛衣之外，竟還必須加穿冬天的厚夾克才行。但是測量體溫卻又整天都在發低燒。他們兩夫妻把這些情形都告訴了林大夫，林大夫的神態卻還是若無其事，而且每次如果不是玉蓉特別追問，林大夫也從不把血小板的數量主動告訴他們。

隨著血小板數量悄悄地不斷增加，秋寧的身體越來越難受，現在聽說血小板數量已多到了八十多萬片時，內心恐慌起來了，忍不住問林大夫：

「林大夫，再過兩年我就要七十歲了，對生死早已看得很開，所以身體如果有什麼嚴重的狀況，請你務必直率告訴我，不要耽心，讓我好配合，我絕對受得了的，我向來很樂天。」

林大夫沒有特殊表情，只是點點頭。

秋寧接著說：「現在要請教，這個病是不是會要我的命？」

林大夫毫不驚訝，仍然平平淡淡地看著他的那一疊病歷，輕輕地說：「我並沒有這麼說呀。」

玉蓉也插嘴：「血小板增加到這麼多了，而且病人近來也非常不舒服，要不要另外再用點什麼葯？」

林大夫不假思索就很快地說：「繼續把今天開的這些葯喫完了再講罷。」

秋寧於是追問：「骨髓培養檢驗的結果怎麼樣了？」

林大夫把那幾頁病歷象徵性地快快反覆翻了幾下，表現得有點無奈地說：「培養結果報告一直沒有出來。」然後斜眼瞄了一下他身旁那位護理小姐前面那台電腦螢光幕：「電腦也查過了，電腦上也還是找不到報告。」

夫妻倆都不便再與他有什麼討論，心情有點沉重。

秋寧雖然樂天，不畏死亡，但畢竟還願意再活一些歲月。自從知道患上這種病以來，就一直是林大夫替他診療，因為看見林大夫似乎很有經驗的樣子，原來還期盼在他主治下，血小板的數量會日漸減少。現在情形適得其反，林大夫除了每次都只是照舊給他那幾種並非治病和毫無療效的葯之外，只是眼睜睜地看著血小板逐日增加得很快，就這樣拖延了一個多月，病情日益嚴重，似乎是束手無策。尤其令人不解的是他所表現出來的那種近乎漠然態度，似乎像是要聽令病人坐以待斃，猶如家鄉人俗話說的，把他當作「下水船」看待，聽令一條失控的船隨波逐流下去，任其自生自滅。秋寧認為，如果他的病確實已無可救葯，現在實在可以直接告訴他。但是當他坦直詢問他的時候，他又說是並沒說有生命危險。這使得秋寧心頭充滿了濃烈的疑懼和不滿。

玉蓉看見這種種情形，心裡也難免有點難過，也為秋寧難過。她想起與秋寧結婚幾十年來，兩人相當恩愛，互信互諒，彼此扶持。起初幾年是同甘共苦，奮鬥創造；後來繼續勤儉努力，發展事業，幾十年來家庭經濟也越來越富足，但是生活享受卻仍習慣於簡單。尤其秋寧那種只知道工作而不好應酬的性格，使他在工作之餘，大多都留在家裡與玉蓉共相廝守，共享無憂無慮與平靜安寧的家庭生活。幾十年來，兩人就這樣攜手一路走來。雖然若干年前，她開始幾乎每次都拒絕他，但卻仍然還是尊敬他，也還關心他。而他對於她的拒絕，雖然始終感到不解，也不以為然，問過她也得不到答案，但他倒也沒有十分介意。因為他年事漸增，尤其工作太忙，商場如戰場，激烈的競爭需要旺盛的戰鬥意志來支持，而這種旺盛意志又需要充份的精力來支持。有些企業家誠然過著喫喝玩樂的快活日子，給社會大衆印象很深，秋寧當然不贊成那種生活方式；尤其有不少企業家的體力，最後被沉重的工作耗蝕淨罄。當然，以他這種垂老之年，全副精神都投入求生存求發展的商場競爭，絕對會使他日漸忘卻男女之歡。不過，他身體並不差，有時候還是很想去親近玉蓉，但一年裡只有偶然幾次勉強得遂所願。在無可奈何之餘，也就只好算了。他是具有良好教養的人，對這種事情也無法過於計較。秋寧對朋友以及對許多事情本來都很寬大，何況是對自己太太？甚至對夫婦間最重要的這件事情，他也能如此寬大處理，對男人說來，實在不容易。因此，其他的事情就更都不是問題了。所以基本上，她們夫婦倆的生活，多年來大致都正常愉快，兩人內心沒有什麼嚴重不滿意的事情。

雖然幾個月前不幸竟發生了為亮的事情，引起夫妻間婚後從未曾有的嚴重爭吵和裂痕，而且秋寧態度又那麼強悍和決絕，使她覺得十分難堪。但是從那次爭吵後幾個月來，經她暗地密切觀察，秋寧對這件事情並沒有任何進一步的行動，表面上彷彿從來沒有發生過什麼事情。因此，玉蓉心底下產生出一種結論，認為秋寧並沒有要與她徹底破裂和分離的意思，而且甚至已經把這件事情暫時擱置了，或許可能就此不了了之。至於玉蓉本人的態度，也認為事情並沒有到達必需立即徹底解決的時候，所以家庭危機已獲緩和。在這種認識背景下，她現在看到秋寧老來竟患上重症，而且日趨嚴重，似已瀕臨危險邊緣，基於幾十年的夫妻情份，當然還是有些感傷，覺得不管怎麼樣，還是應該幫助秋寧。

秋寧的病情惡化得很快，最明顯的現象是幾乎整天都躺臥在床上。因為沒有氣力起身，所以唯有在日常生活必要時才勉強起來一下，所幸頭腦還非常清楚，所以仍然可以照常考慮事情，也可以躺在床上看報紙和閱讀一些有關人生哲理的書籍來打發時間。不過因為精神不好，常常看不到兩頁書就昏昏入睡，好在他現在已經沒有什麼商務上或是私人財產上的事情要處理，所以大可以放心整天睡在床上。睡醒後，偶然掙扎起身來，撐起精神坐在客廳裡看看電視。但是當他坐在客廳的時候，雖然是悶熱如火的白天，也必須緊閉門窗，密不通風，更不能開冷氣，而且自己還穿上冬天的長袖厚睡衣才行。縱然如此，每次坐不到幾分鐘還是會打噴嚏，而必須趕快加穿夾克或是回到床上去躺著蓋上毯子才行。他想到自己幾十年來向以身體健壯頑強而自豪，現在一轉眼竟已風燭殘年，似乎比大觀園裡弱不禁風的林黛玉還遠不如，生命之火，隨時可能在一陣風中熄滅。至於渾身那種不舒服感，覺得怎麼也不安寧的狀況，更使他認為自己過的不知道是什麼日子。這使他想到常人所說的「平安就是福」這句話，恐怕只有身處不平安狀態下的人，才能體會它的真諦了。人不到有病的時候，絕不會知道健康就是最大幸福。

他躺在床上常常胡思亂想，對自己患了這種絕症，前途究竟如何，腦中只是一片模糊，也不知道這時候自己應該做些什麼。照他幾十年來的習慣，只要腦中出現任何疑惑，一定馬上會去尋找答案，而且最後也必定找到答案；只要有任何問題出現，也必定想出徹底解決問題的具體辦法，而且通常也多能真正解決那些問題。但是現在，他自覺已經不再有氣力去這樣做了。他躺在床上經常想到死亡，並且竟有些恐懼，這與他多年來不畏死的心理相反。本來，自從若干年前偶然讀了一本名為《死亡的奧秘》的書後，就開始對死亡不感恐懼。那本書是一位美國作者訪問過幾百位一度甚或二、三度死去活來的人後，歸納他們死亡的親身經驗寫成。書中說到，當人死亡的時候，從這個世界到那個世界的過程，有幾種不同的模式，而最重要的是有一個特別令人驚奇的共同點：死亡者的靈魂在死亡過程中的感受和心情，竟不是痛苦、悲傷，也不是對人生的依戀，卻是一種充份解脱後無牽無掛的輕鬆愉快感，竟是喜悅地往前奔離而去！所以當死者生命垂危時，或正是親友和醫護人員為他施行急救時，死者的靈魂飄浮在天花板上竟是以旁觀者的心情目睹大家對他身體進行急救，並且感到詫異和認為多餘，甚至還深表不滿。但是，現在不知何故，秋寧卻完全不去想這些，腦子裡只有對死亡的恐懼。

當林大夫告訴他說血小板已經增加到八十多萬片時，他內心突然出現一種莫名的恐懼，覺得自己所患的病必定是無葯可治的絕症，末日已經來臨。尤其當時看見林大夫神情那麼漠然無動於衷，毫不關切，更令他絕望，也相當氣憤，認為林大夫對病患缺乏醫師應有的熱忱；同時，也洩露了他的病已無可救葯的秘密。但是，儘管如此，他自己卻不願放棄，因而曾經考慮，是否應該換到別家醫院去另看別的醫師。不過他也知道，重病患者更換醫師是一件大事，非有必要不可輕率為之，對新換的醫師，必須事先確知那是一位很好的醫師，千萬不可以遇到一位又像林大夫甚或更不如林大夫的醫師。而所謂「好」，包括醫術高明和醫德高尚兩方面。另外，台灣每家醫院的病房，幾乎常常都是供不應求，所以也要考慮到將來萬一必須住院時，是否容易取得那家醫院病房，這點十分重要。而且醫院的地點，離自己住家處最好不要太遠，以免玉蓉長途奔波不便。秋寧把這些條件都想清楚了以後，就開始打電話分別請教對醫院和醫師情形比較熟悉的朋友們，希望有人能夠介紹熟識的好醫師。與醫師是否熟識，明顯關係到醫師對病人看診的認真態度，事關生死，不得不注意。謝謝朋友們提到一些醫師的大名，但是其中竟沒有任何一位醫師有人真正熟悉，對他們的醫術和醫德究竟如何，更是都不真正清楚。因此，實在很難決定要換到那家醫院去請那一位醫師治療。這種情形，是秋寧以前沒有遇見過的，原因是由於血液病屬於比較稀有的病，所以這一科病人比較少，連帶也使這一科的醫師更少。就台北市而言，除了極少數兩三家大醫院設有血液科外，其他醫院只是在內科或是腫瘤科配置有二、三位這方面的醫師，甚或根本就沒有這方面的醫師，所以大家對這一科的醫師都相當隔膜。更由於林大夫已經給他做了許多檢查，資料和報告都在這家醫院，如果換一家醫院，勢必又要重做各種檢查，包括骨髓穿刺在內。在這種種情形下，再經考慮，秋寧最後決定還是一動不如一靜，仍然將就著繼續請林大夫診治。

秋寧心裡清楚，這次自己病情的嚴重勝過以往任何一次患病，他意識到自己死期將臨。尤其最近，更出現了一些不吉祥的徵兆。在他從小直到中年的長長幾十年期間，幾乎沒有一夜不做夢。但是進入六十歲後，很奇怪竟忽然不再有夢了，縱然偶爾有夢，醒後也不再記得所夢何事，甚至根本就不記得做過夢。可是，使他十分詫異的情形是，自個把月前開始，竟又有夢了，而且每夜都有夢，夢中的人物和情節，醒後也都能記得。最近十多天裡，情形更不可理解，連續多夜夢到的事情，都是自己少年時在別人公司別人手下時的任職活動；所夢到的人，也大都是那時候公司的長官，偶爾極罕有的幾次也有以後自己主持公司時的同事或部屬，或一、二位往日的朋友。但是，重要的是，所夢到的這些人，竟無一不是早已死去的人。他每次醒後仔細回想，這許多日子裡絕對沒有去想過那些往事，更不會想到那些死去的人，尤其不會想到那些他深為厭惡的舊日長官。但不知何故，這些死人竟會到他夢裡來。他左思右想，不得其解。後來想起少年時候曾聽到家鄉前輩老人們說，當一個人，尤其是在病中，經常夢到已死的人時，就表示他陽氣已衰，可能活不長久了；尤其所夢到的如果是自己死去的父母、配偶、兄弟、姐妹、伯叔，以及其他至親家人等，更表示他們是來迎接自己去另一個世界相聚。不過還算好，現在秋寧倒還沒有夢到過任何一位至親家人，還只不過是往日的老長官。似乎還想找他再去為他們效勞哩。

這件怪事，他不願告訴玉蓉，也還不想告訴兒女，更沒有其他的人可以告訴了。他自從年事漸增後，對許多大事都很看得開，知道人既有生就必定有死，只是早死或晚死之不同而已。他悟解到古人所說「達人知命」這句話的真諦。所以現在雖然一連串夢到死人，倒也沒有太大的不安。不過他也想到，自己原本不畏死，現在卻有點不捨得死了。對自己這種稍稍複雜的心境，曾經反覆思索，發現實際上並不是不捨得死，只是覺得有許多自己打算要做的事情都還沒有動手去做，如果現在就死了，實在很不甘心罷了。不過，不甘心又怎麼樣呢？事實擺在面前，自己真的是快要死了。

他自從有了這種將死的意識後，就考慮到有些事情該要妥善安排和處理了。所幸他並沒有債務，大概最重要的後事就是個人身後財產處理，這涉及玉蓉和一兒一女他們三人間對遺產的分配。由於三人相互都是親血肉關係，這本來也不是什麼複雜的事情，只是由於玉蓉近來行為乖張，使他覺得似乎要稍稍考慮。他想到在適當的時候，該先找一位律師討論一下。

最近，他每次夜半從怪夢中醒來後，輾轉反側都很難再行入眠，只好起身走到窗前，倚窗眺望窗外開闊的夜景。他的臥室位於郊外一棟大廈的二十多層高樓上，淡淡的月光照得夜空一望無際，白雲悠悠，星光閃爍。俯覽窗外半個台北市夜景，燈光輝煌，一片燦爛，遠處的霓虹燈閃爍不停，十分壯麗。整個都市那麼靜謐，寂然無聲，隨同它的幾百萬市民一齊睡著了，而且睡得那麼熟，那麼沉，那麼安詳甜蜜。秋寧這時發現，儘管遠處燈光輝煌閃耀，霓虹燈也不停在變換彩色，湊合在一起顯得那麼熱鬧，但那是一種寂靜的熱鬧，不僅沒有破壞深夜都市的安寧，反而呈現出都市蓬勃的生氣，宇宙莊重的力量。

都市寧靜不是停止，仍有許多生動之處。那斷斷續續的車輛不停地在爬行，遠遠看去，就如同小溪裡的流水，無聲無息地在緩緩向前移動；汽車頭前的雙燈，遠遠看去也像是小爬蟲的兩隻明亮眼睛。再俯首一看窗下近處，也同樣是一片寧靜安詳。長堤旁的那條溪流自遠山奔來，這在平日看來原本只不過是弱水一彎，自己從也不曾多顧一眼，現在細看，那溪水蜿蜒曲折如帶，竟是那麼清秀溫柔，而且不斷發出低微的潺潺聲，彷佛老友在親切地絮絮細語家常，真是他從來沒有發現過的景色。他微微有點驚訝，居住這裡快二十年了，除了退休後移居美國短暫住了幾年，起初每年短期回台北一、二次也都是住在這裡，其他十多年來都是住在這裡，但卻從來沒有注意到窗外景色竟是如此動人！更不曾聽見過這麼親切的溪流聲！還有，平日看來平淡無奇的那道灰色長橋，在這深夜，在橋上兩側燦爛燈光照射下，橋身顯得格外雄壯而生氣蓬勃。夜雖然這樣深，仍不斷有三三兩兩車子在橋上靜靜來往，更還呈現出一種沉著的美。秋寧細想，自己活在這世上快七十年了，沒有一天不是在忙忙碌碌中度過，竟從來沒有機會在這夜深人靜的時候，如此心平氣和無憂無慮地從高處久久凝視過這個都市也是這個世界的美好夜景。這個夜景和這個世界，不會說話，永遠都只是如此默默無言地展現她的美，讓你自己去體會。想到這裡，他深為感動，內心不禁讚歎，深自後悔自己枉度過去幾十年時光，回想以往匆匆幾十年生命中，自己注意的只是人與人間的一些實際關係，人與金錢間的現實關係；雖然也不是完全沒有注意過身外世界，偶爾也曾一顧街道和山水景色，但是留在腦際的只是一些浮光掠影，有時甚至還會覺得到處只是髒亂鄙俗，塵世一切都是擾擾攘攘的。但是現在，忽然發現這世界竟是如此美好，使他感動如此之深，而且使他意識到，這日常看來似乎平淡無奇的世界，經常給予人類生命平安與幸福，可惜似乎就從來沒有人發現，自己更沒有發現。這時，他再四凝視這片夜景，那種寧靜的美，彷如熟睡嬰兒那麼可愛，那麼令人迷戀，使他倚欄久久不忍走開。他很自然地悟解，原來自己內心深處對這個世界畢竟充滿了純潔的愛，所以現在終於能夠體察出它的美和善。

他的確為這夜景深深著迷，因而每夜從昏睡中醒來後，都要癡癡地倚窗憑欄一兩個鐘頭。慢慢地他更體會到，使他著迷的原來並不只是夜景外觀，而更有這看來似乎平淡的景色內在深處所隱藏著的那種力量，一種沉默的，隱藏的和綿綿不絕的生命堅韌力量，他忽然想起聖人說的：「天何言哉！四時興焉！萬物生焉！」。他不禁歎息，世界這麼美好，但是不久之後，他卻要離開這個世界了，再也看不到這一切了。由於對生命依戀如此之深，對世界也依戀如此之深，使他更覺得，如果他的生活能夠就像現在這樣單純，只是靜靜地注視這個世界，遠離其他一切紛紜，那真是美妙無窮，成為無上享受，內心將充滿愉悅和幸福而感到心滿意足了。然而，自己竟快要死了，這種最起碼的要求，生命最基本的享受，竟也不可繼續享有了。而這個世界，卻仍將一如現今這樣繼續長存，仍將一如現今這樣平靜安寧，溪水仍將繼續潺潺地流，星星仍將每夜都不停地對世人眨眼，車輛仍不斷在爬行，一部追逐一部，那座橋永遠那麼沉默莊嚴，都市也照樣還是美麗得令人著迷。總而言之，世界依然會像現在這樣存在，像現在這樣美麗，生氣蓬勃，一切如舊！絕不因為自己的死亡而有任何變更！這個世界甚至根本就不會注意到，或是根本就不知道，有個名字叫做杜秋寧或是其他什麼名字的人已經從世上消失了，更不會為此而泛出一顆甚至只像粟米般小的水泡來，就像死了一隻螞蟻那樣完全無聲無臭，沒有任何人知道，更沒有人來理會。個人生命有限，宇宙生命無窮，永遠長存。

秋寧想起過去曾經有過一次類似的離情。他少年時曾經在一家公司任職，公司複雜的人事環境使他極端厭惡，決心辭職他去。當確定了可以離開公司時，他心頭開始有輕鬆感，覺得終於可以離開這個是非糾葛之地了，從此將可遠離煩惱，自有說不出來的愉快。離開公司的那天早晨，他僱了一輛人力車，載了他和簡單的行李，從公司最後院子裡的單身職員宿舍出來。當他剛坐上了車，車子往大門方向走去時，感到無比愉快，不自覺地吹了一聲口哨，內心還對自己默念：

「好了，總算可以離開了！令人厭惡的糾紛通通滾你的蛋罷！再見了！」

大家都還沒有起床，沒有遇見任何一個人，車子沿著那條長長的柳蔭大道奔馳，天上飄浮箸幾朵白雲，涼爽的晨風迎面吹來，低垂的柳絲飄拂過他的臉頰，他油然想起了電影「翠堤春曉」裡的那些美好鏡頭，彷彿也聽見那拉著車子慢慢前進而且節奏分明的得得馬蹄聲，那一幕一幕的優美畫面就在眼前。他眼前的林蔭道兩旁都是枝葉茂密成排的久年蔭鬱柳樹，有幾隻晨鳥在婉轉鳴叫。車輛不停前進，一顆又一顆樹木，一座又一座房屋，都往後飛逝。這些景色，無一不使他覺得無限幽美！他舒暢地又吹了一聲口哨，剎那間，這公司多年來給他的太多煩惱，忽然間竟忘得乾乾淨淨了！只覺得周圍環境竟是如此美麗！更驚訝自己何以住在這裡也工作在這裡幾年來，竟從未發現這一切？他當然每天都看見這一切，但是，卻從來沒有感覺這一切竟是如此之美，美得使他感到十分留戀！他是個重感情的人，現在竟不自禁地油然興起一種依依不捨的深情！有些後悔不該輕易離開這家公司！並且覺得那些人事糾葛實在都不重要。這時，他是真的十分惋惜，很想留下來。但是，他能夠叫人力車轉頭回宿舍去嗎？不能！那已經是不可能了！他已經自己主動辭職了，公司雖曾再三挽留過他，但是最後也只好批准了，他的職缺也已經公開發表他人遞補了，他已經不再是這家公司的職員了，也不再有資格繼續留在這美好的環境裡了。現在，今天早晨，就在這前往火車站的人力車上，除了自我惋惜之外，已別無選擇，儘管心情怏怏，也只好聽令車子繼續往前奔馳，把自己載離。

在這深夜憑欄時，秋寧油然想到這段往事，在這高樓的窗欄邊繼續凝視窗外這安詳無驚的世界，自己雖然不是坐在奔向火車站的人力車上，卻是坐在命運之車上，聽令死神拉著他急速遠離這美好的人間，同樣也是不容許他回頭！窗外真實而生動的景象，確實使他對這個世界有了新的悟解和新的感情，也得到了新的啟示，對人生改觀，對世界也改觀。他的新觀念是：平凡就是美！生存就是幸福！所以，個體的消失畢竟還是悲哀！

這是一種死亡前的悟解！他的心理看來似乎複雜，但本質卻只有一個字，那就是愛，對人生的愛，對人間的愛，對身外萬事萬物的愛。他心頭充滿了愛，對己身以外一切的愛，所以才會如此戀戀不捨！

從此以後，縱然是在繁忙雜亂的白天，縱然所見仍然只不過是日常景色，縱然是他往昔有些厭惡的人，他變得對之都有了一種特殊的新感情，都有一種前所未有的親切和喜愛，他不再厭惡任何人了。當他處身擁擠的人群中時，無論是在捷運車站時，在醫院候診室等候看診時，在領葯處等候取葯時，站在十字路口街邊紅磚道上人群中等候綠燈過街時，偶爾隨著太太穿過菜市場密密麻麻的人群時，以及任何時候置身任何地方大堆擁擠的人群中時，他都立即會想到，再過不久，自己就將離開這些忙忙碌碌的人群了，離開現在所見到的這一切了！也就是完全離開這個世界了！而這些人群，仍然會照常這樣熙來攘往，明天會和今天一樣，將來也會和明天一樣，一切都將依然如今！也依然如昔！那莊嚴靜默像老人般的遠山仍將蹲在天邊，永遠無言地注視這個世界和這些人群，不會因為世間消失了任何一個人而有絲毫改變。當然，這世界更怎麼會因為少了一個杜秋寧就改變呢？這世界甚至根本就不會發現少了一個叫做什麼杜秋寧的人！因為當杜秋寧那個人活著的時候，這世界也沒有注意到有他這麼一個人存在；可是，秋寧卻充份知道自己的存在，因為他切切實實感覺得到自己的存在，他可以看得見也聽得到這個世界，用手摸觸得到這個世界，接觸到或想得到他所愛和所關心的每一個人，他每分每秒都在享受這個世界給予他的美好感覺，因而十分愉快。當然，現實生活也充滿追求、掙扎、焦慮、挫折、離別，以及傷、殘、老、病、死、失敗、失望等帶來的折磨和痛苦，聽來似乎不無悲哀；不過，如果當你真正了解生命真諦之後，必定也能了解生命的內容本來就包涵這一切；這樣，也就會覺得無庸悲哀了。而且，唯其有這許多折磨和痛苦，人生才不僅不至於平淡乏味，反而更能襯托出山窮水盡後又柳暗花明那種境界的無上樂趣。

經過一些日子的折磨後，慢慢地，他對自己的病，重又燃起希望，回復樂觀，相信必會痊癒。有一種說法他深信不疑，世間誠然有許多固定不變的因果關係和例規，也有許多權威性定律，但是，儘管如此，任何事情都仍然有例外。常人大都在六十歲、七十歲或八十歲離開世間，但是活到一百多歲的人現在越來越多。早就有科學家直率說，萬事萬物並無常規。另外，二十世紀六十年代開始，更有一些智者在研究混沌理論（chaos theory），認為在宇宙、地球、自然界、物體、人類社會、人的內心等各個範疇內，都有許多缺乏因果關係的偶然現象存在，甚至世上沒有任何事物是必然的。我們人類對太多事物都一無所知，強調規律和因果關係的科學對太多問題始終都不能解答，更無法解決，但是人類卻還是迷信科學可以解決一切問題。尤其可笑的情形是，科學所得到的一些知識或結論，大家都深信不疑，但卻常常會在若干年後又被其他新的科學知識推翻，作出相反的結論；再過幾年，可能又恢復原被推翻的結論。像這樣翻來覆去辯證式的過程，反三覆四地重複，竟迄無定論的情形，滔滔皆是。基於這種對事物存有大量不確定性的了解，秋寧也不相信自己這次一定會死去。

秋寧深知自己所患原本是一種絕症，但是現在他卻認為，又怎麼知道自己不會是那不會死去的例外呢？更何況現在醫葯進步，這些年來，人類不斷發明了許多新葯和新治療方法，那就更不必為此耽憂了。這也合上了有些學者們所談到的「蝴蝶效應」：「今天北平一隻蝴蝶展翅翩躚對空氣造成擾動，可能觸發下個月紐約的暴風雨。」不可知的因素太多了，再說，縱然不幸，萬一有朝一日自己真的要死了，也就聽任老天爺安排好了，那又怎麼樣呢？他本來並不畏懼死，真是要死又有什麼了不起呢？

他現在的情形是矛盾的，一方面，他的病一天比一天嚴重，形容消瘦，精神萎靡，絕大部份時光都躺在床上，過的是昏天黑地的日子，剛醒來的那一刻常不知是白天還是夜晚，服葯無效，生命似乎已經走到盡頭了；但是另一方面，內心卻非常安寧，頭腦冷靜，思慮清明。一方面，他不明白自己究竟會在那一天死亡；另一方面，卻又深信無必死之理！他並不真正畏懼死亡，但卻又覺得世界如此美好，深深留戀，依依不捨。

不信自己會死是一回事，採取什麼行動不讓自己去死又是另外一回事。他對世界既然如此依戀，也深信自己未必一定會死，所以就必須採取行動。很簡單，他的行動就是：自己打定主意要繼續活下去，絕對不死！多少年來，他都有一種信念，認為凡事只要自己意志堅定，打定主意，必定達成，縱然千迴百轉，最後總歸還是一定會達成。現在他認為，生命也是如此，只要你打定主意繼續活下去，你就一定可以繼續活下去！

他一生做事週到，儘管有了自己可以繼續活下去的堅定信念，但卻仍然從容安排身後事。他對這種看來似乎矛盾可笑的行動，自有解釋。因為人總歸有一天會死的，預作後事安排，並不表示就是對生命失去信心。猶如中國許多帝王，以及民間一些家境較好的人家，少年時就為自己準備棺槨和墓地一樣自然，無非免除將來後顧之憂而已。

玉蓉照例還是每星期去健身房三次，每次半天，而且仍舊在外面午餐後才回家。那天照例下午三點鐘左右回到家時，一眼就看見方律師在客廳與秋寧談話。方律師是秋寧以前自己公司裡多年的特約法律顧問，也是他們家的老朋友，玉蓉與他太太也很熟悉。秋寧看見玉蓉回來了，就招呼她說：

「玉蓉，你也來一起聽聽方律師的指教罷。」

玉蓉心裡立刻就猜得到他們是在討論什麼事情，但卻故意說：「你們談法律問題，我沒有興趣。」

秋寧說：「不是公司裡的法律問題，是我們家庭財產的法律問題，與你也許有點關係，我們剛剛才開始談，正等著你回來一起談。」

「好罷，你們先談，我馬上就來。」

玉蓉上樓很快換好衣服下來了。秋寧邀請方律師來，所要討論的問題，是原已分別登記在他家四個人名下的許多不動產，如果要依他心目中的原則去調整分配，以及把自己名下的那些不動產轉移到兒女或太太名下時，依照法定程序，要如何才能夠節省贈與稅或遺產稅？而在贈與或繼承兩種方式中，又以那一種更節稅而且便利可行？還有，由於各筆不動產的現值高低懸殊，有些相互差額很大，要如何才能使財產繼承人或受贈人所得，符合他心目中的分配數目？另外，關於動產，也同樣涉及稅金問題，要如何才能合法節稅以及迅速轉移給繼承人或受贈人？最後，他還問到有關遺囑製作的一些技術問題。方律師對這許多問題都有明確答案，玉蓉在旁也都聽到了。但是，對於三位繼承人或受贈人相互之間，分配所得的具體數目或比率如何，則是秋寧個人有權決定的事情，今天秋寧當然還不必而且也沒有提出來，所以她對於自己最關心的這一部份，還是一無所知。不過，至少有一點很清楚，秋寧既然與律師商量財產分配和遺囑製作問題，當然是在考慮安排後事，這表示他已經承認自己是病重了。但她卻完全不明瞭他內心樂觀的那一面和他那決心不死的意志。

方律師走後，秋寧告訴玉蓉：「我想打電話給兩個孩子，要他們回來一下，很久沒有看到他們姐弟二人了。」

「我替你打好了，你要他們什麼時候回來？」

「佩如已經有兩個多星期沒有打電話回來了，我也這麼久沒有聽見她的聲音，所以還是讓我們一起來打。我想，如果來得及，看看能不能要他們最多再過七、八天就回來？他們姐弟可以自行商量一個彼此都方便的日子。」

姐弟倆接到父親電話後，雖然父親沒有說出原因來，只說很想看到他們，但是心裡都多少猜到了原因。父親患病已久，病況日趨嚴重，母親平時在電話裡也講得很清楚。猜想現在父親健康情況可能不是很好，否則不會來電話要他們回家。他們倆以前讀書的學校和工作的公司，都在美國東部，父親無論住在台灣或是住在美國加州期間，都從來沒有打過電話來要他們回家，現在這還是第一次。他們姐弟向來孝順，兩人隨即在電話裡商量過後，果然決定在五天後就都回到台灣來了。在沒到家前，他們內心都懷有一點疑惑，也有一絲恐懼，甚至還有幾分莫名的預感，隱隱以為危機似乎已經來臨，很耽心一進家門，也許很快就會面臨嚴重的變局；不過，他們也有另一種疑惑，電話裡傳來父親的聲音還是與平時一樣宏亮，根本就不像是有病的人呀。

完全出乎他們意料之外，見面之下，父親除了面容清瘦和神情略顯疲憊之外，其他狀況看來都十分良好。秋寧見到他們姐弟時，十分高興，精神也很好。父親和兒女倆談了些日常話和不十分重要的事情後，兩姐弟更覺得父親還是一切如昔，聲如洪鐘，措辭果斷堅決，仍表現出那種特有的冷靜頭腦和清明理智，以致很快就幾乎忘記父親是有病了，使得姐弟倆十分開心。不過，等到後來談話進入正題，父親有條有理慢慢把整個病況告訴他們之後，他們才明白真相，而且重新又再仔細觀察父親身體的整個狀況後，才發現父親臉色有點黯淡，皮膚缺乏光彩，尤其是眼神顯現倦怠無力，不再有往常那種銳利的光芒了。然而，使得兩姐弟又得到鼓舞的卻是父親最後說到他對生命的觀感，以及內心深處的想法，雖有迷惘，但更抱持希望；雖然面對嚴重的不可預測，但卻樂觀自信。這些話，坐在一旁的玉蓉也是第一次聽秋寧談到。

在一起參加談話的玉蓉，聽了半天之後，覺得有一點點意外，甚至也可以說是有點失望，秋寧根本沒有談到財產分配的問題。最後，在談話結束前，秋寧才漫然地要兩個孩子在同一張紙上寫下各自姓名、地址、護照號碼，電話號碼、美國銀行存款帳户號碼、社會安全卡和駕照的號碼等資料，又告訴兒女倆要各自去新刻印章，並且拿新印章去台北的本國銀行和美國銀行分別開立新存款户，還叮囑要把印章和新存款簿都交給他代為收藏。

過了兩天，兩姐弟把這些和其他一些有關事情都辦妥了，也交給父親了，秋寧才和他們倆再次談話，玉蓉還是參加。這次才把不動產和動產的數目和有關概況都口頭扼要告訴三人了，並且給了他們各人一份早已用電腦打印好的財產簡明清單，要他們妥善保存。然後，他才對兒女倆用探詢的口吻說：

「我要講的話也講得差不多了，不知道你們什麼時候回美國去？」

兩姐弟不約而同地說：「我們已經和公司說好，都還可以多住幾天。」

「那很好，不過要記住，將來必要時，就必須用最迅速的方法回到台灣來。」

姐姐這時就用從小對父親慣有的那種女兒語調說：「爸爸不要講廢話了嘛，那裡有什麼『必要時』呀！」

秋寧顯然是真心愉快地笑了笑，他從來就喜歡佩如對自己撒嬌，於是也用肯定的語氣說：「我也知道確實是不會有這種『必要時』。」

兩夫妻都很高興兒女能夠多住幾天。第二天上午，玉蓉照例又去健身房做運動了，秋寧和兒女於是有了第三次談話，這次只有他們父親和兒女三人了。談話進入主題後，姐弟倆立刻發現，這才可能是父親叫他們回來要對他們講的最重要的事情，只不過是在等待今天這個適當的時機。可是更意外發現，父親講的竟不是財產的事情，而是任誰也想不到的是母親與為亮兩人間的事情，原原本本都講出來了，講得很長也很清楚，幾乎什麼都說出來了。唯有那最重要的部分，也就是那天夜晚親眼目睹沙發上的那一幕，他省略了沒有提及。他覺得要一個做丈夫的人對兒女親口敘說他們母親的這種事情，實在太為難了，不僅是對不起玉蓉，而且似乎也沒必要說那麼清楚，所以就完全省去，一字不提；只是十分直率地作成結論，指他們二人確有姦情。他也作了一些分析，也說出了他的心情和感受，並且強調自己的好心善意，所以才決定將會本著寬諒原則去處理。這次談話的最大缺點是秋寧沒有提到那個夜晚的事來舉證。

最後，他對孩子們說：「你們聽清楚，這次我也許會死掉。不過只是『也許』，並不是『一定』會死掉，而且，縱然真的死掉，也不知道將會是多久以後的事情。我覺得時間還長得很，我很樂觀，覺得我應該至少還可以再活十幾年。但是我想到，如果我不幸很快就死了，照他們這兩個人正打得火熱的情形來看，我敢斷定，媽媽一定立刻就會去找為亮，而且起初很短的時間裡會和為亮攪在一起。那時候，我既然已經不在這個世界上了，根本也管不著了，她有絕對的自由，在這種情形下，她會不去找為亮嗎？如果她真正能夠得到幸福，我在九泉之下也會為她高興。但是，你們應該都知道，為亮的太太海棠是多麼能幹厲害的腳色！如果媽媽真的和為亮攪在一起了，海棠會答應嗎？會善罷干休嗎？會與你們媽媽共事一個丈夫嗎？或是甚至會與為亮離婚，乖乖的把丈夫讓給你們媽媽嗎？像你們媽媽這種老實人，會是海棠的敵手嗎？海棠不欺侮她才怪啊！她要搞清楚，這個欺侮，可不是普通的欺侮。誰都知道，只要牽涉到男女情慾上的事情，尤其是女人搶別人家丈夫的時候，經常是會出人命的！但是，回過頭來講，我卻知道：我不會死！既然這樣，情形就不一樣了。我既然活著，我又能夠眼睜睜地看著你們媽媽和為亮明來暗往嗎？我是一個男人，能夠讓別的男人來搶我的太太嗎？他們背後做些什麼事情我知道得太清楚了，但是現在姑且不去說它，光就當著我面的時候來說，兩個人在我的家裡，居然已經公然親密到放肆荒唐的地步，簡直無視於我的存在，我能忍受嗎？到時候，不光是對我，對你們姐弟也是一樣，別人一定會在背後指指點點，說長論短，你們受得了嗎？我是絕對不能忍受的！當我忍受不了的時候，發作起來了，事情鬧開了，海棠很快就會知道，那就成為我們家和海棠家兩個家庭的事情了，海棠也絕對不會放過你們媽媽的，一定會好好對付媽媽的。不光是這樣，而且兩家之間也構成深仇大恨，各種各樣嚴重的悲劇都有可能發生。離婚還只是最起碼的事情，必定還會有其他嚴重的悲劇慘劇發生，誰知道又會不會死人呢？就光說離婚罷，老來離婚，無論是對媽媽或是對我，絕對都是大悲劇！離婚後的老人，兩個人都會過得很悲慘，我實在不敢去想，只是希望不要發展成那麼恐怖就好。所以，現在，我們還是回過頭來講，為了維護榮譽，為了消泯上面說到的各種危機於事先起見，更為了要挽救你們懵懵懂懂的母親起見，該做的事情，我們還是一定要做。」

兒子志尚故意把聲調壓低，裝得很平淡地說：「爸爸準備要怎麼做呢？」

他沒有立刻答覆兒子的問話，只是停了下來，隔了很久，才又鄭重地繼續說：「有一句話我本來不願意說，我現在就先說半句罷，在蒙受這種嚴重欺侮和奇恥大辱的情形下，到時候，我實在不知道自己會做出什麼事情來！」

這句話很嚴重，已經初步答覆兒子的問題了，他的情緒顯然有點激動，胸脯起伏不已，在喘氣，只好又停了下來暫時休息一下。佩如趕快把一杯熱茶遞給秋寧說：

「爸爸喝一口熱茶，慢慢講。」

秋寧接過杯子喝了兩口茶，休息了兩分鐘，覺得舒暢些了，才又繼續說下去，而且意思越來越清楚了：

「所以，為了我和你們媽媽好，甚至也為了為亮和海棠兩夫妻好，我反覆想了很久，打定主意，下定決心，我現在必須挺身而出，主動採取行動，阻止一場可能發生的重大災禍，斷然阻止這樁悲劇往前發展。我的方法是迅速切斷你們媽媽與為亮之間的一切接觸，而且必須要毫不客氣地放手去做，不能懦弱，不能有絲毫猶豫。古人說：『徒善不足以為政。』婦人之仁徒足以誤事，絕非解決問題應有的態度，我們必須堅決行事。」

秋寧音調高昂，充滿了敵意和鬥志。兒女倆聽後直接就獲得一個深刻印象：爸爸不會死！因為他還生機蓬勃！生命力還旺盛得很呢。

秋寧今天談得很多，滔滔不絕，從他發現玉蓉和為亮產生私情的種種跡象說起，一直到確定她們兩人的熾熱關係；進而分析事情產生的背景，以及自己的心情，一直到最後講到自己所決定的處理方法，足足講了一個多鐘頭。而最後那一段話更解釋了他必要採取行動的理由。姐弟倆只是靜靜地聽著，聽完之後，都覺得實在太意外了，從來沒有想到像媽媽這樣賢淑的婦女還會去另外交結情人！而且更是在她快到五十之年！也沒想到自己家庭裡竟會發生這種嚴重事情！更從來不會想到，父母之間平時看來那麼和睦愉快，現在卻是如此異常！他們覺得似乎是在聽講別人家庭的故事，又像是小時候在聽大人講天方夜譚的故事。不過，儘管秋寧講得很詳細很具體，甚至講到玉蓉所說的一句特別的話，一個特別的動作或一個特別的眼神等等的時候，父親都描寫得很生動，但是姐弟倆卻不很相信這是事實。在這長長一兩個小時裡，他們不時驚愕地相互對視，一句話也說不出來，他們實在不知道該說什麼話。

秋寧的話全部講完後，三個人都不講話了，姐弟倆更不知要講什麼才好，室內空氣很沉悶。隔了很久很久，最後還是秋寧打破沉默：

「我平時不好意思說這些，你們當然也絕不會明白。認真說起來，媽媽雖然賢淑，也是大學畢業生，但是，實在不是很聰明，加上天生任性又固執，才會到老來還沒頭腦會做這種傻事情。我現在才知道，賢慧和忠厚的女人，並不保證一定不會有外遇。這完全是兩件不相干的事情。我現在如果不下定決心出來挽救她，後果將會不堪設想，最後對我和她都必定是個大悲劇！」

三人相對無言，又很久之後，姐姐才說：

「那爸爸打算怎樣去切斷他們間的接觸呢？」

秋寧說：「我希望志尚出面打電話給為亮，而且講電話的口氣，最好完全當作是出自志尚本人的意思：第一、告訴他說，以後我們加州的房子不便再借給他住了。第二、他如果有任何事情必須接洽時，不管我們是住在台灣或是加州，都應該直接打電話給我，絕對不可以再打電話給媽媽，也不可以與媽媽接洽任何事情或有任何來往。」他停下來，凝視志尚和佩如一會兒後，才繼續說：「志尚對為亮講電話的時候，必須把這兩點意思說得具體明確，絕對不可以有半點含糊，這才能讓他確實明瞭狀況，他心裡應該有數，看看能不能要他死了這條心。還有，我們是心存善意，為了避免海棠家起風波，必須注意，打電話給為亮這件事，最好永遠不讓海棠知道。所以打電話時，也不要讓海棠接聽。你要事先想好方法，如果遇到是海棠接電話，要如何避開她。至於如何措辭這些技術問題，我基本上沒有太多意見，你要好好斟酌清楚。其實照我說的直接了當講出來就行了。」

無論如何措辭，這個電話的實質就是兩家絕交。

「當然不會讓海棠嬸知道。」志尚雖然口頭這麼說，但看了姐姐一眼，神色有點躊躇。

秋寧微微一笑：「你看，這不是我們的善意麼？免得破壞他們夫妻感情。依海棠那種暴燥脾氣，知道了之後，還能容忍為亮嗎？」停了一下又補充說：「海棠更能容忍你們媽媽嗎？」

「這是爸爸的好心腸。」

兒子靜默了很久，才又囁嚅地說：「不過，基本上，這件事情有必要這樣做嗎？」

秋寧講了大半天，以為兒女倆應該都很明瞭事實了，而且充份贊成自己的決定，最後聽見兒子竟講出這種話來，內心十分生氣。但他畢竟老了，脾氣平和太多了，還是忍耐下來了，只是很詫異地說：

「難道我還應該繼續忍受這種奇恥大辱嗎？我這樣處理還不夠厚道嗎？還不夠溫和嗎？這樣對海棠兩夫妻以及我們兩個家庭都好，我還要怎麼樣呢？難道你們不相信這些事實嗎？尤其重要的是，難道你們不願意我出來挽救面臨危機而不自知的媽媽嗎？」

「不是這個意思，爸爸不要生氣。爸爸現在不是住在台灣嗎？不是還要繼續留在台灣治病嗎？我看一時間也回不了美國，而且甚至可能再也不回美國去了，為亮叔叔事實上根本也就無從到我們加州灣區的房子裡去住，更不可能到台灣這裡來。在我們沒有打這個電話之前，事情等於已經自動達成目的了。那我們幹嗎還要打這個電話呢？」

秋寧歎了一口氣：「你們怎麼會不了解我的意思？告訴為亮不要再來我們家居住，只不過是態度上明白表示，我們必須把態度表明。真實意思就是要他與媽媽斷絶來往，他自己做事自己心裡明白，我們這樣一講他就該懂了」

兩個孩子沒有再說話。

秋寧繼續說：「只有明白告訴為亮必須斷絶來往，才有可能結束他們兩人的迷夢。我要趕快明確解決這個問題，一了百了，永遠結束這件不名譽的事情。至於我會在什麼時候回美國去住，這很難說，也許忽然明天就回去也不一定。既然有個家在加州，早晚總歸還是要去的。而且，我是不是會在什麼時候忽然死掉，也很難說。天有不測風雲，世事難料，有的時候，有些事情會來得很快，我們無從預知。這件事情必須在我沒死之前做定。」

志尚趕快說：「爸爸會長命百歲的，我們等到爸爸遷回美國去住後，再打這個電話也不遲。好不好？」

秋寧向來喜歡兒女，現在看見要兒子辦一件事情竟一再推拖，心裡十分不愉快，而且痛惜兒子無用，有點失望。但是兒子已經這麼大了，自己也老了，似乎已經無能為力了，在目前這種情況下，只好還是隱忍不發，只是內心在轉念頭，立即決定另作打算了，於是只好告訴孩子們說：

「我知道你們是不相信這些事情，不過你們要知道，天下那有一個丈夫老了，甚至病得快要死了，好好地還要去冤枉自己太太與別的男人偷情呢？現在問題也很簡單，你們既然不肯替我辦這件事，那還是讓我自己來辦罷。我本來是想，你們來開口或許會婉轉些。現在既然如此，就不必麻煩你們了。事實上，辦法是很多的。進一步的辦法，例如直接把事情讓海棠知道，海棠會不把為亮管得死死的嗎？這比什麼都有效。至於再進一步的辦法還是很多的，都保證絕對有效。不過現在還早，我連說都不願說。」

「我沒有說不辦，只是希望等爸爸回到加州之後來辦。」

爸爸只是微微點點頭，不再說話了。

兒子對父親所說母親與為亮間的故事，內心確實存疑。他覺得母親是人所共知的標準賢妻良母，是自己和姐姐的好媽媽，也是爸爸的好太太，只不過平時待人非常親切，可能因而引起父親生疑，而把事情弄得太嚴重了。他不相信父親所描敘的故事，甚至懷疑父親是不是為了要取信於他們姐弟，而幻想出甚至故意捏造了一些情節。總結一句，兒子不相信這件事，女兒也不相信。不過，無論父親所說是真是假，這件事情如果處理不善，都極有可能成為還不能預知的重大災禍，而這個電話卻可能引燃災禍的爆發。如果能夠緩一緩，應該是最好的辦法。

對這件事情，姐弟倆那天夜晚設法避開父母商量了很久，確認事情嚴重，非同小可。如果繼續惡化下去，聽父親的口氣，不僅父母極有可能離婚，而且也有可能發生更嚴重的事情，涉及兩個家庭的安危。將來如果事情鬧開了，成為大家談論的話題時，更可能成為醜聞。

眼看事情就要爆發，迫切需要找出妥適辦法來化解這一危機，縱然一時不能徹底化解，至少也要先緩和一下才好。但是，姐弟倆太了解父親的性情，多少年來，父親處理任何事情向來是態度明朗，立場堅定，只要每一作成決定，打定主意了，就會勇往直前，不斷推進，所以姐弟倆都認為很難要父親改變主意。而母親那方面呢，雖說是賢淑，心地善良，對人毫無惡意，但是天性的確十分偏執，只要心裡先有了一種觀念，或是直覺地認定了一件事情，不管對或不對，都幾乎是絕對無法改變。這情形，只有他們家裡四個人以及極少數二、三至親知道。對於她的固執，有一則小故事最具代表性，多年來，秋寧常在至親好友前重複講述，用以取笑玉蓉為樂。

秋寧說：「如果家人和玉蓉一同逛街購物，她會完全基於善意，自動搶提所有裝滿貨物的購物袋，以免他人勞累。當購物袋很多時，她仍會不辭辛勞獨自一人提那些袋子，這當然會使她很累。但是如果有任何人，包括她的丈夫和兒女，以及任何同行的人，好意想要為她分勞代為分提部分購物袋時，從來沒有任何人曾經成功過。無論你如何好言相勸，詳細說明，都是徒勞。有時候我還和她爭吵，她仍舊不會接受我們的好意而有絲毫讓步。所以我常常宣告：『如果有誰能從她手上分到一個袋子，我就送他新台幣一萬元。』現在，我在這裡重申前言，如果有任何人成功了，我一定還是每拿到一個袋子就送上新台幣一萬元，決不賴帳。」

聽的人都哄然大笑，玉蓉在一旁也只是笑笑，不說什麼，手上的購物袋子照樣不肯分出半個來。而秋寧也從來沒能送出這一萬塊錢。

以這個故事為例，姐弟倆也知道很難去改變母親的意思；更何況，母親與為亮間的事情，無論是真是假，但因為是牽涉到情慾的事，根本也就不便開口，更難發生勸阻力。如果冒冒失失一定要去談，料想母親不僅會否認，而且很可能會大為憤怒，得不到任何結果，完全於事無補。姐弟兩人檢討很久後，仍然十分躊躇。

志尚說：「事情是有點困難，那我們要怎麼辦呢？」

姐姐說：「儘管如此，恐怕還是要想辦法。目前只有要求爸爸慢一點打電話給為亮叔，拖一拖再講。我還是贊成你所說的，實際上沒有什麼必要打這個電話。」

「爸爸不是已經生氣了嗎？所以才講要自己打電話給為亮。我們有什麼辦法阻止他？」

姐姐想了一下，又改變主意說：「我再想了一下，覺得我們明天就告訴爸爸說，既然爸爸認為一定要現在打電話給為亮叔，那就還是讓我們來打比較婉轉些，免得爸爸自己打太嚴重。」

弟弟想了一下：「好罷，那就這麼辦罷。不過還是讓我來開口向爸爸講，我只說等我一回到美國後，一定立刻打這個電話就好了。」

第二天，兩姐弟趁著媽媽在廚房做飯的時候，把這意思告訴父親。志尚說：「昨天我們三個人結束談話後，我和姐姐兩個人又仔細商量了很久，覺得這件事情應該遵照爸爸的意思去辦，而且這個電話的確還是讓我來打比較適當。我會告訴為亮叔，說爸爸媽媽現在住在台北，我們在加州的房子已經不方便再借給他住了；另外，請他今後不要再打電話給媽媽了，如果有任何事情要接洽，就直接打電話或是寫信給爸爸。這種話，雖然不管用什麼理由和方式說出來，實質上都是一樣，他應該一聽就懂。但是我還是會找些比較委婉的理由來說這些話。譬如說媽媽最近很累，所以精神和身體都不很好，爸爸你看好嗎？」

秋寧冷靜地看了兒子一眼，淡淡地說：「你們總算是想通了？」然後微微地笑了笑：「好是好，那麼在你們離開台北之前就打這個電話。至於你找什麼理由來說這些話，原則上我沒有太多意見，橫豎都是一樣。我認為就是不找任何理由也未嘗不可，因為這本來就是給他一個哀的美敦書，明明是絕交通知，不找理由，倒可以讓他更明白我們的態度，他該不是白癡罷？還會不心知肚明嗎？」

兒子就順著爸爸的話轉過來說：「爸爸說得很對，這種情形，彼此心照不宣，本來就不需要什麼理由的。不過畢竟是自己親戚，委婉一些是不是會好些？這很容易，我們就說爸爸生病需要安靜，而媽媽又忙於照顧爸爸的病，心情不好，所以我們做兒女的請他今後務必不要再打電話來。爸媽現在住在台北，所以加州的房子當然沒有辦法再借給他住了。他如有事必須接洽時，可以打電話給爸爸，或是給我和姐姐轉告你們就好了。」

秋寧聽後，先是遲疑了一會兒，不過看見兒子雖然說了一大堆，實際上還是原來的意思，並沒有承諾現在就打這個電話，所以想想也就不願多說了，只輕聲地說：「好罷。」

志尚說：「不過，如果讓我回到美國後再打電話給他，而且說明我們曾經回台灣來過一趟，會自然得多。」

果如秋寧所料，志尚還是不肯現在就打這個電話。他非常不滿地說：「在這裡打電話比你們回美國去打更有力量。這種事情本來就不需要太委婉。」

姐姐忍不住，竟又直率地插嘴說：「爸爸！就目前情形來說，這個電話本來實在是不必要的，如果能等爸爸回美國居住時再打最適當。現在若決定要打，那就讓我們回到美國去打，更能夠表示只是我們兒女的意思。」

秋寧悟解到，孩子們還是在施緩兵之計，他們一定是不相信整個故事的真實性，更不相信玉蓉向來就喜歡別的男人的那些往事，所以才會認為沒有必要這樣做。但是，他又實在不願意把沙發上的情節現在就說給孩子們聽，因而覺得不必再與孩子們多事爭辯了。於是臉上也就沒有什麼表情，只好說：

「好罷，那你們就看著辦罷。」

他本來是半撐著身子斜坐在床上，現在心底下已打定主意怎麼做，所以這時就完全躺下來了，並且閉上眼睛休息，不再說話，表示談話可以結束了。

孩子們看見父親要休息了，稍稍遲疑了一下，就說：「爸爸休息罷！」於是起身走開了，談話就此結束。

秋寧閉著眼睛在想，遇到這種事情，甚至連父子之間都難以充份溝通。當然，他也看出來了，基本原因是兒女不相信母親有婚外情，使他們不相信的原因顯然有兩個：一個原因是只怪他自己沒有把沙發上的一幕說出來舉證；另一個原因是兒女被母親平日的賢淑態度騙倒了。他們殊不知道，女人的賢淑與她需要別的男人，絕不是相互衝突的事情，白日丈夫面前的淑女賢妻為何不可以也是夜晚情人床第上的浪女蕩婦呢？他們怎麼知道，自己母親恰好就是這種淑女兼蕩婦呢？

他再度想到沙發上那一幕，他之不願意說出來，實在是因為他認為一個做父親的人親口對兒女講述目睹孩子母親與別的男人做那種事情，實在太困難了！不到絕對必要的時候，他絕不會提到。這無論是對玉蓉或對自己來說，都是最大的善意。更何況，他目前一切作為的最後目的，都還是要維持這個家庭，也就是維持他與玉蓉的夫妻關係，那怎麼還能夠讓別人知道自己太太的這些風流豔史呢？當然也不願兒女知道。反之，現在如果把這最後一幕掀開了，整個事情爆炸了，自己也很難再厚著臉皮裝糊塗來維持夫妻關係了，這個家庭必定破裂。所以就目前的打算來說，他是希望這一段插曲永遠埋葬在他、玉蓉和為亮三個人心底深處，而且最好更要避免這三人間彼此承認互相知悉。非有絕對必要，也不要在玉蓉面前直接提到曾經目睹。想想看，丈夫在姦夫面前承認太太姦情，或是在太太面前承認看見她與別的男人同床共枕，但卻默爾而息，那還像個男子漢大丈夫嗎？那會使奸夫淫婦誤以為丈夫懦弱和放縱，那自己又何異禽獸？他的終極目的畢竟還是在維護自己的面子和尊嚴。

當然，他有時也會心裡對自己說：「可憐的尊嚴！可悲的尊嚴！可憐的秋寧！可悲的秋寧！」覺得自己為了這點虛假的尊嚴，竟不得不忍受這莫大的恥辱和委曲！

至於說到兒女被玉蓉老實賢淑的外表騙了，倒不是說玉蓉撒了什麼謊來欺騙孩子們，而是說，玉蓉平時所表現的賢淑，確實是幾乎可以騙倒所有人，當然也騙倒兒女；只有作為丈夫的他，才有機會在許多細微處察覺她平時掩飾得很深的性情另一面，看穿她人性中深藏的那另一部分，也發現出她的那些隱密心機。

他歎息，世上大概很少有人了解，婦女雖然性情賢淑，絕不表示她就不喜愛丈夫以外的男人，也不表示她不會有婚外情。一般人都視而不見，聽而不聞，豈不見白癡也都知道愛慕追求異性嗎?因為人都有肉體，有肉體就有肉慾，與智慧高低無關。智慧高的人只不過找異性比較方便而已。尤其在當今這種十分開放的時代和社會裡，尤其在婦女具有或多或少個人經濟基礎之後，張先生的好太太，絕對可能同時也是李先生的好情婦，兩者絕不互相排斥。秋寧認為，事實本來就是如此，一點也不稀奇，看穿了以後，一定會同意，這不過是人類原始野性的一部分。但是，我們人類是不是就應該贊成這種野性呢?這是一個問題。如果贊成，豈不悲哀?因為人類經過千萬年辛苦演進出來的文明結晶之一的家庭制度，基礎必將動搖以至衰退，最後甚至崩潰，社會秩序也會混亂。所以秋寧堅決相信，一夫一妻的家庭制度和夫妻之間的忠誠倫理，必須繼續維持。

想到剛才兒女倆的一再推托，他只有歎息。帶著惋惜的情緒，心底下還是忍不住輕輕罵了一聲：

「懦弱無用的糊塗東西!當斷不斷，反受其亂!」

客廳裡十分冷靜，沒有任何聲音。他環顧四週，忽然覺得自己很孤獨，他的委曲和痛苦竟無處可訴。這個世界上竟沒有任何人了解他，沒有人同情他，更沒有人支持他！全世界的人似乎都在糊糊塗塗地活著。他知道，如果這件事張揚開來，世界上支持他的人一定很多。不過，這並不重要，因為做一件正確該做的事情是用不著一定要有他人同情的。他還是應該要繼續奮鬥下去，絕不讓步！從童年開始，多少年來，他常常孤軍奮鬥，那種孤寂情形，就像少年時期常在四顧無人的荒山叢嶺中的漫長崎嶇小道上踽踽獨行那樣，儘管道路漫長，孤獨又恐懼，但是最後總是會到達目的地。現在，他打定主意要按照自己的意思親自來處理這件事情。

四、震盪

這些日子來，秋寧都起身很早，經常在五點鐘左右就已經把早晨的盥洗等雜事做完了，而自行烤幾片早餐麵包。玉蓉卻向來起身很晚，如果不是要去舞蹈班的日子，常常要到九點鐘左右才會姍姍下樓來。

早晨是秋寧一天裡精神最好的時光。

那天早晨，秋寧照例下樓去取報紙，院子裡空氣清新，有幾隻鳥兒在樹上婉轉鳴叫，他在樹下站住聆聽了很久，覺得很賞心，就模仿鳥鳴，對著那幾隻鳥兒吹起口哨來，一聲又一聲地與鳥兒們唱和，這樣很長的一會兒後，大概鳥兒終於發現是受騙了而飛走了，他才從信箱裡取出報紙，在樹下椅子坐定，舒適地慢慢讀報。八月的台北還是盛夏，早晨的院子裡有一陣一陣涼爽的海風吹來，他卻身穿秋冬的厚夾克，自覺不冷也不熱，頗為舒服。但是坐了不到十分鐘後，卻漸漸感到似乎有些涼意，再不到幾分鐘，很快地就連續打了幾個噴嚏。他這幾年養成了一種習慣，只要一打噴嚏，就必須立刻加穿衣服，並且儘量變換自己停留的地點，離開空氣流走的路線。現在，他打噴嚏了，知道情形不對，就收起報紙，立刻起身回到屋裡去。但是，回到屋裡後，竟還連連打了好幾個噴嚏，而且馬上就開始流清鼻涕了。幸好他機警，趕快吞服一片手邊多年習慣服用的一種抗鼻子過敏葯。這樣十多分鐘後，慢慢地才算阻止了過敏現象，不讓它發展成感冒。不過這種易於過敏情形，正是他這幾年年老病衰後新出現的身體狀況徵象之一。

至於早晨過後的白天和晚上，縱然是在這種大暑天，儘管別的病人，甚至其他也是七、八十歲的老人，也都不過穿一件短袖襯衫甚至汗衫，但是他卻必須穿得很多。每次去醫院，必須穿上一件毛衣，外面還要再套上厚夾克，並且把夾克的領子拉高，才能抵禦醫院裡的高度冷氣。出了醫院，雖然在酷熱的大太陽下，只要有一點微風吹來，卻也會使他寒慄，所以還是照樣要穿那些厚衣服。回到家後，除了躺在床上蓋上毯子外，只要起身在客廳小坐時，也還是要穿厚衣服才行。

由於渾身無力，他睡在床上的時間越來越多。白天躺在床上看書，總是看不到幾頁就昏昏入睡了。夜間卻常會在半夜從睡夢中被凍醒過來。每次剛被凍醒時，全身麻木僵硬，動彈不得，但是頭腦卻非常清楚，感到自己這具肉體僵硬得就像是一大塊沒有生命的冷凍臘肉，懸掛在寒冬屋簷下被颼颼冷風吹得渾身冰涼而且凝固了，動彈不得，儘管自己身上蓋了厚毯子，但卻感覺不到半點暖意。開始時，他有點恐慌，想到「漸凍人」這個實際上他不是十分了解的名詞；但是，他再想一下，就鎮靜下來了，於是告訴自己，千萬不要恐慌，要保持鎮靜，並且用意志進行掙扎，又試行做深呼吸。這樣努力一會兒後，有一隻腿終於能夠微微移動一點，也就因此血液好像是解凍了，全身很快就恢復流通了，整個身體也就慢慢能夠活動了。他把身子挪動了一下，這才完全恢復靈活，整個人才從原來僵硬狀態中活轉過來。他心裡想，整個循環系統和全身肌肉剛才一定是都被凍僵了，應該趕快完全恢復功能才好。於是起床來站在床前做了幾分鐘的柔軟體操，然後才再躺下來測量體温。他猜想原來整天發燒不褪的情形，這時候體温可能已降落到接近冰點了。豈知測量結果竟使他大為驚訝，體温仍然是三十七度點五，對他來說，絕對還是發燒的體溫！這種矛盾怪異現象使他十分迷惘，無法理解。至於夜半會被凍醒的原因，他思索至再，勉強做成一個非常可笑的解釋：可能是因為自己血小板過多，以致血液太濃，儘管身體在發燒，但是整個人躺著不動而長時間被夜間冷空氣吹拂之後，血液就漸漸流動得很慢，最後甚至可能暫時停止流動，所以才會全身僵硬。

他不敢再倚窗眺望夜景了，而且還去把窗子完全關閉，以免海風帶來的深夜寒氣再行入侵。

秋寧這種病有一個特點，不管病到如何嚴重程度，頭腦都能保持清醒而毫不糊塗，這或許可以說是幸運，或許又可以說是很不幸。說幸運，是因為他天天躺在床上無所事事，儘管病得很重，卻仍能從容不迫而理智清明地照常思索問題，所以考慮事情竟比平時還更細緻精明；說不幸，是因為人生有些時候倒是難得糊塗，他現在因為遇上玉蓉和為亮的事情，如果能夠因病而就此糊塗，不就可以避免操心生氣嗎？但他並不糊塗，事情卻發生了。這使他想起幾十年前一位九十多歲前輩所說的那幾句抱怨話。那位前輩老病躺臥在床上很氣憤地說：

「真是可惡！手腳和全身都沒有氣力了，什麼事都不能做了；但是腦子卻十分清楚。是非也能辨明，許多事情都想要做，但是卻一件事也不能做了，真叫人生氣！倒不如索性昏迷過去了，什麼事也不知道還好些。」

除此之外，他還有些新症狀，使他格外不舒服。最明顯的是整個身體好像都被封閉起來了，儘管每日發燒仍然只不過是三十七度點五或點六。照例行的說法，這最多也只能算是低燒，有的醫師甚至認為根本就不是發燒；但是他卻明顯感覺到自己在發燒，身上和臉上都很燙，而且對身體造成了一些特別的狀況。儘管他每天喝水很多，小便卻少得出奇，每次只能解出像眼淚那麼一、二滴，有時甚至根本就完全解不出半滴來。他又特別畏寒，所以儘管是在這種炎熱的夏天，家裡還是不敢開冷氣，玉蓉雖然常常熱得難受，他的身體卻仍然整天乾燥無汗。此外，為了維持體力的需要，他每天喫下去的營養品和食物還算不少，好在他食慾很好，只是幾十年來每日大便二次的習慣竟完全改變了，轉而成為嚴重便秘，竟連續五、六天都排不出大便來，肚子鼓脹得實在難受。醫師只好給他通便劑，才免強能排出來。他天性好研究，經自己仔細觀察體會和思考後，發現這些症狀具有一個共同點，都是屬於閉塞現象，使他渾身產生一種說不來的不舒服的封閉感。他心底下給這些症狀定名為「一燒三閉」症，也就是閉汗、閉尿和便秘，加上發燒。而這種三閉，似乎都起因於發燒，這種發燒，熱度雖然不高，連帶產生的症狀卻這樣嚴重。他受舊式書香家庭傳統影響，從小就業餘自修讀些中醫葯的書籍，幾十年下來，略懂中醫學的道理，認為就中醫學的觀點看來，這應該屬於一種內熱，也就是說，是由於身體機能有了不正常變化而引起發燒，而不是因為外來的風寒暑濕或是細菌引起的發燒。他並且認為，西醫是不懂得這種道理的。

秋寧每個月都要去醫院很多次，每一次往返醫院，對他說來已經都不是一件很容易的事情了。首先是要辦理門診掛號，用電話辦掛號雖然很方便，但由於病人經常很多，所以只要稍一疏忽，遲一兩天打電話，就會因為定額已滿而掛不到號了。在一般情形下，縱使掛到了號，看診次序也常常是排在背後遠遠第六、七十號或者更後。有些大牌醫師名氣太大，在一、二位年輕門徒醫師協助下，一次門診半天裡竟要看一百七、八十號病人。遇到這種醫師，掛號就很可能常常掛到第一百號以外。但是，由於號次在前面的病人間有遲到情形，後面的病人就有機會跳號提前看診。所以，雖然掛到是後面的號次，也必須要早些時間去醫院等候。所幸給秋寧看病的林大夫是專看血液病的，這種病人比較少，所以他的病號通常都只有三十幾人。只是秋寧畢竟住在郊區，台北市交通又擁擠得厲害，為了要趕上說是九點鐘開始但實際上大多是九點半才開始看病的時間，他們兩夫妻都是在早上八點鐘多一點就出門，乘計程車到達醫院時，通常都在九點鐘前後。進了醫院大門，第一件事情是玉蓉為秋寧向服務台借一張輪椅，然後推著他在院內長長走廊上來來去去做這個做那個。當他要做一些檢驗時，就要上下樓，好在有電梯可乘。像秋寧這麼一個大男人，現在體重縱然掉去十多公斤，仍有七十多公斤，以玉蓉這種婦女身材來推他的輪椅，實在非常吃力。玉蓉照例是把坐在輪椅上的秋寧，先推到看診室門外走廊上停放候診，幾乎經常要等候到快十二點鐘時才輪到看診。看診過後，就常要去檢驗部照X光或做點別的檢查，再去取葯等等，甚至有些檢查項目要排到當天下午或者許多天以後才輪得到，每一步驟都分別在院內樓上樓下不同地方進行，全賴玉蓉推著秋寧的輪椅來來往往，而且每一處都要排在長長的隊伍後面等候很久才能輪到。這樣折騰大半天甚至整天後，經常要拖到午後一兩點鐘甚至下午四點多鐘，才能全部完畢。夫妻兩人回到家後都很累，通常就要準備做晚餐了，或已是晚餐時間了。尤其秋寧幾十年來都有午睡習慣，現在上醫院花去整天時間都不能午睡，以致不僅下午會頭昏腦脹，而且臉上和全身更都會燙熱得厲害，十分不好受。

但有的時候，經由電話路線根本就掛不到號，那就更麻煩了，唯一辦法就只有在看病當天凌晨五點多鐘時，兩夫妻就出門，務必在六時前到達醫院。那時候，在一排十幾二十個窗口前的幾百名掛號人群，已經排成十多個長長的隊伍，每一隊伍都有二、三十人了。玉蓉必須眼明手快，趕緊找一個看來人數較少的隊伍排在尾後等著。這樣，直到八時正，併排十幾二十個掛號小圓洞上的木板小門，在不到幾秒鐘裡都巴拉巴拉地同時拉開了，開始接受掛號。唯有這樣，總算幸運地能每次都掛到這位林大夫的號。然後，兩夫妻就可以到候診的走廊上去，乖乖地坐等到九點半或更晚些時候醫師到來，開始按號次看診。玉蓉甚至曾經一再提議，讓她獨自先去醫院掛號，秋寧留在家裡等到九時左右或更晚一點再出門，應可趕上看診，這樣秋寧就可以至少多睡個把兩個鐘頭，而不必那麼早就起床。秋寧雖然感謝她的好意，但是總覺於心不安，堅持還是每次都兩人同時出門。

又是照例每星期一次的看病日子，玉蓉陪他去醫院。

骨髓培養檢驗，原來說是三、四個星期就可以有結果，但卻不知道遇上了什麼事情耽誤，上星期已經是第五個星期了，結果報告仍然沒有出來。今天來複診時已經是滿六個星期了，報告應該出來了。秋寧從醫學書籍上知道，這種培養檢驗十分重要，所以自己表面上雖然若無其事，內心則懷著有如重罪犯人等待宣判時的那種高度戒懼心理。

今天還是玉蓉陪他一同去醫院，態度一如平常。

他把稱之為「一燒三閉」的症狀詳細告訴林大夫了。林大夫聽後毫無表情，像以往一樣，好像根本沒有聽見，既不答覆，也不處理，整個人兀然坐在椅子裏沒動一下，完全不置一詞。秋寧知道，有些醫師具有高度專業傲慢心理，每當病人的敘述或詢問涉及醫學觀點時，他就會認為是在向他的專業權威挑釁，而立即表示不快甚至憤怒。另外，有的病患為了企望得到醫師一點注意，以利治療起見，所以有時會技巧地委婉提到自己的社會身份，例如遞一張名片，卻也會被醫師認為是在炫耀而動怒。也就因這種種原因，所以秋寧始終不敢提及他的職業。雖然他知道託一位熟人去向林大夫打個招呼，應該是可以的，但是他實在找不到認識林大夫的朋友。

現在，他因為實在覺得身體難受，而且耽心病情繼續惡化，所以才不得不冒險多問一句：

「請教大夫，對這種發燒和閉塞症狀要不要給點什麼葯？」

林大夫竟很生氣地說：「三十七度點五度或點六的體溫算什麼發燒？我們認定發燒的標準是要到了三十八度才算是發燒。而且，發燒的原因很多，年老的人都有攝護腺肥大毛病，你有沒有攝護腺肥大？你剛剛不是說小便解不出來嗎？這就是攝護腺肥大的症狀！你要知道，攝護腺不光是會肥大，還會發展成癌的，攝護腺癌也會發燒的。你為什麼不去看泌尿科大夫？去檢查你的攝護腺？」

林大夫說完後，又回復查閱秋寧的病歷，並且一再查看電腦上的資料。

病人不過是請教醫師有關自己病況的問題，這有什麼錯嗎？醫師就可以這樣對病人發脾氣嗎？秋寧聽了這種無理的話後，心裡非常生氣，他轉過頭來看了看玉蓉，正要說話，玉蓉耽心他脾氣發作會開罪醫師，就趕快拉了他的衣服一下。並且插嘴問道：

「現在血小板數量是多少了？」

林大夫很妙，如果你不問他，縱使是病症的關鍵性事項，他也絕不主動告訴你。如果問的不是關鍵性事項，那根本就是白問了，他更不會答覆你。不過，有關血小板數量這種關鍵性事情，只要你問他，總算每次都還會告訴你，所以他這時答覆了：

「血小板九十三萬三千，白血球六千多一點。」

秋寧心裡怔了一下，卻又不敢直接問那是不是已經算是危險了，所以只好問：

「血小板九十三萬多是不是太多了一點？」

「我還看過一百多萬片的呢！有的人還到過二百多萬片呢！」林大夫慢慢地自說自話，卻並沒有答覆病人的問題。

玉蓉問：「可是，白血球六千是不是反而又少了一點？」

「不少，六千以上都可以算是正常。」

林大夫仔細翻閱秋寧的病歷，又一再查看電腦螢幕上的資料時，玉蓉才試著問道：

「重要的骨髓培養檢驗結果，原來說是三、四個星期可以出來，今天已經六個星期了，不知道出來了沒有？」

林大夫再前後翻了幾下病歷，並沒有發現骨髓培養結果的報告資料，只是用一種疑惑的口吻自言自語地說：

「是這樣的嗎？」

他於是轉而向電腦裡去查找，最後總算找到了。他細細地看了又看，點點頭對自己說：

「結果出來了，在這裡。」他繼續再左看右看，又自言自語地一邊點頭一邊說：「是這個！是這個！沒錯！就是這個。」那神態顯然在表示，檢驗的結果正與他心目中所預先判斷的情形相同，所以他很滿意自己判斷的正確。

「有結果了嗎？報告怎麼樣說？」玉蓉問他。

林大夫再點點頭，顯然還是在對他自己點頭和自我欣賞，並不是在對玉蓉點頭表示答覆，目光還沒有從螢光幕上移開。

「骨髓培養的檢驗報告，顯示出我是什麼病了嗎？」秋寧也忍不住追問。

林大夫還是不說話，只是有動作了，神態似乎是就要準備處方了，秋寧心裡想，看樣子，林大夫顯然是打定主意不答覆這種重要問題，只好自己放棄追問。但是停了一會兒，秋寧還是改變用詞問道：

「血小板這樣多，快一百萬片了，眼前有沒有什麼危險？我有什麼要注意的事情嗎？」

林大夫只是低頭一邊又去查閱病歷，一邊就忙著在病歷上處方，竟不說話了。直到葯方開好了，把整本病歷交給護理小姐後，才抬起頭來對秋寧說：

「我今天給你開葯了。」然後就不再說什麼了，又轉過頭去對護理小姐說：

「下一位。」

林大夫的態度毫不緊張，似乎胸有成竹，舉棋若定。秋寧想不出來林大夫為什麼這樣對待病人。縱然是為了避免增加病人恐懼和緊張，至少也應該態度親切一點，或是對病人的家屬有一點起碼的暗示。不過，秋寧知道他畢竟是醫師，你要完全倚靠他來救你的命，現在治療期間，你的性命都交給他了，他態度雖然從來就不合理，你豈可與他爭辯？秋寧以前曾經親眼旁觀過一位醫師，當病人詢問自己的病情，希望得到比較進一步解釋時，醫師竟厭於答覆，而且粗鹵地對病人說：

「我說的就是道理，我說『是』就『是』，我說『不是』就『不是』。」

在某些情形下，有些醫師不僅是皇帝，而且還絕對是暴君！病人就是奴隸，常常只能聽任擺弄和虐待，因為病人通常畢竟不願與醫師爭吵。這時候，秋寧看見林大夫總算是開藥了也就識趣地不再多問，只好轉過頭來瞟了玉蓉一眼。玉蓉沒有什麼表情，也不說什麼話。秋寧懷著滿腹疑惑和輕微恐懼，與玉蓉一同去拿了藥。拿過藥後，他發現今天的藥裡面，果然多了一種新藥。他這時才開口講話，除了抱怨林大夫態度惡劣之外，就把自己對病情的想法告訴玉蓉，認為應該自己想辦法找尋答案了。於是請玉蓉到醫院的福利社和附近小店裡去搜購了幾本專供病患大衆閱讀有關血液病和癌症的專書帶回家。

他回家後，首先就是查看藥典，發現今天新開的那種藥果然是治療血小板增生病症的。他也立刻注意到，這是他這次看病以來，醫師第一次開出治療血小板的藥；接著，他又打起精神來，整日專心閱讀那些醫書，結果在另一本書上讀到，林大夫今天新開給他的那種藥，更是治療他「這種」血小板異常增生症的專用藥，另外原來已經連續喫了一個多月用以化解或防阻血栓形成的那種藥，今天還是繼續開了。看了好幾本書後，秋寧才確切明白自己所患的病的正規學名是「慢性骨髓原發性血小板異常增生症」。幾天後，待他把那些搜購回來的醫書通通讀完以後，對自己的病才獲得了一個全盤了解。

原來一般人通稱之為血癌的病，很多人混淆不清而稱之為白血病；就他現在讀書後得到的了解，實際上，血癌和白血病兩個名詞都不準確。這一類病，在病理學上的正式名稱是「血液腫瘤症」，這還只是一種概括的名詞，因為這一名詞包括了許多情形有別的同類病。例如有一種是紅血球過少，雖然實際上並沒有真正使血液變成白色，但卻誇張地稱之為白血病，這固然已經很勉強了；但是當紅血球過多，血液不僅不會顏色變淡，反而顯得更紅時，大家卻也稱之為白血病，實在可笑。至於血液中的其他成份，例如血小板和白血球的過多或過少，有人也都統統稱為白血病，更是荒謬。大致說來，血液的構成，主要是血漿、紅血球、白血球和血小板這四種東西。這四種東西在血液中本來相互有一定的比率和各自上下限的數量。雖然各個人的數量不盡一致，但還是有人類共同的上下限範圍。無論是誰，只要這幾種東西中的任何一種數量過多或過少而在上下限範圍之外時，就都成為異常，也就是有病了。以血小板為例，正常數量是一個單位（通常是一公合）的血液裡，最少五萬片和最多四十四萬片，低於五萬片或是超過四十四萬片都是異常，也就是病變了。而使血小板（或紅、白血球）異常的原因又有好幾種，每種又各有急性和慢性之別，病理學把這些因素合在一起來研究，僅僅血小板過多或過少的病變，就有許多種之多，與此相同，其他紅血球和白血球的病變也各有多種。所以所謂血液腫瘤，細分起來有幾十種之多。對不同種類血液腫瘤，必須施以不同的醫葯和療法。在這幾十種血液腫瘤之中，一般說來，急性的比慢性的嚴重。在三十年或二十年前，只要任何人患了其中任何一種腫瘤，幾乎都被認定是染上絕症，絕大多數唯有等待死亡。現在由於人類這幾十年來不斷研究累積的成果，已經發展出許多新的醫療技術，也發明了許多新的專用新葯，因而有許多種血液腫瘤已經不再是絕症了。至於秋寧現在所患的病，是一種血小板過多的病，由於骨髓造血功能異常所引起。至於其他各種血液腫瘤形成的原因，至今幾乎都還沒有公認的答案。

秋寧覺得有點可笑的是「血液腫瘤」這個名詞。血液怎麼可能腫起來成為瘤呢？醫界說，「腫瘤」這個名詞的意思，就像各種其他腫瘤病那樣，都只是指身體局部細胞發生分裂異常而數量特別多，以致迅速出現局部膨脹現象，也就是腫起來了甚形成一個瘤，所以稱之為腫瘤。現在，血液中的細胞等小個體，包括紅白血球和血小板中任何一種，也是出現分裂異常現象而增多，雖然不是聚積而使血液腫脹成瘤，但因為都是細胞分裂異常，而使得數量過度增加。雖然有些「分裂異常」實際上相反的只是血液中的紅白血球或血小板減少，並非增加，卻也一律都稱為腫瘤。所以秋寧認為這一名詞還是有欠精確。

血小板是血液凝固的要素，我們身體只要任何地方破皮流血了，血小板就迅速大量自動湧往流血之處，把破裂傷口堵住，並且結合血液裡其他必要的東西，在破裂處凝固結痂，使血液不再流出來。在血小板的患者中，以血小板過少者居多，習慣稱之為血友病。血友病人因為血小板過少，傷口不容易結口，使得血液有時會不停流出，尤其當傷口較大時，流血過多，容易引起失血危險。至於患血小板過多症的人，比血小板過少的患者少。這種病人血液中的血小板容易與血中膽固醇或血管壁脱落下來的其他固體物，在血管裡結合並且凝固成為血栓。血栓有可能在身體的任何部位血管裡形成而停留下來，或隨血液流動到血管其他部位停留下來。而血栓停留的地方必定造成血流堵塞不通現象而成病。當血栓停留在心臟血管時，就成為心肌梗塞；停留在腦血管時，就成為中風；停留在腸部時，就使得那段腸子壞死；還有的在肺部停留，都足以很快致命。而通常比較最容易發生血栓的地方是四肢，尤其在手腳趾頭，都會使那部份肢體缺血，最後引起潰爛。秋寧這次能夠發現血小板過多症，是起因於血栓出現在一枚小腳趾上，並使那枚腳趾變黑作痛，那算是血栓症最輕微的初期癥象了。

血小板過多當然是一種很危險的病，如不阻止血小板的不斷增生，最後必定成禍而奪命。秋寧查看自己歷年健康檢查報告書的記載，多少年來，血小板都是二十五萬片左右。現在竟很快增加到了九十多萬片，將近以前的四倍，而且還逐日繼續增加得很快，令人心驚。不過也有醫書上說，有些病理學者根本不把「骨髓原發性血小板異常增生症」列入血癌的範圍；另外有些病理學者雖然將之列入血癌範圍，卻也只是列在血癌範圍的邊緣，勉強算作血癌的一種。這是因為近年已經發明了少數幾種可以控制血小板數量的葯。不過無論如何，由於至今畢竟還不能使這個病徹底根治，只能長期繼續服葯將血小板數量控制在合理範圍內；更何況有的葯對部分病人的產生的副作用強烈，使得在用藥上有許多不方便。最近一兩個月，秋寧的血小板數量不斷往上增加，而且增加的速度相當快，足見越來越危險；現在，林大夫總算給他開了對症的藥，是否能夠發生效果，就要拭目以待了。

扼要說來，秋寧最近從醫書所獲得的那些知識，對他最大的鼓舞是，使他知道所患固然也還有人列為血癌的一種，但卻只是最輕微的一種，而且並非無救；處理得好，在一般情形下，病人可以有三年到五年的存活期，最長的還可以有十五年存活期。但是，這並不保證每個病例都完全不成問題。不過，他本來天性就很樂觀，也很樂天，現在從醫書上獲得這許多明確的知識後，對他太有價值了，也給他更多的信心，至少可以讓他充份了解自己病症的性質和安危狀況，也了解林大夫治療的方向及用葯的性能。世間最令人不安的情況，是真像不明，使人因疑惑而產生恐懼。

他讀過這些醫書後的另一種反應，就是林大夫對待病人的態度，備增他的不滿。他認為病人絕對有權利從醫師那裡充分知道自己的病況，也應該知道所患病症的可能發展，所用葯物的性質和可能的副作用，以及所採取的診療方向和診療行動的可能後果；進而更應該知道自己生命安危的機率等等。有時候，醫師為了避免引起病人的恐懼和悲觀，以免增加醫療困難起見，固然可以短期隱瞞部分事實，但是秋寧已經直率告訴林大夫，自己根本把生死看得很開朗，林大夫卻仍然有問無答，從來也不把診斷結果告訴他，甚至也不告訴玉蓉，使他對自己所患的究竟是什麼病完全懵然無知，每次用葯也不說明其主要的副作用，一切都含糊其辭，徒然使病人和家屬從深重疑慮中產生莫名的憂懼。尤其難解的是他對秋寧的發燒症狀，自始就拒絕承認是發燒，而且從不採取任何措施處理。現在秋寧總算是從書本中了解真相了，原來是骨髓造血時所製造的巨噬細胞破裂成的碎片稱為血小板。巨噬細胞製造得太快太多，血小板也就隨之太多。大量巨噬細胞以這種異常速度分裂，加速了身體新陳代謝作用，所以會引起身體發燒。這種超越身體正常情形下的體能負擔所引起的發燒，也是血小板病變的病徵之一，但並非每一血小板異常增加患者都會發燒。

玉蓉心底下本來認定秋寧已經是不可救葯了，所以雖然看見秋寧埋頭讀醫書，卻也沒有想到要問他書上講些什麼。又因為她向來不喜歡讀書，所以也不想去讀那些醫書。由於她有意無意間流露出來不抱希望的態度，所以秋寧也懶得把書上所說的種種詳細告訴她；不過想想還是把藥典給她看了，並且將林大夫這次所開新藥的作用提出來告訴她，以免她因固執天性而拒絕改變觀點。玉蓉把藥典接過來略略看了看，藥典的說明有限，只說這種藥是用於治療血小板症的，這使她確知秋寧的病就是血小板的病，而她也曾經聽說，那是血癌的一種，而且照一般說法，血癌是絕症。至於將來如何發展，實難預料。尤其林大夫那種諱莫如深的態度，對她而言，只有增加她疑懼的深度。因此，今天醫師雖然開了藥，卻並不能給她信心。當然，這些想法她只是放在心裡，外表仍然保持平靜的態度。至於另有醫書說到這種病並沒有立即危險，而且存活期可以長到十五年，這種種情形，她卻完全不知道，因為她根本懶於去讀這些醫書。

從此以後，夫妻倆對秋寧病況的了解，迥然有別，背道而馳。秋寧心頭的悲觀疑雲一掃而光，確知自己所患的病雖然可能有危險，但並非絕症。這使他大為興奮，更加強了生存的信心。而玉蓉所看見的秋寧，目前仍是身體衰弱，無可救藥地在作垂死前的徒然掙扎。

玉蓉看過葯典後沒有說話，秋寧就說：

「你看，他有葯不肯給我喫，一定要拖到今天看見我病得這樣嚴重了才給我喫。不是我們追問，他還不去搜尋骨髓培養報告。我不懂這位林大夫究竟是什麼意思。」

「這倒不是，林大夫顯然是一直在等待骨髓培養結果報告來確定你是什麼病，今天總算是對症下葯了。你要注意每天別忘記按時間喫葯。」

秋寧油然想起，台灣股票市場流行的一句話：「希望常在絕望時出現！」現在，不僅是希望已出現了，而且奇跡也快要出現了！秋寧服用林大夫新開的葯，大約七、八天後，發現自己的病況開始在改善，種種現象都顯現病症是真的得到控制了。情形很明顯，他已不再那麼畏寒了，大小便慢慢都通了，身上也恢復會出汗了，精神也好多了！所以也就不再整天賴在床上了。早上起來後，又恢復老習慣，首先就是坐下來打一會兒電腦，然後才下樓去拿報紙看。種種情形，都使他有說不出來的愉快。他很清楚體會到，趨勢是已經有一百八十度的回轉了，猶如冬日的寒風已變成春夏的暖流了，一切都在逐步改觀。他確切回復了信心，知道自己一定不會死了，也開始對事物恢復規劃，對一切又都作長遠打算了。

不過他從小迷信家鄉的一種說法：當運氣不好的時候，如果忽然有好事來臨，千萬要保持緘默，不可明說，尤其不可叫嚷，以免把好事嚇走了，最好是只讓自己心知肚明，如此才可以長保吉祥。因此，他這些有關病況改善的情形，甚至也沒有告知玉蓉。他想，玉蓉如果稍微仔細一點，應該一看就知道了，何用多說？

他自從回台灣以來，暗中一直在注意玉蓉的動靜，起初倒還沒有發現什麼異常現象，過了幾個月，終於發現玉蓉和為亮之間還有電話來往。前不久有幾個夜晚他偶爾回到樓上臥室去睡，半夜十一、二點鐘醒來上洗手間的時候，發現玉蓉黑暗中還躺在床上打電話與人長談，聲音非常細微，只是每講不到幾句，就會迸放出快樂的笑聲來，甚至還發出久已不聞的那種嗲聲來。他想不出會有什麼了不起的重要事情使她要在這半夜三更與誰長談，而且談得如此歡暢？更想不出她現已半老，還會對誰發嗲。這使他又興起了深沉的疑惑和強烈的妒嫉，不過，畢竟還只是疑惑而已。

他家的電話設備多年來都相當週全，客廳、飯廳、廚房和每個房間，都分別裝置有一架電話分機，共同使用三個電話號碼，只要經由任何一個號碼打進來時，屋內每座話機都會同時響鈴亮燈，也可以拿起任何一隻話機的聽筒接聽，隨而其他話筒就不能同時再接聽這一通電話了，但卻還是可以用另外兩個號碼與外面聯絡。秋寧在這種情形下，經過仔細考慮後，就恢復幾乎每個夜晚都到樓上去睡，而且每在睡前都會先把自己臥室桌上的電話機，移搬到床頭來，讓自己睡在床上時，只要一伸出手就可以迅速取得話筒。至於其他時間當他坐在客廳時，只要電話鈴聲一響，他也必定儘快搶接。他特別告訴自己要提高警覺、要靈敏、要反應快速。

果然，幾天後，那晚他在樓上臥室睡眠時，半夜夢中聽到電話鈴聲響了。他不僅在第一聲鈴剛開始響時，立刻就醒了，而且還立刻就抓起了話筒。當他還沒有來得及把話筒放近耳朵邊時，話筒裡就迫不及待地傳出講話的聲音來。他把話筒放到耳邊一聽，對方是一個非常愉悅的男子聲音，用一種焦急而親切的口吻大聲說：

「玉蓉，你好嗎！我是為亮！——」

果然是為亮！秋寧心裡一怔，而且，居然直接叫玉蓉的名字。渾蛋！玉蓉？玉蓉是你可以這樣叫的嗎？他竟如此大膽放肆，把玉蓉的名字叫得那麼甜蜜爽口，實在刺耳！真恨不得跳起來一腳把他踢死。他心頭的怒火就像炸彈那樣轟然爆開，他大聲吼著，打斷對方的話：

「我不是玉蓉，你是誰？」儘管心知是為亮，卻心不甘情不願，不肯承認對方。

電話線那端的為亮太知道秋寧一向早睡，現在是美國東岸正午十二點鐘，正是台北半夜十二點的時候，就像他借住在玉蓉家時所了解的情形，這不正是秋寧昏天黑地，鼾聲如雷，睡得像死豬一樣的時刻嗎？而且自從玉蓉陪秋寧回台北後幾個月來，他歷次這個時間打電話來，都是玉蓉接聽，百無一失，已經是不變的定律了。今天他照例在這同一時間打電話，也照例要讓玉蓉一拿起聽筒就聽到自己甜蜜呼叫她的聲音，以博取她的歡心，絕沒想到這次卻非常意外，竟會是早該睡得像死豬一樣的秋寧來接聽！他倉惶中一時想不到妥善應變的措辭，卻也心懷不滿地不肯稱呼對方，只好硬著頭皮說：

「我是為亮。」他的聲音充滿慌亂和驚愕，但為了要掩飾起見，匆促中又不得不支吾其詞地信口找了一句不相干的話說：「你們還好嗎？」

「你找玉蓉有什麼事嗎？」秋寧跟本不理會他的廢話，厲聲質問他。

對方慌張得一時找不到適當的話來搪塞，竟脫口而出地把心中原就準備要對玉蓉講的話，結結巴巴地說出來了：「沒什麼。我只是想問問玉蓉嫂什麼時候回美國來。」他模糊中認為這畢竟還是一句禮貌而善意的話。

然而，在雙方都具有強烈惡感的情形下，這句話太冒失了。既不問候秋寧的病，也不是問「秋寧夫妻」什麼時候回美國去，卻只問「玉蓉嫂」什麼時候回美國去，一聽就知道是為亮在情急之下漏出來的心裡話，實在渾球透頂！秋寧於是非常不悅地說：

「我不知道玉蓉什麼時候回美國去，讓她自己告訴你罷！你拿好話機。」他把線路撥到玉蓉房間，並且很快跑到玉蓉房門口，對著裡面大叫：

「玉蓉呀！是有人從美國打給你的跨太平洋長途電話。」他把「美國」和「跨太平洋長途電話」幾個字說得特別響亮，同時斜著眼睛順便瞄了一下房間裡，看見玉蓉並不是在睡，而是半撐著身子斜倚在床頭，正在側耳傾聽。看情形，正是在傾聽他跟為亮講電話。而且那神態顯示，她似乎也聽到了他剛剛說的那些話。

玉蓉確實想到那當然是為亮打給她的電話，意外地卻被秋寧攔接到了。這時候，她只好匆促拿起話筒來，同時也注意到還站在房門口的秋寧巨大身影。

「嗯，我是玉蓉嫂。」她拿起話筒聽了一下，有氣無力地說：「是為亮弟嗎？我還好。」眼睜睜地瞧著秋寧在房門口的身影一動也不動，她實在熱烈不起來，而且覺得很有點彆扭：「嗯，我沒有決定什麼時候去美國。嗯，好，再談罷，再談罷。」每句話都拖泥帶水地說得很慢也很勉強，甚至更曲意假裝成很冷淡的口氣，顯然是做給秋寧看的。就只這麼草草幾句話，她就把電話掛了，匆匆結束這次通話。

秋寧沒有走開，這時候帶著譏諷口吻冷冷地問：

「怎麼三言兩語就掛電話了？」

「沒有什麼話講了，當然就掛呀。」玉蓉愛理不理地。

「怎麼會沒有什麼話講？沒有話講幹嘛還三更半夜打越洋電話來？他是喫飽了沒事幹嗎？他本來不是說要和你講話嗎？他不是要問你什麼時候去美國嗎？」

「他不是問過了嗎？我剛剛不是也告訴過他嗎？你不是站在那裡聽得清清楚楚

嗎？」

「你從來沒有跟我說過要回美國。現在既然『人家』都知道你要回美國了，那我倒是要問，你是打算什麼時候回美國去呢？」

「我根本就沒有說過要回美國去。」

「那他怎麼憑空問你什麼時候回美國去？」

「他要問我有什麼辦法？人家不過是好意關心我們，禮貌性的問一問而已，這又有什麼了不起的事情？犯得著這樣大驚小怪嗎？你為什麼自己不去問他？為什麼要問我？」

「我自己去問他？哼？」這句話恰好觸到他心頭之痛，他很生氣地大聲說：「你不知道嗎？你會沒有注意到嗎？這半年多來，不管我們是在美國或是回台灣之後，他那一次打電話來不是找你的？從來都不是找我的，縱然偶爾遇到我接聽的時候，他甚至連禮貌性問候我的話都從來沒有過半句，急吼吼地只想跟你講話。這就是他關心『我們』嗎？什麼『我們』？他不過只是關心你玉蓉罷了。他關心的是『你』！」想了想，他又忿忿地補了一句：「一個男人喫飽了沒事幹，三更半夜卻去關心別人的太太！而且經常誘惑別人的太太去美國找他，真是渾球！還有，你剛剛又說什麼『人家』，什麼『人家』不『人家』？又來了！我聽了就恨透了！『人家』？好親熱啊！」

玉蓉聽過後竟毫不衝動，只用一種近乎不屑的神氣，微微斜偏著頭向著他，冷冷地說：「他就算是關心我又有什麼不對？本家的兄弟也不是外人。你要討厭他是你的事情。」

「哼，什麼本家兄弟？」秋寧冷笑一聲：「每次我接到他打來的電話，明明聽見是我的聲音，也從來沒有過半句禮貌性問候的話，一開口就只直接叫玉蓉的名字，別人聽了還不知道玉蓉究竟是他的什麼人呢！真是莫明其妙！幼稚！荒唐！瘋狂！混帳！這種人以前居然還能在大陸什麼野雞學校教什麼書，像嗎？配嗎？教幼稚園都不配！」

說完後，並不想聽到玉蓉的答話，他就一搖一拐逕自回自己臥房去了。

秋寧當然注意到了，今天她是因為心虛，所以他罵了為亮，她也不太敢挺身爭辯。記得在加州的最後幾個月裡，只要是牽涉到為亮的任何事情，只要是提到為亮的名字，她都會立刻挺身而出，毫不畏懼，勇往直前地來保護為亮。為亮兩個字等於是掛在玉蓉胸前的一個龐大虎頭蜂窩，你絕對不能去碰觸它，更不能去捅它。你若不慎碰它或捅它一下，保證成千上萬的虎頭蜂都會馬上傾巢洶湧而出，比狂風暴雨還厲害的向你襲擊，縱然不立刻把你叮死，也一定讓你遍體鱗傷。在秋寧那時的心目中，還替玉蓉描畫了另一幅鮮明的圖像，每當她挺身而出替為亮辯護時，那神氣就有如章回小說裡開黑店謀財害命賣人肉包子的孫大娘或是孫二娘那模樣，高頭大馬，血盆大嘴，眼露兇光，兩腿分開，手持大屠刀站在那裡，而那無恥的為亮這時就蜷縮在她屁股後腳下。

秋寧一直疑惑玉蓉與為亮之間暗中保持聯絡，但是，除了打電話之外，是否還有其他什麼方法聯絡，卻不能確定。現在，自從接到為亮這個電話後，大概過了一個月，意外地竟又接到一次。那正是台北白天正午十二點鐘的時候。秋寧有點訝異於為亮的大膽，居然敢在白天打來，也不耽心會被自己接到。當秋寧剛搶到話筒，還來不及放到耳朵邊時，又像上次一樣，話筒裡就迫不及待地傳出為亮的聲音。他把話筒湊近耳邊再細聽，果然是為亮，聲音很大：

「玉蓉！」為亮用一種軟綿綿的肉麻聲調又在直呼玉蓉的名字，然後就爽朗愉悅地，甚至還帶著一種得意洋洋的口吻說：「我現在是在印度，我到印度了。」言下之意，似乎表示他到了印度是一件什麼了不起的英雄行為，而且似乎在出發之前就告訴了玉蓉，而且似乎也是事先約好了會打這個電話，但卻算錯了時差。

這王八蛋又犯老毛病了！忘形！真是色令智昏！秋寧立刻就怒火迸發：「你在講什麼？」語氣明顯是在申斥：「你是誰？你究竟要找誰說話？」

對方原來那種趾高氣揚的說話架勢，就被迎頭痛擊的這麼一棒打下去了，聲音馬上變得尷尬彆扭，結結巴巴地小聲說：「我只是想問問，玉蓉嫂什麼時候來美國。」

為亮當然聽得出是秋寧在接電話，但是，由於複雜的心理，也有點情急慌亂，這時候不僅不曾順便叫一聲「秋寧哥」打個招呼，聊表普通禮貌，而且竟笨拙到又說出了那句十分不得當的話來，大概是一時實在想不出還有什麼其他適當的話可以拿出來搪塞。

在憤怒情緒之下，秋寧心裡大罵，混帳東西，又來了！又是這句話！總是念念不忘要勾引玉蓉去美國幽會！秋寧很想質問為亮為何一再勾引玉蓉去美國？但是因為生氣，心理也亂了，一時不能確定是否要這樣問，所以只是也照上次的話大聲地說一遍：「玉蓉什麼時候去美國我不知道！你去問她自己好了！」

玉蓉這時正在秋寧身旁，她毫不遲疑，迅速搶過話筒，懶洋洋地發了一個音：「喂！」

「是玉蓉嫂嗎？我是為亮。我現在到了印度。」

她顯然還是要表演給秋寧看的，故意假裝出那種懶洋洋的聲調：「你到印度了嗎？那就好。」

對方顯然也講不下去了，只好說：「你們都好罷？」

「好。多保重！」

玉蓉就這樣把電話掛斷了，玉蓉把話筒放回電話機上，臉色木然毫無表情。狀況很明白，表面上看不出為亮這一通長途電話目的何在，因為照這樣草草通話的情形看來，這通電話絕對是不必要的。但是，目的何在，還用多問嗎？哼！

秋寧很生氣地說：「你還是一直在打算回美國去嗎？」

「我從來沒有說要回美國。」玉蓉很確切地說。

「那他為什麼每次來電話都問你什麼時候去美國？」秋寧不相信玉蓉的話，口氣有點兇悍。他心裡想，如果玉蓉確實沒有講過要回美國，而為亮卻不斷問這個問題，用心何在，不是在勾引她是什麼？還用多問嗎？

「我也不知道他為什麼要這樣問。今天電話裡他並沒有問我這個問題。」

「你沒聽見？我一拿起電話來他就問了。」秋寧提高了嗓門：「你不知道他為什麼要問嗎？我知道！因為他是神經病！天天盼望你去美國，所以每次一開口就問你這個問題，是不是？他心裡念念不忘地一直想你去美國！」

她自知理不直，所以也就氣不壯，沒有大聲爭辯，但卻也沒有退讓。她當然心裡很明白為亮的意思，所以這時只是低聲咕噥著：「你愛怎麼講就怎麼講，他愛怎麼問也讓他怎麼問，橫豎我沒有講過要回美國。」

「還有，他到了印度與你又有什麼關係？用得著還要打國際長途電話來一點一滴向你報告嗎？別再裝糊塗打啞謎了！話說穿了吧！」他揮動著手，跳了起來大聲叫嚷著：「他在繼續勾引你！」

「你越說越不像話了！我不要跟你講瘋話，我還有事要做。」說著就往樓上走。

秋寧望著她的背影大聲說：「好罷，你要回美國就去呀！你到美國和他天天聚會去罷，不過我先提醒你，你可等著瞧，你得試試看海棠會怎麼對付你！海棠有多厲害，有多潑辣，你會不知道嗎？你是她的對手嗎？我看你十個玉蓉也拼不過一個海棠，我勸你自己先弄弄清楚罷，別吃海棠的虧，哼！」他恨恨不已。

秋寧不是一個鹵莽的人，生氣是當然，但是處理問題卻很理智細密。兒女倆回美國去後，他本來是想自己馬上就打電話給為亮，但是又重新一次衡量了全盤情形，仔細想了很久，想來想去，覺得還是應該給玉蓉一個機會，為她留一個面子，讓她自己去想個理由和為亮斷絕來往或是自然而然地慢慢淡忘了。但是因為那時候林大夫還沒有開葯，血小板在不斷增加，心裡很不安寧，所以拖延下來還沒有向玉蓉提出來。現在，他的病已比較穩定了，所以立刻就重新想到這件事，決定這幾天向玉蓉提出要她打電話的事。

過了幾天，他直接向玉蓉提出來了。豈知她一聽之下，毫不遲疑，立刻就斷然拒絕：

「我早就跟你講得清清楚楚了，我絕不打這個電話，我根本就反對你這種做法。」

秋寧十分不快，覺得自己自始至今的一片好心，處處在為她著想，她竟完全不能了解。他對這件事情這樣遷就，並不是懦弱，只不過是不想就此毀了這個家，而且最重要的是玉蓉為他家生下了一子一女，延續了他杜家的香火，對他杜家有功。何況，夫妻兩人都老了，念在幾十年夫妻情份上，打算原諒她這一次，雖然她這次鑄下的錯非同小可。可是她在魔鬼蠱惑下，竟完全失去理智，變成前所未有的荒唐、大膽和厚臉皮，更學會了撒賴和撒謊，完全不是過去幾十年來的她！只要秋寧任何時間提到為亮的名字，她就會立刻變得非常瘋狂，幾十年來所受的教養和做人處世的經驗，都一概棄之不顧了，什麼都不在乎了，完全成為另外一個人了。

他很冷靜，這次再度遭到她拒絕後，並不再和她爭辯，打定主意自己來處理。

那天夜晚，秋寧半夜醒來，他想到為亮的事情不能再拖延了，必須趕快解決。他知道孩子們不會替他辦這件事，玉蓉也已一再拒絕，所以打定主意只有自己來辦。準備在這幾天裡遇到自己精神稍稍好一點的時候，就打電話去美國。他算好了美國東岸的時間，也仔細研究過要找一個玉蓉在做飯或睡著的時間打過去。

秋寧打電話給為亮了，但是兩次都是海棠接聽的，秋寧都只好和她講幾句禮貌上的問候話，海棠也禮貌地問到的他的病，他只是扼要答覆說自己現在情況還不錯；海棠也問候玉蓉，所以他也就趁機要她代為問候為亮，卻沒有表示要和為亮說話。他之所以如此，是不想引起海棠家庭風波而把事情張揚開來，他太清楚海棠有多厲害。

打過兩次電話不成功後，他再仔細研究，覺得以往只是玉蓉給海棠家打電話，自己很少主動打電話給她們，所以現在似乎不適宜在短期內再打第三次電話了，以免海棠生疑。這使他聯想到玉蓉和為亮間一定常常通話，而且必定秘密約好了特別的時間和方式，用以避開海棠。縱然不巧偶爾給海棠接到了，海棠一時也不至於有什麼疑惑，因為親戚之間偶爾打電話談談家常，在美國華人社會裡是很平常的事情。

過了幾天，秋寧想出了一種方法來和為亮通話，於是就再打電話去，接聽的人果然又是海棠。他胡亂講了些應酬話之後，才對海棠說：

「請務必轉告為亮，我和玉蓉短時間內不能回加州去，所以為亮可能沒有辦法到我們加州的房子去借住了。如果為亮現在在家，請他接電話，讓我和他談幾句話。」

海棠馬上就說：「為亮現在正好就在電話旁邊，你自己直接告訴他好了。你等一下，讓他跟你說話。」

秋寧從話筒裡聽見她大聲喊叫為亮的聲音，然後就是為亮在電話裡的聲音：

「是秋寧哥嗎？好久不見，身體好些嗎？」為亮很有點心虛，因為海棠已經告訴過他，秋寧最近連續打過兩次電話去他們家，他暗地裡就在疑惑秋寧是不是找上門來了？只是還不明白秋寧準備要怎麼做，他很怕海棠，所以近來很有點寢食不安。現在秋寧果然指名找上他來了，只有硬著頭皮來應付。

「是為亮嗎？」秋寧非常慎重的詢問。

「我是為亮。」

「我有幾句話想告訴你，剛剛和海棠只扼要提了一句。海棠還在電話上聽嗎？」

「沒有，有客人來買東西了，她去招呼客人了。」為亮也很耽心海棠知道一切：「你是要海棠一道來聽嗎？」

「不！不！不！我現在就是要跟你單獨說話，不用海棠聽，不用海棠聽，這樣對你會比較好一點。我現在只是對你單獨把話說清楚，這些話，以後也不想對海棠說，至於過後你要不要對海棠說，你自己斟酌。」

為亮只說：「好，我不說。」

秋寧覺得講話的機會總算出現了：「好，那我就明白一點說罷，」停了一下才說：「你仔細聽好。」秋寧的語氣不自覺地出現一點火葯氣味：「第一、我先聲明，這件事情我目前還不想讓海棠知道，所以我的確是在避開她。這對你們兩夫妻應該都是好事，這也是我的善意，你應該了解。第二、我已經和玉蓉商量好了，決定無論我們是住在台灣或是什麼時候搬回加州去住，以後你都不要再來我們家借住了，因為我和玉蓉的身體都不是很好，沒辦法照顧你。第三、我知道，這些日子來，你和玉蓉兩人常常通電話，而且你還要她替你辦事，又常常勸她回美國去。不過，這些都是過去了的事情，就讓它都過去算了，現在姑且不去深談。但是我現在必須要鄭重明白和直接了當地告訴你，從今天我們講完這個電話後開始，你絕對不可以再給玉蓉打電話或是寫信，或是有任何接觸，以後也不要與她有任何聯絡。如果有任何必要的事情，你可以直接找我，我是一家之主，你以後絕對不能再找玉蓉。」這時候他提高了嗓門：「聽清楚，你以後絕對不可以再找玉蓉！還有，第四、你聽清楚，我這些話只說這一次，我現在打算也不對任何其他人講這些話，希望你記好，而且我們彼此都必須信守諾言，事情就可以到此為止，不要再有任何枝節；否則，我保證對你不會有什麼好處！不會有什麼好處！」說到這裡，秋寧就把電話聽筒卡他一聲重重地掛斷了，似乎是一句話也不屑再多說了，更不必對方同意了。電話放下後，自己想想，認為這一番話的口吻雖然頗不客氣，但畢竟還沒有發怒，而且實質還算厚道溫和，等於是說：既往不究，只要從此停止交往就好了；否則將有不利。

為亮一直很緊張地豎起耳朵在聽電話，眼睛並且一直還注視著海棠，當他還沒有來得及說半句話時，電話就突然掛斷了，使他感到遭受到侮辱和恐嚇。但是，電話總算結束了，他靜下來稍稍一想，他所耽心的情況都沒有發生：第一、海棠根本沒有聽到秋寧的那番話，看情形，至少秋寧目前還沒有而且也還不會把事情向海棠揭穿。第二、至少在短期內秋寧似乎還不像是會採取什麼激烈行動。因此，倒過來，他反而有了一種危機解除的輕鬆感。

不過，這一通電話最重要的作用是逼迫他與玉蓉斷絕來往，愛情的甜蜜似乎要飛逝了，至少已經出現障礙了，這當然是他極端不願意的事情。想到這裡，他心中忽然興起了失戀的恐懼，禁不住勾起了往日甜蜜的回憶，那美景一幕又一幕搖晃在他眼前，使他神往。

店裡的客人剛好走了，海棠在那邊看見他有點發呆，覺得好笑，就叫了他一聲：「為亮！你怎麼了？」

為亮愕然一驚，這才回過神來，便走到海棠身邊去。海棠格外溫柔地安慰他說：「秋寧哥是告訴你不能再住他們加州房子的事情嗎？」

為亮微微點了一下頭。

海棠笑了笑：「秋寧哥也是太週到了，一定要把話說得那麼清楚。其實，他們在台灣治病，人不在舊金山，我們也不方便去他們舊金山家借住。不過，這也沒有什麼關係，我們可以另外想辦法，舊金山那麼大，找一個住的地方總還不是什麼大問題罷，應該很容易解決的。」

他聽了以後，做出一個很瀟灑的表情，聳聳肩膀說：「對，當然沒有什麼了不起，小事情！小事情！」他這時內心對海棠興起了幾分感激，覺得太太對自己實在體貼，自己對她卻不忠實，覺得有點對不起她。

台灣這邊，三天後玉蓉就知道這一切詳細經過情形了。完全出乎意料之外，她竟主動向秋寧提出嚴重抗議，態度和口氣都很嚴厲，神氣好像就要翻臉的樣子，整個人都變成神經質了：

「你很可惡！我告訴你。」玉蓉十分忿怒兇悍，身子好像要跳起來，聲調很高：「這個家的事情都是你一個人獨裁決定，你憑什麼不許人家來我們家住？而且最可惡的是你居然還恐嚇人家！」

秋寧愕然，沒想到她公然不打自招了，等於明白承認她和為亮之間聯繫密切：

「哦，原來還這麼快呢！為亮就打電話來告訴你了？」

她理直氣壯地大叫：「打電話來了有什麼不對嗎？犯法了嗎？那又怎麼樣呢？」

「不怎麼樣，」秋寧也被激怒了，忽然發狂：「你才可惡！你才是真正可惡！你還要我怎麼樣？還要我怎麼樣？我已經窩囊到這個地步了，還不夠嗎？我還要繼續睜著眼睛做一個被人恥笑的窩囊廢嗎？我要是再裝聾作啞，閉著眼睛一句話也不講，那還算是男子漢大丈夫嗎？你跳？你兇？你想要怎麼樣？你儘管說好了！我現在清清楚楚再告訴你，我發誓，這混帳東西再也休想進我家大門半步了，我已經是退無可退了。哼！想得好，居然還要上門來，而且當著我在家的時候，就當著我的面在我家裡做這些事情，還真方便呢！絕對不行了！如果你要去找他，你去找他好了！他不是常常打電話來勾引你去美國嗎？你不是也常常自動打電話去給他嗎？你以為我不知道嗎？去呀！去呀！你儘管到紐布隆斯威克去找他好了！」

兩個人聲音都很大，而且態度的兇悍惡劣，都是前所未有。秋寧很清楚看出玉蓉是豁出去了，呈現從所未有的那種潑辣，使他幾乎不相信幾十年來以賢淑出名而且定型了的她，今天竟會出現這種瘋狂潑婦的面貌。而玉蓉呢，也有點驚訝，只覺得現在的秋寧也已經不是幾十年來的那個秋寧了，他向來愛太太、愛家庭、理性、忍耐、寬大、體諒別人，不僅在家庭裡，就是在公司裡對同人也很少發怒和責備。但是現在，她覺得他對為亮做得如此過份，實在不對！她這時絲毫不認為自己應該讓步，因為是秋寧理虧，也太可惡了。她生氣地說：

「什麼叫做窩囊廢？都是你自己說的，沒有任何人這樣說。你常常說你是一家之主，說這個家是你的。我現在也要鄭重告訴你，你別忘記，這個家也是我的，我也有份，並不是你一個人的家。你不能每件事情都替我做決定，更不能只是你一個人決定就算數了。」

秋寧越來越驚訝，玉蓉現在不光是做事怪異大膽，而且許多話也都是以前她從來沒有說過的。他明顯辨別得出來，這決不是她原有的觀念，她根本就沒有過男女平等這一類觀念，也沒有過丈夫不是一家之主的想法，而且他從來也沒有在她面前說過他是一家之主的話，只是前幾天在電話裡對為亮說過這句話，若非為亮告訴她用來挑撥，她怎麼會知道講了這句話？想想看，兩人聯絡得這樣密切，所以才會這麼快，而且點點滴滴都溝通得這麼好。

「一家之主，是為亮告訴你的嗎？」他脫口而出：「沒錯，我是對他說過我是一家之主，沒錯！就是前兩天在電話裡才說的，他就每句話都原原本本告訴你。現在你還是每到半夜就打電話給他嗎？我向來睡得早的習慣，不光是你知道，連為亮都摸得一清二楚了。這個家你當然也有份，不過，」他忽然特別提高嗓門狂叫：「你不能背著我做對不起我的事情。」

她沒有立刻答覆他，也毫無不安的表情，停了一會兒，才冷笑一聲說：

「哼，背著你？什麼叫做背著你？」她竟毫無慚愧之意。

「我今天不想跟你多講。」秋寧不再大聲，只是有點不屑的神氣。

秋寧想得很清楚，現在還不打算把事情做得毫無餘步。過去每次發生爭吵，他原本都打算務必用理性態度與玉蓉討論，絕對不想爭吵；但是，每次卻都是在一開始就變成爭吵，原因都是自己不夠忍耐。今天，儘管是她找上來吵，他還是不想繼續爭吵下去，所以他只好儘量忍耐。至於玉蓉，她不似秋寧那樣冷靜和理智，而且對這件事也從來就沒有深思熟慮全盤衡量過；所以，每次衝動前，都還沒有打定主意要怎麼處理整個事情。但是有一點卻是與秋寧相同的，她也還沒有決心要這麼快就把事情弄得不可收拾。因此，她也不想繼續爭吵下去。

兩人各自咕噥了幾句，玉蓉就上樓去了。

五、東京愛之旅

服用林大夫專治血小板過多症的專用葯以後，秋寧的病穩定了，血小板的數量逐漸在減少；雖然也慢慢出現了這種葯物的一些副作用，使得秋寧的身體有些不舒服，但是，秋寧認為，這種療效好但卻同時又有各別不良副作用的用葯，是西葯主要的普遍缺點，大多數情形都還是可以忍受的，所以也只好忍受。而所不能忍受的倒是家庭狀況的逆向變化。當這種要命的病受到控制後，夫妻感情卻反而明顯惡化了。

真的是矛盾，要命的病受到控制了！而夫妻感情卻明顯惡化了！

秋寧自從生病後，歷來所服用的葯，都各有不同的副作用，使他身體十分不舒服。最早服用抗血液凝固的葯，曾使他一度胃出血。三十多年前，他曾經有過一次胃出血的經驗，當時臥床很久，所以這次又出血，一方面固然有點恐懼，另一方面因為已有經驗而知道如何善為處理，總算很快就好了。後來又因為喫那種根治胃病的三合一葯，使他服用特效葯期間的那一個星期裡，整個人萎靡萬分。接著下來是現在服用專門治療血小板增生症的葯，起初情形很好，但是時間稍久之後，胃口十分敗壞，不僅飲食無味，而且喫下的東西似乎根本不能吸收。更糟糕的是有過三次腹瀉與便秘交替出現的情形，每次幾乎都要持續十天左右之久，無論是治瀉或是治便秘，都必須用強力的葯才能遏止。這樣連續一段時間下來，他被折磨得不像樣子了，體重遽減十多公斤，整個軀體都變形了，形銷骨立，瘦小了許多，變得竟不像是原來的他；頭髮也脫落一些，臉孔成為狹窄瘦長，以致變成下巴尖削和兩頰無肉的三角臉，臉皮更是黯淡無光，雙目無神，說話聲音低微無力。雖然撐著手杖仍可稍稍步行，但是步履沉重無力，只要走上二、三十步就會喘氣。這些變化，都反映出他體能的迅速衰退，以致又常常需要躺在床上休息，若非必要，很少下床。躺在床上的時候也都是在睡眠和閉眼養神，再也沒有精神看書消遣了。最近前來探望他的朋友們，有幾位是隔了幾年才見面的，一眼之下，竟說乍然間認不出是他來。令人覺得上天折磨一個人的時候，竟會殘忍一至於此！

自從依據骨髓培養檢驗結果確定診斷方針後，林大夫要求他再做一連串別的檢查。所以最近這些日子裡，他除了必須每星期去醫院複診一次外，並且還經常要做一般驗血、驗血糖、驗大小便、照X光片子，照超音波，以及一些其他項目的檢查。這些檢查都不一定排在同一天裡做，所以一星期甚至要去醫院三、四次，使他又回到以前那種幾乎天天都往返醫院，在醫院裡到處排隊的日子。而每次去醫院，都還是玉蓉陪他。台北的醫院，尤其是那幾家一流醫院，永遠是病床不敷供應。非有必要，醫師絕不讓病人住院。所以秋寧雖想住院以減奔波之勞而不可得。醫師認他的病沒有立即危險，當然沒有住院的必要。

糟糕的是自從秋寧連續接到為亮幾次電話後，原來夫妻間似乎已恢復得不錯了的感情又很快惡化了。尤其是秋寧給為亮打過那通絕交電話，玉蓉找上來與秋寧大吵之後，家庭氣氛就完全不同了，就像氣候突然進入了西風凜冽冷颼颼的秋天一樣。玉蓉整個心態發生巨變，完全忘棄了幾十年的夫妻情份，只覺得他的病、他的健康，以至於他的一切，對她都已經完全沒有意義了！她不僅不關心，而且內心對他充滿了強烈的恨意和敵意，下定決心要儘早棄他而遠去。不過她也清楚，目前還不宜於離婚，甚至也不宜於離家，應該暫時忍耐下來，靜看情況發展，再行決定下一步行動的時間。因為至今為止，不僅為亮從來沒有過半句明白的承諾，沒有談到過任何具體打算，因為多少還存有一點女性矜持，玉蓉甚至也沒問過為亮任何有關兩人關係進一步的具體行動打算。熱戀中的男女，無論是婚前初戀或是婚外偷情，絶大多數是沉醉於愛慾的甜蜜中，縱然回到各自家裡後，偶爾忽然想這類實際問題，但等到兩人一見面，那種迫不及待擁抱對方的狂熱，立刻就把這些忘得乾乾淨淨了。縱然沒有完全忘去，也會心裡默念：我的心上人不就正在我懷中麼？有什麼可以要耽心的呢？我是如此熱愛他，而他也確是如此熱愛我。我還要有什麼懷疑嗎？我們當然會如此長相廝守，永不分離。如果一定要急迫去討論這些根本不成問題的事情，豈不是徒然現得兩人間有所隔膜和互不信賴了嗎？她只是模糊地意識到，自己早晚總是要與為亮白頭偕老的。不過，當此兩人還沒有布置完妥之前，她當然要暫時忍耐，勉強仍留在秋寧這個家庭。但是她不是一個很工於心計的人，也不善於偽裝，所以外表仍然難掩她內心現在對秋寧的憤恨，不再像以前那麼温和熱忱了。

不過總算還好，至少還沒有讓秋寧看出她已決定早晚必將與他破裂和分離的決心。

玉蓉不是一個很有條理的人，行事也不果斷，除了知道要暫時忍耐之外，對日常究竟要如何與秋寧相處的具體做法，腦子裡卻只有一些簡單糢糊的概念，始終沒有考慮清楚。至於秋寧，雖然還沒有決心放棄玉蓉，還在期望她能揮慧劍斬情絲，但是也很了解她那優柔寡斷和執迷不悟的個性，也知道這種期望很少有成為事實的可能，所以只是抱著冷靜觀察的心情，姑且拭目以待。

玉蓉的態度越來越惡劣，開始出現婚後幾十年從來沒有過的一些行為。起初是不再像以往那樣每天替秋寧整理床舖和房間，再過兩三天就根本整天不再進他的房間了，對他的病情也不再聞問，很快就變成整天甚至都不正視他一眼，也不和他講半句話。每日三餐雖然還是照做，但是飯菜卻越來越粗糙，顯然是漫不經心。煮出來的飯，不是水放得太多弄得有點像一鍋漿糊，就是水放得太少弄成半生不熟。至於菜蔬更是不正常，她不再上市場買新鮮菜蔬魚肉來每天做新菜了，只是去熟菜店裡買些煮熟的現成菜回來。秋寧吃菜不多，玉蓉自己也吃得很少，所以買三、四種做好的熟菜回來後，每頓飯兩個人都只是吃一點點，玉蓉就把剩菜收在冰箱裡，留到明天或是再明天再喫。結果是買一次菜竟可以吃上四、五天。由於店裡賣的菜本來就種類有限，玉蓉常買的又都是限於她習慣買的少數那幾種，所以每次買來的菜大致很少改變。而最糟糕的是秋寧畢竟老了，牙齒早就掉了一半，剩下的牙齒也部份受損，不能咬硬的或韌的食物，這些情形玉蓉原本都知道，而且以前在採購菜食時向來也都會注意，可是現在卻似乎忘記了，以致秋寧每頓飯菜都難以嚼食，卻又不方便多講，以免氣氛更惡化。如此繼續十多二十天下來，秋寧實在吃厭了，才偶然會有半句類似抱怨的話，玉蓉卻完全不理不睬也不改善，我行我素，她不做任何解釋。

她畢竟還沒有讓他餓死。

另外，定期去醫院看病也是很重要的事情，玉蓉倒還是每次都陪他去，也還從來沒有說過半句推辭的話。縱使有時看病還要做些檢查，以及一星期要去好幾次醫院，每次照例都至少要大半天時，玉蓉也還總是和以前一樣，全程陪著他。只是與以前顯然不同的是她再也沒有好臉色給他看了，而且無論是去看病，或是在家裡，沒有一次也沒有一天兩人不爭吵，吵的都是為了一些芝麻蒜皮毫無道理的事情，擺明是要讓他過不舒服的日子，甚至是存心要折磨他，虐待他。

那天下午，秋寧還坐在客廳沙發上揚聲提醒玉蓉說：「明天我們要去醫院做檢查，對不對？」

她坐在飯桌旁繼續看報紙，當然聽到了，但卻沒有任何反應。秋寧遠遠望著她好半天，等待她答話，卻一直不見她答話，心裡很有點不耐煩，但卻仍然忍耐著，只得繼續說：

「這次驗血要空肚子，我們橫豎不能在家早餐，所以索性早一點出門，早一點抽血，做完檢查後，就在外面早餐。你看，我們最遲在七點半鐘出發怎麼樣？醫院抽血是七點半就開始，其他檢查有的也在八點鐘就會開始。」

玉蓉十分不耐煩地大聲叱責：

「去那麼早幹什麼？醫院還沒有開門呢！」玉蓉最近這些日子幾乎都是這種態度，非迫不得已時決不說話，但只要一開口就絕沒好口氣。

秋寧愕然，但仍然保持平靜：「醫院規定七點半就開始驗血，我們可以先抽血，然後再去做超音波等等其他檢查，不是正好麼？」

「誰說七點半抽血？」她憤怒地大聲指責：「頭腦不清楚！」

頭腦不清楚！這是玉蓉最近經常用來責罵他的新用語。但是秋寧仍然沒有生氣，只是停下來驚訝地瞪了她一眼，然後才大聲說：

「我已經注意看過驗血處的公告好幾次了，寫得清清楚楚的，怎麼是頭腦不清楚？」

她又不說話了，那神態好像是在說：「不屑理會你這種人！」

他內心雖然非常生氣，但是想了想，覺得不要又與她爭吵，所以還是忍了下來，就不再講話了，而且把眼光轉回到電視螢光幕上去，算是結束了這次談話。這時，他心裡打定主意，明天如果玉蓉遲遲不起床，或者不願陪他去醫院，他就自己去醫院，好在他還勉強撐得住。

他在電腦上靜靜地工作了一會兒，偶然轉過頭來瞟她一眼，發現她仍然若無其事地繼續在看報紙。再過一會兒，第二次看她時，恰好她也正微微偏過頭來斜視他。他發現她的眼光十分冷峻，心裡不覺冒出一陣寒意，感到她這時候看他，不僅絕對不是在關心他，而且那表情好像是一名陌生的旁觀者，冷冷地看他是不是會忽然死掉了！或者是快要死了！她似乎在等著他死去！她那神氣又彷彿在說：「你怎麼還不死呢？你倒底要什麼時候才死呢？你不如給我快點死掉罷！」或是在說：「橫豎你快要死了！活不了幾天！我才不要理睬你這死人呢。」

想到這裡，他不免有點傷心，但是，他畢竟是從少小時起，就歷經折磨苦難過來的人。從不滿十歲時母親棄他們兄弟去世，他痛哭了好多天之外，以後幾十年來，他就從來不再哭泣過，也不再感傷過。他體認到，感傷和悲哀都是沒有實際意義的行為，所以每遇大小橫逆來到的時候，只是保持冷靜和理智去面臨，絕不悲傷自憐。所以，儘管玉蓉現在不斷有這許多變態行為出現，他雖然也為之痛心，但卻絕不情緒失常；內心雖也憤怒，但卻絕不讓憤怒來擾亂自己的情緒。他如此克制自己，目的是要貫徹他深思熟慮後所決定的方針，對這件事情的處理方針。他的方針是：只要玉蓉能夠和為亮斷絕來往，他就願意對她既往不咎，這樣至少可以勉強保持自己和為亮兩個家庭的安定。而且，儘管玉蓉如此愚笨又瘋狂，根本不知道她自己所做是多麼危險的事情，但是他深深體念她畢竟為他杜家生兒育女了，就念在這點情份上，也應該姑且原諒她這一次，挽救她下半輩子的孤獨命運，也維護她的榮譽。在他心目中，有夫之婦發生婚外情，是非常不榮譽的事情，他們家鄉稱為「偷漢子」或「偷人」，多麼難聽的一個名詞！這些看來似乎有點複雜的想法，玉蓉當然完全不知道，他卻也絕對不肯明白讓她知道。

第二天，天剛亮的時候，秋寧就隱隱聽見玉蓉在樓上走動的腳步聲，知道她還是很早就起來了。秋寧自己很早就準備好了，坐在客廳沙發上看報紙姑且試著等候她。聽見她在樓上一如往昔那樣摸摸索索地攪了個把鐘頭，才算是準備停當，在快七點鐘的時候，穿得整整齊齊地下樓來了，大概是要喝水，只顧逕自向廚房走去，不看他一眼，也不發聲。過了很久，看看時鐘已經快七點半了，卻仍然不見玉蓉從廚房出來，他只好叫她，但沒聽見她答理，又用較大聲音再叫她，仍不見答理，正在疑惑的時候，她卻不聲不響地從廚房出來了，一聲不響地朝大門走去。他實在不想跟她吵嘴，只好無可奈何地說：

「我們是要走了嗎？」

她沒理會他，臉孔拉得長，好像是剛剛與誰吵過嘴來。他很訝異，她為何一早起來就無緣無故拉長臉孔在生氣，難道我秋寧又做錯了什麼事嗎？他很懊惱，但當然不能發作，只好站起來跟在她後面也快快向大門走去，兩人一句話也都不說。兩人沉悶地走到了街口，照例一起站定在紅磚人行道上等候計程車。就在他面前，緊靠著紅磚人行道有兩部小轎車停靠在那兒，兩車之間有些空隙，他就撐著手杖走下紅磚人行道，站在兩車之間的空隙地，以便攔叫計程車。他站的地方應該十分安全，而且上車時也會比較方便。

他剛跨下紅磚一步，甚至腳板還來不及放下，玉蓉就橫眉怒目大聲叱責：

「上來！你這樣危險！太危險了！車子來了會撞倒。」

這完全是主人對奴僕的口氣，而且來得很突然，也非常無理，令秋寧十分難受也難堪，覺得她那裡像是結髮妻子在對待七十歲重病的垂危丈夫？甚至還不如農村裡的惡婆婆對待可憐的小童養媳婦，她實在是在折磨仇敵！最多只不過是把他看成奴才罷了。這時，他們身旁有三、四個路人是在等待綠燈過街，玉蓉的大聲叱責引起了他們注意，都轉過頭來先看玉蓉一眼，再又看看秋寧。玉蓉那張晚娘臭臉拉得很長，雖然發現大家都帶著驚訝的眼光在注視她，卻仍然毫不在乎。倒是秋寧覺得十分羞愧，憤怒地大聲說：

「我站在這裡有什麼危險？這裡不是有兩部車子前後擋住我嗎？我夾在兩部車子中間不是很安全嗎？這不是在紅磚旁邊嗎？還要怎麼樣才安全呢？」

「你站上來！你站上來！」她態度不僅毫無改善，而且聲音更大，不客氣地命令他。

「我為什麼要站上來？」他覺得實在沒有聽從她這種無理取鬧命令的必要：「你管得太多了！我一舉一動你都要管，你太專制！」

一點也不誇張，這並不是在關心他，真是一點一滴都要管。她也實在不是要照顧他，只不過是滿腔憤怒，總覺得看他處處不順眼，隨時隨地想要侮辱他以一洩恨意罷了。有一次，秋寧走路時咳嗽得很厲害，正側著頭用力一咳的時候，一口痰從喉頭自行嗆落在路旁草叢中，她立刻大聲辱罵他沒有教養，沒有公德心，使他十分生氣。因為他出身好家庭，受有良好的高等教育，自許為有教養的上等社會人士，事實上也從來就確實是上等社會人士，早已習慣成自然地經常注意日常生活行動細節。沒想到今天快七十歲的晚年，竟會被同床共枕幾十年的太太鄙視，批評為沒有教養，實在荒謬！也是莫大侮辱！這使他當時就十分惱怒，突然停下腳步，用手杖狠狠地敲打地面：

「我現在是怎麼了？怎麼動輒得咎？只要一開口說話，一舉步走路，動一下手，或是做一個什麼動作，都會引來你的咒罵！你明明是存心要侮辱我，你不是太專制了嗎？」

他想到自從為亮事情發生以來她的一些行事就很生氣，而現在，她又經常無理取鬧地找事情來侮辱他。這時，站在他們身旁的一位老年婦人，顯然出於好心，企圖化解他們夫妻間的僵局，對秋寧說：

「我看你們一定是老夫老妻罷？你太太這樣講，總還是在關心你，丈夫就是讓太太一點也不算是什麼丟臉的事，你就不要生氣罷。」這話說得實在很高明，既然像在是替玉蓉撐腰，也是替秋寧留個面子找下台階。秋寧看了這位老太太一眼，嘴角勉強動了一下，原意是想做個微笑的表情來答謝，卻因為內心尷尬而實在沒能把笑容擠出來，不過倒也還能讓老太太看出他那麼一點意思。這時候，玉蓉大概自覺過份，也就不再說什麼了。

大家都默然繼續盯視著紅燈，等待綠燈出現。

從玉蓉最近種種乖張荒謬的言行態度，很可以證明她對這名重病垂危的丈夫已經完全不在乎了，絕無絲毫關心，似乎只恨不得他早死。

玉蓉的殘暴態度毫無改變，她不僅整天不說話，不理睬他，而且每次出門，也絶不再打一聲招呼就走了。儘管丈夫有病，她照樣每星期三次上健身房不改，照樣在外面午餐到下午很遲才回來，把他一個人丟在家裡；她也照樣參加舞蹈班同學們郊遊等類集體活動。從她這種性情巨變情形，秋寧悟解到人的內心確是善惡兩種本性並存，只是在一般情形下，因為法律、道德、傳統、教育、風俗、習慣等等因素的共同影響，產生了荀子所說「化性而起偽」的作用，使得常人都不得不自幼就把惡念壓制和隱藏起來，久而久之成為習慣。到後來，甚至有些人都不知道自己內心竟還潛藏有一隻惡獸。但是若逢環境條件成熟時，那潛藏的邪惡野獸卻會像猛虎出閘般奔馳出來傷人。那時候，什麼道德、倫理、感情、身份、廉恥等等一切人為的東西，便一概付之東流，毫不顧惜了。現在，他清清楚楚看見潛藏在玉蓉本性深處的那隻邪惡野獸，已經竄出閘門了，撕裂和吞食了她內心那隻淑女綿羊，使她整個人變成窮兇極惡了。她現在滿腔滿腦都是渴望去和為亮燕好的慾念，渴望去摟緊和撫摸為亮那堅實的軀體，但卻遭遇到秋寧的強烈阻擋，因此，她把秋寧恨之入骨，巴不得將他碎屍萬段，丟在腳板底下重重踐踏凌辱。不過，現實環境使她還有點顧慮，所以，只好等他快死。

他們一直還在紅磚人行道上等候計程車。後來，總算等到一部計程車了，夫妻倆上了車，一路無言。到了醫院，秋寧抽過血後，今天還特別要自取糞便樣本留下來供化驗。秋寧向醫院那個窗口要了一隻容器，走下輪椅，撐著手杖一顛一拐地去找盥洗間，一時還不知道盥洗間在何處，正在那裡徘徊張望，玉蓉站在一旁冷冷地看得很不耐煩，面無表情地指著右邊一個走道，高聲冒出一句話來：

「廁所在那邊，眼睛不看嗎？」底下還咕噥著說了一句什麼話。

秋寧聽不清楚她講什麼，愕然地看她一眼，用力壓制自己的情緒，不願多說話，只得向她所指的右邊那個走道走去。

玉蓉在他背後又恨恨地大聲責罵一句：「笨死了！」

彷彿是被人當頭猛踢了一腳，身體就有如機械反應般彈跳起來，秋寧再也控制不住自己了，突然回過頭來，既驚訝又憤怒地看著玉蓉，大聲說：「你說什麼？你是在說我笨？」

玉蓉更大聲重複一句：「笨死了！你還不笨嗎？」

「你說我笨？」他回頭走向她兩步，很生氣。

玉蓉立即悟解到自己有點過份，就一聲不響了。

他既驚訝又氣憤地大聲重複責問：「我今天又變成笨蛋了？幾十年來這個世界上從來還沒有人說過我笨，我也不知道自己是怎麼活到現在的！原來我還是笨笨的活了幾十年！哦，你聰明！你聰明！你既然這麼聰明，怎麼會錯嫁給我這個大笨蛋呢？你這麼聰明，居然會跟一個笨蛋在一起活了幾十年？那你又是怎麼活過來的？」

她當然知道丈夫自尊心非常強烈，再度覺得自己剛才確實說得太重了！也說得太隨便了！所以只好繼續一聲不響。而他呢，看見四週還有成群病人和穿了白衣服或藍條子衣服的醫護等工作人員走來走去，都在為工作而十分忙碌，自覺這不是一個容許他與太太爭吵的地方，所以也只好恨恨地再說一句：

「你侮辱我！」然後就咽下這口氣走向盥洗間去了。

他心裡還在想，絕對不會料到，自己老來竟會在大衆面前再三受到太太凌辱，尊嚴失落到這種地步。而凌辱他的，竟是自己幾十年來認為性情賢淑的太太！

所有大小便檢體都交給醫院的收件窗口了，他們就去樓上做超音波檢查。檢驗室外走廊椅子上早已坐滿了人，手上都拿著一張護理小姐登記後加註了編號的單子，等候叫號進去接受檢查。秋寧的單子在玉蓉手上，秋寧問玉蓉：

「我們是幾號？」

她不做聲。

再問一次，她還是不做聲。秋寧惱了：

「你怎麼總是不理人呢？」

她忽然生氣地說：「是幾號我知道，我會記住，護理小姐叫到的時候，我自然會告訴你，你好好地坐著就好了，問個什麼？」

秋寧實在不知道該怎麼說才好，像這種本來就非常自然的事情，竟還要爭吵。他覺得自己實在很委屈，但卻不能又生氣，只好無可奈何地說：

「我最近覺得好像是你手下被虐待的童養媳婦。明明是我來做檢查，我當然應該知道我是編在幾號，好讓我心裡知道還要等待多久。現在竟連自己的號次都不能問了，我真不知道自己究竟是個什麼東西了？」

儘管他這樣說，玉蓉卻不理睬，而且仍然沒有告訴他是幾號，他想想也沒有辦法，只在尋思，想對她這許多荒謬行事的原因，找出解答來。第一、她整天找事情吵嘴，而且極盡侮辱的能事，彷彿巴不得要他早死；但是卻照樣讓他有飯喫，不致餓死，而且仍陪他上醫院。這大概是考慮到一旦他死了，不致讓兒女和朋友說是被她虐待致死，而且不知詳情的人，還會說她很賢淑呢。伺候你的起居飲食，陪你去看醫師，你還要怎麼樣呢？第二、像她這樣把他的大小事物都控制在手上，而且還想什麼都不讓他知道，都是以前所沒有的情形。這種特殊反常情形，使他不得不疑惑，究竟只是為了洩憤呢？還是另有陰謀？尤其最近，她還特別新發明一些古怪的話語，指責他是「神經病」、「攪不清楚」和「頭腦不清楚」等等。這些指責經她不斷重複，確使秋寧嚴重疑惑這會不會是一項有計劃的陰謀行為？他想到一些電影片裡所描寫的情節，有時候是丈夫，有時候是妻子，不斷對親人朋友和外界重複宣稱配偶患有嚴重精神分裂症或幻想症，這樣累積一段時日之後，親友們和外界都知道並且確認病人患的是精神分裂症，積非成是，謊言成真，到最後，才借一個機會將這「病人」謀殺，但卻揚言他是自殺，或是病重死亡。而謀殺的真正動機和目的，總不外乎人類三大罪惡根源：財、色、權位。具體說，最常見的大多是通姦，其次才是謀財或是為了權位或其他怨恨。不過經他再加細想，又覺得自己也許有點武斷，假如說玉蓉有陰謀計劃，似乎與她的素行不太符合，她縱使再怎麼懷恨他，應該還不至於要謀殺他，而且她也不是那種能夠城府深沉，能夠冷靜執行殺人陰謀的人。但是，反過來說，像她現在這樣不斷侮辱他的情形，以及過於冷峻的態度，卻也不是她的本性。那他究竟何以如此呢？

不過事實上答案也很簡明，還是因為色，和因色引起的恨這雙重原因，秋寧阻止並且正在企圖斷絕她與為亮的熱戀，這還不夠麼？目前只是因為為亮還沒娶她，只好暫時忍耐在秋寧家住下，也只好勉強照顧秋寧。但是畢竟心頭怨恨難平，所以還會時時發作。

不過他也知道，自己目前還是有病，實在不能缺少她，所以她才敢於這樣囂張，挾制他，要脅他，凌辱他。當然，他也可以與玉蓉破裂，把她趕走，自己花錢僱一名專業看護來家裡照護自己，或者申請一名外傭。但是，如果這樣做，到時候家裡除了他這個病人之外，就只有看護或外傭，別無他人了。有朝一日，當自己病情變得嚴重時，可能不僅完全不能下床，而且甚至終日昏迷，神志不清。那時候，家裡別無他人，實在太不安全了。所以他此時的確不能沒有玉蓉。

如果要把玉蓉趕走，確是一件大事，這比他過去決定一個幾十億元的重大投資計劃還更重要；而且這也不是他一己意願就可以完全決定的事情，還要看玉蓉究竟作何打算。這裡面畢竟仍還有很濃厚的夫妻關係（但不是夫妻感情）要考慮。在目前這種情形下，事情不到絕路，決不宜採取與她破裂的途徑，因為那只是一種破釜沉舟的不得已做法。既然不宜破裂，勸她又不聽，只好反求諸己，自己再四忍耐，更要反過來盡量不繃著臉孔生氣，也要設法保持與她之間的良好氣氛。儘管她拉長臉孔不講話也不理睬人，自己還是要主動去和她講話。

那天，他們夫妻在醫院裡直磨蹭到下午三點多鐘才做完那許多種檢查，午餐也還沒喫，兩人都相當疲倦，只想快快回到家裡。他們坐在計程車上往回家的路走，由於車輛擁塞，車子走得很慢，秋寧沉默地看著窗外。

「你看，那個人很像是史可嘉。」秋寧指著窗外人行道上一名身材高大男子的背影，叫玉蓉看。

玉蓉不屑地斜眼瞄了窗外半眼，立刻就怒叱說：「你整天神經兮兮的！什麼都攪不清楚！那怎麼會像是史可嘉？」

他仍然心平氣和：「這不明明很像史可嘉嗎？你仔細看他的背影呀！」她火了，大聲怒吼：「不要再講了！告訴你說不像就是不像！還要再說嗎？神經病！」然而，她意猶未盡，又改用一種鄙夷的口吻再補一句說：「頭腦不清楚！」

秋寧原本只是要找點不會有爭論的話題來談談，調整兩人間的沉悶空氣，沒想到竟自討沒趣，遭到她迎頭痛擊。這使他想起他們家鄉一句俗話說得好：「油裡生蛆，鹽裡生蛆。」就像太陽從西邊出來一樣，稀奇古怪不該發生的事情也發生了。根本不可能出現的事情也出現了，不該有的事情也有了，無異是奇蹟出現。現在只因為自己這種不相干的一句話，也會招來太太的咒罵和侮辱。他這時想到自己以前常用來勸慰別人的話：「逆來順受。」他覺得如今在這種無可奈何情形下，正好拿來勸勉自己了。想到這裡，雖然太太罵了他，他還是保持理性和冷靜，不再說話了。

計程車繼續在行駛，這時路上車子比較少了些，那位大約六十來歲的司機也不再緊張了，有空餘時間來管閑事了，竟轉過頭來，笑瞇瞇地，和和氣氣地，用閩南語對秋寧說：

「太太講不像就是不像，先生為什麼還要擱講一定像呢？太太的話不能不聽呀！不聽太太的話就該挨罵呀！」

秋寧完全聽得懂他的閩南話，只是覺得很意外也很古怪。台北的計程車司機對客人雖然向來都很隨便，而且幾乎無奇不有，但是這位司機豈可如此好管閒事？乘客夫妻間的事情還輪得到他來插嘴嗎？這位司機當然是在譏笑秋寧懦弱無能，但是他非常狡猾，說話的口氣和表情都如此溫和，假裝成十分善意。秋寧當然知道，絕對不宜與計程車司機爭吵或生氣，所以也就勉強裝做聽不懂而毫不作任何反應。不過他內心第一個感想就是：真是倒楣透頂了，竟會輪到素不相識的計程車司機也來隨便消遣他。自己老來竟落到四面楚歌的境地，真是可憐！

過兩分鐘後，這老頭兒竟又笑瞇瞇地說：

「太太很大啊！男人一定要尊重太太啊！不聽太太的話是不會發財的！」

再過幾分鐘，老頭兒又說第三遍類似的話，而且笑瞇瞇的表情，還是那麼和善。俗話說，伸手不打笑臉人，簡直使你不可能去和他翻臉。秋寧仍然忍著沒有答理他，也決不能在玉蓉面前與第三者吵嘴。就秋寧平時的印象，玉蓉聽閩南話的能力似乎比他更強，應該完全聽懂司機的話了，但是她卻自始也沒有任何反應，彷彿什麼也沒聽見，使秋寧疑惑她沒有聽懂。

由於近來常常遭遇到玉蓉無理的責罵，卻又不能經常與她吵嘴，起初是只好忍受，時間久了，次數多了，慢慢地變得習慣性地只好接受了，而且內心也不輕易生氣了。這種切身的經驗，使他悟解到為什麼世上有很多堂堂男子會怕老婆。有些人說，怕老婆的實質是愛老婆，這對部份情形來說是正確的，但是卻不可一概而論，還有許多其他情形。情形之一，正有如他現在的遭遇，太太的淫威，就像一條毒蛇般地，猙獰地逐日逼進過來，當她看透你不願意或不敢跟她爭吵的心理之後，尤其確知你也不能與她離婚時，她就更會得寸進尺來欺侮你，積以時日，她就會獲得那種「積健為雄」的累積效果，直到把你壓扁為止。到了這個地步，你已經習慣在她鐵蹄淫威之下而不再反抗了，她也就可以毫無忌憚地隨時對你作威作福了，於是這種情形終於也就成為夫妻共同生活的正常狀態了。

他在車上這樣想著，充份了解這種過程和將來發展的結果，他於是決定，現在對玉蓉也不能完全默爾而息，更絕不能讓她「積健為雄」。夫婦倆回到家裡，秋寧一腳跨進大門後，第一句話就說：

「你聽清楚了沒有？」他心平氣和地說：「你聽懂了嗎？連計程車司機都在譏笑我，他那狡猾的笑臉，都是在譏笑我懦弱和怕老婆。我要你看那個人很像史可嘉，只不過是好好地講那麼一句閑談的話，像不像本來都沒有什麼關係，你根本用不著罵人，就算我說得再離譜，大不了你說那個人不像史可嘉就好了。但是你卻那麼兇悍，實在用不著！總而言之，現在不管我說什麼話，做什麼事，你都是破口就罵。事實上我從來都沒有招惹你什麼，你是沒有理由平白就那麼破口罵人的。你經常那麼兇，我卻經常不跟你吵，我這樣不是懦弱是什麼？連計程車司機冷眼旁觀都覺得稀奇，所以才會來奚落我。你兇悍慣了，現在連自己都不知道已經兇悍到什麼程度了！」他儘管很溫和地講這些，內心仍覺得有點冒險，很可能引起她來大吵一次，但他心理上已先作好吵嘴的準備。

奇跡出現了！這次她竟沒有發怒，而且一聲不響。是不是她以前真的不知道自己太兇悍了？而這次因為計程車司機的打抱不平，算是旁觀者的客觀批評，使她有所醒悟呢？

果然是奇跡！這以後連續幾天，儘管她還是整天都拉長了那張臭臉，對秋寧說話仍然是不理不睬，而且凡事也必定有不同意見，但已經較少破口大罵了。他曾經暗自祈禱，希望她的瘋狂時期從此結束。

但事情並不如所期望的那麼順利，不到幾天，她又故態復萌了，而且暴燥和兇悍也愈來愈厲害，又恢復了以前那種每一開口必定破口大罵的情形，整天都極盡虐待他的能事。他近來發現自己越來越衰弱，白天也常常躺在床上，而且大半時間都在昏睡，卻睡得並不安穩，幾乎都是半睡眠狀態，醒來以後，總是覺得永遠沒有睡足，更不再有往昔那種醒後精神勃勃的舒暢感。尤其使他不解的，在亞熱帶台灣的這種盛夏大熱天裡，他既沒有感冒也沒有中暑，偶有微風吹到他身上時，竟立刻就會打噴嚏；唯一值得告慰的是林大夫連續幾次都說，血小板的數量確已受到控制而繼續維持在合理範圍之內。早已表示生命危機確已解除。

玉蓉竟似乎不了解這種意義。

那天下午，玉蓉忽然破例開口講話了，她斜著半邊臉瞧著他：

「你在美國銀行那些定期和不定期存款户頭的有關資料，有沒有用個小本子整理好記錄下來？」

「當然有。」秋寧很高興經過這麼些日子後，她總算恢復理性了，開口講話了，而且注意到重要事情，也說出理智的話了，還來提醒他注意財務事項。不過當他再想一下後，馬上就有點詫異，很疑惑地問：

「你問這個幹什麼？」

「沒什麼，我只是怕你病得什麼都忘掉了。」

秋寧沒有再說什麼，只是暗想，幾十年來，玉蓉對他的財務事項向來不聞不問，從不注意，現在怎麼忽然注意到他美國銀行存款呢？他繼續想下去，她近來不光是在言詞和行事多方面都有太大改變，現在甚至對他的財務也開始注意了，是不是別有用心呢？幾十年來她向無心機，現在怎麼忽然又會有心機呢？。另外，自美國搬回台北後，常在她自己臥室裡打長時間的電話，有時候一個電話會講個把鐘頭，也不知道是在和誰通話，使他覺得她變得神秘了。她的這許多言行舉止，都不是原來的她。而且，她又怎麼會忽然懂得這許多鬼怪的做法呢？他一次又一次思考這種情形後，判斷一定是有人在背後指使她，教她一些她向來不會也不懂的事情和方法，把她教得已經不再是她本人了，也把她教壞了。而她呢，現在正對秋寧懷有深仇大恨，正需要這些壞知識來幫助她，所以也就很容易接受了。但是，這又會是誰在教唆她呢？首先想到的當然是為亮。不過再仔細一想，玉蓉似乎已經很少再用家裡的電話機和為亮通話了，如果是在外面打越洋電話講很長，而且討論這些鬼怪事情和技倆，可能不一定很方便。那麼，除了為亮之外，還會有誰呢？

那天半夜，他照例醒來，難得地覺得精神很好，於是起身倚著窗欄眺望窗外夜景，覺得除了渾身涼爽之外，腦子也很清明。他忽然想到，玉蓉回國後唯一的好朋友就是那個與她同一個韻律舞蹈班的三姑六婆凌梅莉。嗯，不錯，凌梅莉！把玉蓉教壞的，一定是那個巫婆凌梅莉，種種玉蓉從來沒有的觀念和不知道的餿主意、不懂的鬼點子，絕對都是那巫婆教她的。記得曾經有人告訴他，凌梅莉刻苦耐勞打拼奮鬥了半生才有今天，她丈夫和她都是公營事業機構的職員，在朋友中向以善出鬼點子著名，是那種眨一下眼睛就有八個主意的靈光人物。像玉蓉這種忠厚老實人，絕對會服服帖帖地被她拽著鼻子耍得團團轉。但是，凌巫婆為何要挑唆玉蓉呢？秋寧細細一想，其實理由也很簡單，你沒看見嗎，這社會上天生就有很多好管閒事愛替人出主意的女人，目的只是為了要表現自己能幹。還有些是那種路見不平拔刀相助的豪俠女。因為許多男女糾紛的故事，在女人看來，都認為是男子欺侮女子。至於凌巫婆對玉蓉有無什麼現實企圖，那就不知道了。

研判出凌巫婆是幕後挑唆者後，長久存在心中的疑團解開了，覺得舒暢了些。這一觀念在秋寧腦子裡很快發酵，終於在心目中成為定論了。他於是格外密切觀察玉蓉的言行，發現她似乎對什麼都越來越不在乎了，彷彿只欠一句話沒有說出來，這句話是：

「秋寧，你早晚就要離開這個世界了，現在我只不過是在等著你死罷了！」

她對他既然已經毫不在乎了，自然更不再有絲毫尊敬了，因而常常露出鄙視他的態度，把他看成一文不值，不屑一顧。他雖然不能點點滴滴與她爭吵，但是內心卻不僅是憤怒，更使他痛心。另一方面，他也對大自然的力量興起一種畏懼之心。他看穿了，她整個人都完全變了，變成如此一個殘忍無情的狠毒女人，完全是性的力量在支配她，是大自然給予人類的性的原始力量！他畏懼的就是這個性的力量！女人對性的崇拜，甚過男子百倍。只要你能在性上征服一個女人，使她滿足，她絕對會心甘情願終身做你的奴隸，伺候你一輩子，甚至接受你的虐待也無怨無悔。他現在才驚覺，世界上沒有比性的力量再巨大了，無怪乎古人早就說了：「問蒼天情是何物？直教人生死相許。」

他想起小時候家鄉小鎮上一樁真實故事。

一位將近七十歲的豆腐店老闆（恰好與秋寧現在年齡相彷），娶了一位四十多快五十歲的填房太太，夫妻勤勞努力，自己做豆腐自己賣，經營得很好。他也能滿足她，所以夫妻十分愉快。後來丈夫不幸患病，終至下半身殘廢，長年臥床不再能工作了。夫妻商量後，決計僱了一名十七、八歲剛從鄉村出來的少年店員幫忙。這少年忠厚勤懇，豆腐店賴以照常開門，生意仍然維持如舊，臥病的老闆和勞累的老闆娘都很感激他。做豆腐銷售是件辛苦的事情，除了每天都要浸泡大桶大桶黃豆外，還必須每天半夜起床磨黃豆，然後過濾豆渣，煮豆漿，下石膏、再包豆腐，壓水。天亮後就可以發賣熱氣騰騰的新鮮豆腐了。這其中最喫力的工作是磨豆子，本來每天都是老闆夫妻倆一同推動那台又大又重的石磨；後來當然是改由徐娘半老的老闆娘和這位少年伙計一同磨，每夜二、三點鐘就起床工作。兩人每夜都要肩靠肩地磨一、兩個鐘頭，共同推轉那沉重的大磨子。兩人耳鬢廝磨，起初還只是老闆娘似有心又似無心地偶爾講一、兩句半黃不黃看來只是輕鬆的笑話，老實的少年起初根本也沒往那上面去想，後來時間稍久，老闆娘就越來越開朗，少年雖然半信半疑，但仍然不敢輕舉妄動；直等到老闆娘借題目再四去撫摸他，進一步挑逗他後，他才懂了，再也忍不住熊熊的心火，兩人就開始打情罵俏。烈火乾柴，一經點燃，兩人立刻就相愛了。睡在床上的老頭子起初固然懵然不知，但是他常常聽見磨子沒轉幾分鐘後，就會有很長一段時間沒有聲音。偷情的事總是很難長久掩飾，而愛的被侵掠者也總是有那種天生的敏感，老頭子雖然始終沒有親眼目睹，但很快也就悟解實況了，而且從許多細微末節上查證出來並非自己多心。這使得老人十分躊躇，起初還想忍耐。但是老闆娘越來越放肆，神情越來越快樂，似乎是有恃無恐，竟至漸不避諱，有時兩人甚至在老人面前公然打情罵俏，老人實在難以嚥下這口氣，而且耽心自己可能有一天會死得不明不白，於是痛下決心，最後硬生生地辭退了這位少年店員，把豆腐店索性給關了。夫妻兩人大吵了幾天之後，不久，老闆娘就把家裡所有的金錢細軟，在天亮前捲逃一空。幾個月後，老闆也就在愁困中去世了。

他又想起另外那齣有名的平劇「大劈棺」。

這說的是莊子夫妻的故事。莊子的妻子在莊子逝後幾天，屍骨未寒，棺木還停靠在家裡大廳的時候，竟忍心親手劈棺，準備剖取莊子的心臟，作為葯引，去餵食今夜偶爾路過借宿她家的翩翩美少年，以急救少年突發的心臟病，用來博取少年歡心，俾期一遂她對他如火的慾念。

這兩則故事描寫的人性如一，儘管前者令人同情老人，後者令人恐怖，但卻都是血淋淋的現實人生。在許多文學名著的描寫和歌頌下，「愛」固然神聖崇高，「愛」更令人陶醉，也在人間留下多少可歌可泣的故事；但細加透視，「男女之愛」實際上只不過是「性」的表象和化身；而「性」的力量之鉅大卻令人畏懼，真不知道製造過多少滔天重大罪惡，引導出多少傷天害理的殘酷暴行！天底下最大的力量，確實莫過於性愛了。也唯有性愛，才能讓一個人在剎那間卸盡文明的外衣，赤裸裸呈現出原始野性來。

秋寧分析玉蓉後，所得到的最後結論是：顯然有兩名魔鬼在迷惑她，並且徹底控制了她。一名魔鬼是為亮，賦予她「性與恨」的思想、也賦予她勇氣和力量；另一名魔鬼是巫婆凌梅莉，教導她「實現仇恨」的技倆。現在，由於為亮已經受到秋寧的警告，所以與玉蓉的聯繫多少有些顧忌和障礙，不再那麼方便了；唯有凌巫婆挑撥破壞他們夫妻感情，卻還沒有受到警告，那巫婆一定還以為秋寧不知道是她躲在後面挑撥呢。當然，他原本確實不知道，不過現在發現了，看清楚了，秋寧覺得至少必須先給這巫婆一點警告。於是，他開始注意凌巫婆打來的電話。很快就發現，玉蓉每週一、三、五要去健身房的這三天，通常都在上午八時左右出門，凌巫婆習慣在七時半左右都必定來電話和玉蓉長談十分八分鐘，告訴玉蓉到健身房之前和之後，該去些什麼地方以及做些什麼事等等。秋寧光從這一件事，就知道自己的判斷沒有錯。這巫婆已經完全控制了玉蓉的意志了。他每次看見玉蓉和她講電話時，玉蓉的神情總是很愉快，除了細聽之外，就是不斷連連說「好！好！好！」縱然偶爾說一、兩句話，也都是表示贊成和同意。這很清楚表示，玉蓉已經徹底被凌巫婆控制了，對巫婆佩服得不得了，毫無批評和抗拒的餘力，一切都聽從巫婆的支配擺佈。

一個家庭只要出現夫妻兩人經常搶接電話的時候，通常都顯示夫妻間發生了問題。多少年來，他們家的電話向來都是玉蓉先接聽，但自從夫妻間發生爭吵後，兩人就都搶接電話。現在，秋寧更是搶接得厲害了。尤其是每周一、三、五早晨八時前，他必定不放過任何一通電話。這樣，就連續多次接到都是凌巫婆打來的電話。他接到電話後，開始有動作了，起初還只是用半開玩笑的口氣對凌巫婆說：

「又是你，你們兩個人這麼密切，將來有一天我太太不見了，我會去找你要人啊！」

過了幾天，他又在電話裡對巫婆說：「我太太現在不聽我的了，什麼都聽你的了。如果她出了事，你可要負責啊。」

後來有一天，玉蓉下午快四點鐘都還沒有回家，他就打電話給還在辦公室裡的巫婆說：

「我太太不見了，現在我真的來找你要人了。」

那巫婆經驗豐富，每次都用嘻皮笑臉的口氣回話，搪塞過去。秋寧猜想巫婆可能沒了解到他的意思，所以這一次就用十分嚴肅的口氣說：

「你別以為我說這些話是在開玩笑，我現在認真告訴你，只要有一天玉蓉找不著了，我準會去報案找你要人！」

經過連續多次講了許多類此像笑話又像重話的話之後，那巫婆發覺事情不那麼輕鬆，知道不能再打馬虎眼了，開始有點警覺。但卻仍然對玉蓉不肯放手，還是常來電話與玉蓉長談如故，至於見面後，給玉蓉出主意出點子更是不用說了。後來有一次，秋寧索性開口了，在電話裡嚴厲地直接告訴她：

「我現在正式告訴你，我們家不歡迎你來電話騷擾我們的安寧。」

這之前，秋寧想到，家裡這套特別的電話系統已經成為嚴重問題了，於是就叫公司的老部屬替他找工人改裝家裡的電話設備，樓上樓下分機都改裝成可以同時接聽，使他可以隨時也聽玉蓉的電話。當然，玉蓉因而也同樣可以聽秋寧的電話。最近秋寧連續幾次在電話上罵巫婆時，玉蓉在樓上的分機上都聽到了。起初，她還忍耐下來，但當這一次秋寧明白告訴巫婆不許再來電話時，玉蓉才勃然大怒，當時就在電話上和秋寧吵起來了。巫婆在電話上聽見他們夫妻爭吵，很機警地就把電話掛了，結果只留下玉蓉和秋寧兩個人在電話上爭吵。沒吵幾句，玉蓉就放下電話衝下樓來和秋寧當面吵。從此以後，巫婆也不再來電話了。

秋寧明白告訴玉蓉：「如果她再來電話，我一定要繼續教訓她。她再不停止挑唆你，我有進一步的辦法對付她。你可以對她明講。」

「你過份！憑什麼不許我的朋友來電話？是我的朋友，關你什麼事？你管得著嗎？」玉蓉毫不讓步：「你不讓她來電話，我就主動打電話過去，你又怎麼樣？」

「你愛打過去你打過去好了，這種三姑六婆式的巫婆，你居然對她還會無條件投降的崇拜，無論她放的是什麼屁，你都服服帖帖的全部相信。光憑她那副眼眨眉毛動的鬼精靈相，我就知道她不是個正派東西，你一百個陳玉蓉也抵不過她一個凌梅莉。你記住好了，總有一天你會上她的當。」

「我上她什麼當？」

「誰知道你會上她什麼當？她倒底安的是什麼心？她倒底又有什麼目的？她為什麼要管我們家庭夫妻間的閒事？她那來那麼大的興趣？你太老實了！你什麼事情都拿去告訴她，甚至連我們夫妻間吵嘴，以及吵的什麼事情，也都可以一五一十拿去告訴她嗎？徒然給她機會來挑撥我們夫妻的感情，破壞我們家庭和睦。」

「誰說我把我們吵嘴的事告訴她？」

「誰說？是老巫婆自己說的。有一次，我在電話裡罵她，說我太太只聽她的話，不聽我的話。她說：『我是告訴過玉蓉不可以不理會你的呀！應該要與你溝通呀！』我當時就罵她：『我的太太用不著你來教唆她，你是什麼人？你管得著我的太太嗎？』」秋寧停了一下，看看玉蓉，才繼續說：「你如果不把我們家裡的事情告訴她，她怎麼知道你不理會我呢？」

玉蓉不作聲了。

「你現在學會了講許多古怪話，也懂得做許多古怪事，我一看就知道，都是這巫婆教唆你的。她管這麼多閒事！還管到我們的家事了！我還是要問你，她倒底有什麼目的？」

玉蓉這才不屑地說：「什麼目的？你以為世界上只有你有幾個臭錢是不是？有什麼了不起？人家的錢多得很，恐怕比你還要多些。」

秋寧詫異地說：「又來了，又是什麼『人家』、『人家』的！了不起啊？『人家』？她是你的什麼人？你這樣護著她？你寧願把幾十年結髮夫妻的感情看得一錢不值，而去和這麼一個莫名其妙的巫婆好得不得了，五體投地的崇拜她，什麼都聽她擺布。真稀奇！」

「你口口聲聲罵人家巫婆，你憑什麼侮辱人家？」

「啊？傷了你的心啦？你心疼啦？我現在生病，你看準我要死了是不是？你交上了這麼個三姑六婆，就著迷了？你以前也生過病，你還記得我是怎麼伺候照顧你的嗎？你以後就保證不會再生病嗎？你以後再生病了誰來照顧你？巫婆會拋棄她的丈夫孩子不管，來你家照顧你的病嗎？還是你可以搬到她家裡去住，要她照顧嗎？哼，我看她大不了買一盒水果來看你一次兩次就了不起了，我保證她不會拋下丈夫孩子來伺候你的病。」

這幾句話可能是把她從迷糊中喚醒了，擊中了她的要害，她竟又不做聲了。

話既然說開了，秋寧就索性都說出來：「我現在明白告訴你，我不會死，我也決不死。今天索性跟你說穿了，照醫書上說，我現在服用的葯，可以有效控制這種病。我至少還可以活十五年，你等著瞧罷。你如果不相信，可以自己去看看這些書。」

聽到丈夫的病有救，玉蓉竟毫無高興的表情！她不僅根本不相信，而且他如果真的能再活十五年的話，對她倒反而是個大麻煩呢！因為他如果現在就死掉了，倒是一了百了，她什麼顧慮也沒有了，她不正好可以名正言順地去找為亮嗎？不過，他縱然不死，倒也不是什麼大問題，也不十分重要。因為她心裡有個糢糊的觀念，覺得自己早晚會離開他，所以他以後是死是活，似乎與她都沒有太多關係了。因此，她根本也不再去細想秋寧再活下去對她可能發生的實際意義。

一個多星期後，玉蓉在晚餐後淡淡地說了一句：

「我參加了旅行社辦的一個旅行團，明天要去日本旅行。」

秋寧愕然一驚。

她從來沒有獨自出門過，而且也絕對沒有想到，正在他患病的這個時候，她竟忍心忽然拋棄他去日本遊玩，而且不動聲色，直到出發前一天的今晚才告訴他。更重要的是只是告訴他，並不是與他商量，真是恩盡義絶，完全沒有夫妻感情了，他一聽之下，立刻就覺得心寒。這麼一個平凡的為亮，就能把一位半生賢淑的良家婦女快速而徹底變形，成為這樣冷酷惡毒，棄抱病丈夫生死於不顧而他去的蕩婦。他認為這是有意設計好，好讓他獨自在家早點死去。

不過他並沒有憤怒，因為他已經習慣於接受折磨了，所以這時只是呆住了，片刻後才問：

「去日本幹什麼？」

「哦，觀光呀！不是大家都去日本觀光嗎？」

「去幾天？」

「一個星期！」

「一個星期？這麼久？一定要去嗎？」

她覺得似乎並不需要解釋，所以竟不答覆這句話。

半晌後秋寧再問：「有伴嗎？」

「當然有伴，旅行社絕不會為我一個人辦個旅行團。」

秋寧沈默了一下，再問：

「我是說有什麼熟人同行嗎？是和那巫婆同一個團嗎？」他也疑惑是那巫婆故意出主意來報復他，把她拉出去玩。

她很生氣：「你問得太多了！別人去不去是別人的自由，你也管不著。」

說完，她就逕自上樓去了。

第二天凌晨，她就攜帶行李出門去了，也沒有來和秋寧打個照面，或是再來告別一聲，或是叮囑幾句話，彷彿她不是他的太太，也沒有秋寧這個丈夫的存在。她出門的時候，他在床上還沒起來，只聽見大門碰地一聲，才知道她這麼早就走了。看看錶，是五點多一點。

秋寧自從有病以來，從來就不曾有神志失常的情形，尤其這幾天，病況更是越來越有起色，仍然可以打起精神，撐著身子起床，自忖沒有她在家煮飯，也不會餓死。他至少可以打電話叫店裡送些牛奶和食物來，也在冰箱裡找到一些麵包、已煮熟和未煮熟的肉食、菜蔬和麵條等，都是只需要簡單處理後就能夠用來填飽肚子的。他向來就知道如何使用電鍋煮飯和煮稀飯，只要把米洗好，加上等量的水，放在大同電鍋裡，在外鍋也放些水，然後插上電插頭，過二十分鐘，就有一鍋香噴噴的飯可喫了；另外，再把冰箱裡的菜取出一部分放進微波爐裡，十多分鐘後，就可以很方便地有簡單菜食了；何況，大不了打電話叫店家送幾個便當來更方便。所以一天三餐不成問題。要上醫院也不是問題，打起精神來走到門外叫計程車還是很方便，而且更不會有玉蓉在車上找他吵嘴和侮辱他。

不過，令他寒心的是，她不僅走得突然，而且有關他一日三餐這種生存大事，她根本就沒有問過一句，好像巴不得讓他自生自滅，也許就此餓死，也不值她一顧。

他向來抱有一種堅定信念，那怕有人告訴他說他明天就會結束生命，他還認為，既然今天還活著，就還必須要為未來日子好好打算，不能糊塗。糊里糊塗過日子是不對的，必須要頭腦清明的活著，才會有活著的感覺。正如古人所說：「人生不滿百，常懷千歲憂。」這才是正常的生活態度。幾十年來，他從不曾氣餒。

六、春回台北

玉蓉離家兩天了，竟沒有電話回來。

秋寧畢竟難免罣念。這種罣念，與其說是關心，現在倒不如說是老夫老妻間幾十年來的習慣。就好像每天早上起床後去洗臉刷牙一樣，只是一種機械性的行為。

有關這趟出門的資料，玉蓉完全沒有告訴秋寧，她根本也就沒給他時間來問她。她究竟是參加那一家旅行社的團？是搭乘那家公司的飛機？幾點鐘起飛？到日本後去些什麼地方？住什麼旅館？以及那一天回來等等，玉蓉都一字未提。這些事情，旅行社照例都有一張包括全部資料的日程表送給每位旅客，她卻更沒有複印一份留給秋寧。現在，她出國兩天了，毫無消息，秋寧這才發現，因為沒有這些資料，以致根本無從下手查詢。這也才使他想到，她這樣究竟是冷淡還是神秘呢？他再慢慢細想，最後甚至還疑惑她究竟是不是真正去日本了？或者根本就是去美國找為亮了？他越想也就疑惑越深，既不放心，漸漸也不甘心，認為有查明的必要。不過，這從何查起呢？

他繼續仔細研究這件事。第二天，他竟想出一個最直接的辦法來了。到了午夜十二點多鐘，正好是美國東岸中午十二點多鐘的時候，他撥了個電話給住在美國紐澤西州紐布隆斯威克市的為亮禮品店，接電話的果如預料還是海棠。起先兩人寒暄了幾句，然後秋寧才問：

「為亮在家嗎？」

海棠爽快地答說：「不在家，出去了。」

「上街去了嗎？」

「不是。」

「是去舊金山了嗎？我記得好像去年這個時候他是去西岸住兩個月的時間。」

「這次不是去舊金山了，是替我們自己的店到日本去採購禮品補貨了。」

秋寧心裡震動了一下，非常意外，竟得到這麼一個難得的資訊。他當然不動聲色，讓自己沉住氣，停了一下才說：「我本來只是關心，想知道一下，他如果是去舊金山，在金山住什麼地方？方不方便？會不會有什麼困難？」

多難得的親切和關心！海棠很高興地趕快說：「謝謝！謝謝！謝謝秋寧哥這麼關心。他還沒有去舊金山呢。住的事情，將來雖然不會像過去在你家裡那麼方便，但是應該也不會有什麼問題，請不要為我們這種小事耽心。十分感謝。」

「為亮去日本多久了？打算什麼時候回美國來？」秋寧順便問。

「他是三天前離開美國的，打算在日本大概蹲兩個星期的樣子，預定是兩週後的週末前後回來。不過他臨走時又說了一句活話，如果事情多，也許遲個三幾天回來也不一定。你是有話要告訴他嗎？是不是等他回來了，我要他馬上先打電話給你好嗎？」

秋寧要想知道的事情已經知道了，所以趕快說：「沒有什麼重要事情，你替我問候他就好了。」

不過，他腦子臨時閃了一下，忽然想到，最好能知道為亮回到美國的準確時間，所以很快就轉口說：「其實只是有一點小事情想問他一下。也好，等他一回到了紐澤西，如果方便，就立刻撥一個電話給我最好。」

「沒問題，就這麼辦，只要他一回來，我一定會要他儘快給你去電話。」海棠欣然答應。

秋寧還想再胡扯幾句，但是非常奇怪地，心臟竟忽然一陣絞痛，好像是被人用刀子猛力劃了一刀，非常突然，使他的心臟就在這一刹那間發生巨痛，痛得整個人立刻彎下腰就要倒下來。他趕快扔下電話筒，雙手緊緊捧著胸口，倒臥在沙發上。這是他有生以來從未有過的經驗。不過幸而還算好，在沙發上躺著連續做了幾次深呼吸後，覺得舒緩一些，沒有繼續痛了；再過一點時間，慢慢完全恢復正常了，他才吐了一口長氣，然後才在沙發上再坐好。

幾十年來，他每年都做一次例行的住院身體檢查，從來沒有任何醫師說過他有心臟病，而且都說他心臟很好，所以他也從不注意有關心臟的知識，那剛才何故會突然出現這種心痛現象呢？是自己老了嗎？也許是老了！平常偶然也聽到一些人說到心絞痛或心肌梗塞這些名詞，現在細想自己剛才這種情形，不知道是不是心臟也有病了？記住改天一定要問一問醫師，或者待玉蓉回來後去檢查一下。不過這時他才忽然想到，玉蓉竟已使他受傷如此之深而不自覺。剛剛海棠在電話裡說的話，間接證實玉蓉應該是真的去了日本，而且當然是去與為亮相聚。自己恰好就是在聽到這一句話後突然發生心絞痛，這不很明顯是所受刺激太強烈了嗎？人們對令人難受的事情常常形容為「令人心痛」，原來果然有些事情真的會令人心痛，而且有很多人會在心絞痛的那一剎那間死去。他很慶幸自己剛剛沒有痛得忽然死去，竟能自行恢復過來，應該算是闖過一次生命難關了。他仔細回想，雖然玉蓉的事確實使他心痛，但是他完全明白，自己意識上實在還沒有難過到不能承受的地步，怎麼會在聽到一句話後馬上就發生心絞痛這種嚴重狀況呢？世人常說：「歲月不饒人」，許多老人都常常自以為依然是少年時光，一切都經受得起，殊不知儘管你意志上若無其事，彷彿當年；實際上生理上卻是早已老了，你的肉體實際早就非復當年了。

玉蓉竟已瘋狂到如此地步了！竟如此不忠！大模大樣公然去與情郎幽會，而且是遠渡重洋到日本去追尋她的情郎，毫無羞恥之心！更忍心把一個重病的丈夫孤獨地丟在家裡，不問他是不是會餓死或病死。夫妻情義固然已經蕩然無存，甚至連人性中應有的那點基本惻隱之心也沒有了！

也就從這一刻開始，秋寧對玉蓉的看法和想法完全改變了。他是真正心寒了，連心靈深處殘存的那最後一絲本已十分微弱的温情，也就在這一刹那間被沖洗得無影無踪了。他原來還一直有點顧念幾十年結髮夫妻之情，還感謝她為自己生下了一兒一女，也感謝她現在還照顧他的生活起居和病體，所以才再四壓抑自己的情緒，百般忍耐，極力不願事情公開。他原是打定主意，只要玉蓉能夠悔過，停止這種行為，斷絕與為亮來往，他就甘願含辱忍垢，暗地背負醜名，而原諒她過去一切！他自認這絕不是別的男人所能做得到的。他還曾祈求上天賜給玉蓉自省力量，讓她理智慢慢復蘇，恢復良知，回到頭腦冷靜和神智清明的正常境界來。現在，這一切都成為過去了！他對她死心了！莫説她執迷不悟，已不可能回心轉意了；縱然回心轉意，他也不可能再接納她了！他對她完全絕望了！對她也沒有半絲善意了！他恨她！恨她！恨她！恨之入骨！

然而，怎麼處理這件事情呢？這可不是小事，必需要冷靜地仔細想一想。不過，基本原則既已決定是要放棄她，也就不再有任何感情上的包袱了，不必再多所顧惜了，也不再需要努力去挽救什麼東西了，事情也就好處理了。這樣，心頭反而輕鬆許多；至於實際上的作法，不管怎麼樣，畢竟只是技術問題，待仔細打量一下再講。

再過幾天又是要去驗血的星期三，以及次日去醫院找林大夫看診的日子了。這一次，連續兩天都是秋寧獨自一人去的。他提醒自己，在沒有人幫助的情形下，最重要的原則就是凡事要加倍注意，也要從容不迫，不要匆忙。結果，兩天裏兩度來回醫院，不僅都順利平安，沒有任何困難，而且很高興也不再有玉蓉在旁不停虐待他和侮辱他。

但是，這些都是小事，而引起他狂喜的天字第一號重要大事竟發生了，真是最值得慶賀的天大好消息，林大夫在這一次看診時告訴他，他的病已有了再進一步的好轉！

他的病繼續在好轉！

真的嗎？真的喲！

真的嗎？真的喲！

當時情形是這樣的：看診的那天，秋寧獨自去醫院，坐在醫院候診走廊椅子上，照例等候到快中午十二點鐘，才輪到他進看診室，林大夫還是那麼慢慢地翻看他的病歷，尋找他最近的驗血報告。起初還是找不到，後來又只好轉頭去電腦上找。秋寧因為老花眼，又沒戴眼鏡，站在護理小姐背後根本看不清楚電腦螢光幕上的資料。不過看林大夫的神氣，顯然已經找到了他的驗血報告。林大夫看了又看，才把資料摘抄在病歷上，抄完後，慎重其事地放下了筆，轉過頭來對秋寧朗聲說：

「杜先生，你今天怎麼不問血小板的數目呢？」

他小小有點緊張：「是呀，怎麼樣？血小板多少了？沒關係罷？」

他從來沒有看過林大夫的笑容，這時林大夫竟罕有地露出微笑說：「你的血小板原來的數目不斷在上昇，最高到了九十多萬片，對不對？」

秋寧有點詫異，他為何有如此神秘的笑容，只好點點頭說：「是，現在又增加到多少了嗎？」

林大夫也點點頭，正視著他：「恭喜你，杜先生，」他沉吟片刻後才慢慢繼續說：「現在不是繼續增加了多少，而是這幾個星期在陸續下降，今天的資料顯示已經下降到你所說你以前多年來的數目了。」

秋寧有點意外：「真的啊？那是⋯，那是多少了？」

「三十萬二千！」

「三十萬二千？我過去多少年來都是二十五萬多一點。」

「這兩個數字聽起來是差了六、七萬，好像是差得很大；但是實際上這點差額不算什麼。因為只要是在最低限量五萬片和最高限量四十四萬片範圍之內，都屬於正常。所以三十萬這個數目不多也不少，我認為非常好。恭喜！」

秋寧醒悟過來，真是天大的好消息！於是緊接著就問：「啊，謝謝！還會繼續下降嗎？」

「不需要再繼續下降了，但是我們必須長期繼續喫葯控制才能維持這個數目！」

「這是不是表示我的病有救了，不會死了？」他直率地問林大夫。

林大夫慢慢地說：「我從來就沒有說過你會怎麼樣，血小板數量在下降，當然值得高興。」

林大夫顯然是因為看見病人的病情現在好轉，他自己也得到了鼓勵，所以出現了從所未有的愉快神色，才顯現出醫師應有的面貌，並且立刻就處方。等到護理小姐從電腦上列印出葯方交給秋寧後，他仔細看看，發現所開的葯，還是和上次完全一樣，不過，以前一直是一次開一個星期的用量，這次開的卻改為一個月的用量。顯然表示林大夫診斷正確，也證明這種專用葯對他是真的發生效果了，他的病確實有救了，也穩定了！他也真的不會死了！以前他只是有樂觀和樂天的心情，現在更有了強有力的樂觀事實了！

回到家裡後，他坐下來靜靜地仔細想，目前因為玉蓉去了日本，他心裡不安寧，根本就無心注意自己的身體，現在診視後知道自己的血小板已經正常了，心裡因而更平靜，才使他回過頭來注意自己的身體，覺察到自己身體各方面的確比以前都有改善和進步。例如便秘已經停止了，小便也通暢了，原來精神萎靡不振，現在也已有改善，只有體溫還沒完全降低。唯一值得注意的是新出現了心絞痛症狀，經告訴林大夫後，已經替他排定時間作詳細的心臟檢查。不過因為要檢查的病人太多，時間竟排在二十多天以後了。

在他們這一棟二十多層的巨大堂皇高級住宅樓房裡，秋寧家所住的樓層較高。

他這一户共有上下三層，一百五十多坪，相當寬敞，三層之間，內部都有樓梯相通，台北人稱這種格式為樓中樓。現在，這寬敞明亮的大客廳裏一片寧靜，屋裡屋外都沒有任何聲音，他獨自靜靜地坐在客廳沙發上沉思，那微彎駝背的身影，勾畫出一種特別的孤獨。他回想自己患病以來，一連串的不幸，最早是肺氣腫；後來遷居美國，發現心臟血管病，體能大為降低；回到台灣後又發現血小板過多症，並且連帶產生一些體溫過高等使他十分不舒服的症狀；現在更出現心臟絞痛症狀。另外再加上前幾年就陸續患上的高血壓、動脈硬化、長期性便秘以及失眠等無法治瘉的種種老年病，堪稱百病纏身。這些病，都是只要患上後就不能治瘉的，一種又一種地累積下來停留在身上。其中心臟、血小板和高血壓這三種都是稍不小心就會致命的病。此外，生命裡其他各方面也諸多不順，尤其財務上竟也受到虧損。而最糟糕的也最奇怪的是與自己結婚已經幾十年的賢淑妻子，竟會在半老之年紅杏出牆！而且輕視和侮辱這個丈夫！現在更私奔去與情人幽會，家庭已瀕破裂邊緣，顯然無可挽救了。這些不幸事一樁一樁在他腦際閃過，自覺實在是老運惡劣已到極點，倒楣透了！想到自己正派做人，勤勞一生，老來竟一敗塗地，落魄到如此屈辱慘痛地步，實在不勝感慨！

至於說到財運不佳，也是奇怪。回台北之初，除了養病治病，以及料理一些過去未了的財務事項之外，在家並無他事。那時候台北股票正在飆漲，他出於消遣心理，陸陸續續也不過投下少量幾千萬元台幣資金，加上依規定的融資方式購入一些股票。他所選購的都是業績最好的電子股，買進後還天天都繼續在漲，大家都認為還有續漲的希望，他一時也不想賣出，股票都留在手上。但是，包括許多專業證券投資公司和大户在內，也都很少有人會料到，整個市場竟會忽然轉向。起初大多數人的看法還認為只是市場正常的起伏小跌，誰也不肯在小跌時賣出。豈知這一跌，竟像傾盆大雨似的，連續跌了半個多月，大家都以為該已經到谷底了，殊不知再四破底，竟無休止，接著又再續跌了一個多月。在這一過程中，因為跌得太多，使得許多人起初既然沒有賣出，到後來更是不忍賣了，仍舊在等待市場總歸應該會反彈回頭上升，秋寧也不例外。直到大多數股票都跌到高峰期價格的一半甚至一半之下時，也就是股票市場術語稱為腰斬甚至再腰斬的慘狀時，大家才看出，原來是多年不見的大空頭行情來臨了！後來更發現，竟還是世界性的大空頭市場來臨！而且台灣情形還特別嚴重！這時候整個市場才慌了手腳。除了極少數人的股票是全部都用自有資金購入，而且又是閑錢，所以還可以咬緊牙關把股票收起來長期不賣，等待市場好轉再講之外；其餘絕大多數股票客户則因為都是融資購入，甚至有的連那一半自有資金也都還是借來的，至此，被迫不得不在某一點上就忍痛認賠傾巢殺光賣出；否則，再跌下去將會被融資的證券公司列為斷頭股票代為售出，分文不存。面臨這種情勢，秋寧也不得不在沒有斷頭之前，將股票一批一批迅速賣出，終於在不到幾天裡全部賣光，使他虧損了幾千萬。所幸他底子雄厚，還經受得起這點損害，畢竟還沒有把全部投資虧光，沒有過份傷到元氣。但原來只是做來玩玩的事，結果竟恰逢運蹇，一敗百敗，事事倒楣，遇上多年不見的大空頭市場，實在出人意料之外。

世人對有些事情都普遍迷信，秋寧對某些事情也不例外，但卻向來不認為是迷信，而且深信不疑。例如，他確信人生許多事情預先會有徵兆。他家裡一向整潔，現在仍然很整潔。但是卻很奇怪，遷回台北居住後，家裡竟出現一種怪現象，屋子裡到處都有蟑螂和螞蟻，螞蟻到處亂爬不用說，甚至蟑螂夜間還會膽大妄為地爬到床上來，日間爬到書桌和飯桌上來，有時還會站在那兒正面對著你，眼睜睜地直瞪著你看，彷彿要與你共享這個生活空間，實在囂張！他十分生氣，覺得蟲類竟可以無視於人類的存在，公然向你挑戰。當然，他去買了許多殺蟲葯來噴射，而且每見蟲類出現，必定窮追猛打，一一殲滅，絕不放過。他每次追打蟲蟻時都如瘋似狂，一面追打，一面咀咒。他從小就聽見家鄉長輩常說，凡是可以加害於你的東西，你必須予以殲滅；否則，牠早晚必定危害你。

他更默想，人在倒楣的時候，連蟲類都會來欺侮你。隨著自己種種病症的逐一出現，接著發生的事情就是玉蓉奔赴日本找她的情人去了。他儘管樂觀，但是心裡偶然也會想，像這許多倒楣的事情一連串接著發生，底下將要繼續發生的，莫非就是自己的命運到了末日不成？

還好，在秋寧繼續不停窮追猛打之下，蟑螂螞蟻總算完全銷聲匿跡了。於是，也就在這同一時段裡，奇跡出現了，運道走勢似乎反轉過來了，忽然來了這麼一個大喜訊！他的血小板數量開始下降到正常數目了！他驚訝會有這種好事出現！尤其是在玉蓉私奔赴日這件傷透他心的事情剛發生之後，兩相對照，豈不是有點矛盾？

難道這就是「易經」所說的否極泰來現象嗎？他慢慢認為，這應該是一段好運將要來到的前訊，是春天來臨的第一聲驚雷，也是美好南風吹來的第一隻燕子。

他提醒自己，在脫離否運過程之中，更要特別注意慎重度過這個過渡時期，絕對不能出現任何波折，以利穩健進入好運。他確認與玉蓉的緣份固然已盡，但要如何具體妥切結束這個局面？腦子裡還是一片空白，沒有想定具體做法。

他的血小板數量是不是又會回升呢？這是最重要的事情，他很想早早證實，不想按林大夫的安排，要等待一個月後複診時才知道。因此，他起初是每隔三天一次，後來是一個星期一次，自行前往私人開設的醫事檢驗所驗血。每次去驗血，通常都在抽血後不超過一刻鐘就可以拿到這種驗血報告。值得欣喜的是每次報告都顯示血小板數量穩定，既沒有繼續下降，更沒有上升，由於三十萬片左右不僅是在四十四萬片到五萬片的正常範圍之內，而且更接近他幾十年來最常規的數字。同時，他也逐漸察覺，服葯後那些不舒服的副作用慢慢在減輕，整個身體狀況，也確實隨著在逐步改善，情形算是越來越好了，使他有了更多自信。

一個星期過去了，玉蓉並沒有在她行前所說的預定日期回來，而且離家後從來也沒有電話來。他想到海棠在電話裏告訴他，為亮說的是要在日本蹲兩個星期，不是玉蓉說的一星期。

果然，兩個多星期後的一天，玉蓉突然回來了，事先沒有任何預訊。

那天晚餐後，秋寧正坐在沙發上看電視，聽見似乎是有人用鎖匙在開他家大門的聲音，正有點詫異，微帶驚訝地想起身要走過去察看時，門已經從外推開了，先是飄來一陣香氣，接著就是玉蓉滿面春風地進來了。她穿著色彩鮮麗大朵花的絲質上衣，配上長到幾乎要拖地而質料很挺的絲質烏黑寬長褲，繡花高跟鞋，背上揹著一只式樣時髦的大布袋，一隻手還拖著一口大箱子，婀娜多姿地款款進來，神態十分撩人。這一刹那間，竟使秋寧不自覺地心跳了一下。不過他並沒有表情，心裡只在想，她的這一切，無論是這一身服裝或是這種步態，縱然是早年與她熱戀期間，以至新婚蜜月裡那種瘋狂縱慾期間，也都是沒有過的。他暗中不得不承認，這時的玉蓉，比以前多了一種成熟甚或是熟透了的美。她手拖著那隻沉重的大箱子，看來似乎有點費力，不過神情和氣色都很好。臉孔雖然化了妝，仍然看得出來比出門時稍稍黑了一些，顯然是户外活動時被晒黑的，但卻反而顯得健康年輕多了。她剛進來時，原本是精神勃勃，神情愉悅，步伐輕鬆，因為心底下還在繼續品味和神往過去半個月裡的歡樂。但是當她一眼看見秋寧後，除了最多只有一秒鐘露出驚訝神色外，那種快樂臉色立即消失，很快就轉為出門前原來那張晚娘臉孔，拉得很長。她鐵青著臉，除了很勉強地對秋寧看一眼之外，什麼話也不說，並且立刻就冷淡地轉過頭去，只顧拖著那口箱子骨碌碌地逕自走向樓梯口，獨自設法，很費力氣地把箱子弄上樓去了，卻留下一陣香氣在客廳裡飄盪著。秋寧因為腿軟體衰，對這種搬行李需要體力的事情無法幫忙，而且又看見她擺出的那副冰冷臉孔，更使他內心充滿憤怒；尤其她那妖豔打扮和蕩婦神態，更使他從心底興起強烈的厭惡感。但是他總算還耐住性子，坐在那裡沒動，也沒有講半句話，只是瞪眼看著她上樓去。

她竟回來了！她究竟打算怎麼辦？秋寧疑惑著。

整夜她都沒下樓來。

第二天，天還沒亮，四時左右，秋寧就聽見玉蓉在樓上走動的聲音。他起初還不太注意，後來不久，聽見她下樓來的聲音，接著竟是開關大門出去的聲音。這時他才有點驚訝，趕快起床出來察看，大門確實是從外面帶上關好的，玉蓉是出去了！而且從樓梯循著客廳一直到門口，一路都聞得到她的那種香水氣味。他看看客廳牆壁上的時鐘，正是四點五十分，他想不出來她究竟有什麼特別重大事情需要這麼早出去，而且又是去什麼地方呢？

她這樣一早出去，已經使他大為疑惑；而且出去後，竟整天沒有回來，當然也不會有電話來。他現在已經不是掛念她了，連那種純粹只是夫妻間一點點習慣性的掛念也都沒有了，只是疑惑她在外面做些什麼事。黃昏後，他坐在客廳沙發上，似乎是在看電視卻看不下去，這才發現自己潛意識中竟還多少有點是在等候她回來。他自從有病以來，每晚到了八點鐘多一點就睏得厲害，今晚到了八點鐘過後，他照例撐不住了，眼皮也睜不開，就只好去睡了。

老年人實在很可笑，也很可悲，坐著時連眼皮也睜不開，睏乏萬分，但是一倒頭睡下，準備要呼呼大睡時，立刻就變成怎麼也睡不著了。這一夜，他通宵都沒有睡好，一直都是在半睡眠狀態中，但卻不斷做著夢，夢中都是在與玉蓉吵嘴。

天不亮他就起床，先上樓去看看玉蓉是不是不聲不響地已經回來了，但是，玉蓉房間裡空空的，床鋪上很亂，未加整理，確定她是在外面過夜徹夜未歸。他已經很久不來她房間，這時候就在她房間裡靜靜地站了一會兒，油然產生有生以來第一次「人去樓空」的感觸。這是玉蓉與他結婚幾十年來，第一次不告知他而自行單獨在外面他不知道的地方過夜。尤其在目前夫妻感情完全破裂的情形下，她去日本與情夫幽會回來之後，回到台北又公然在外過夜，使他十分憤恨！玉蓉幾十年來從不會打麻將，所以絕對不會是去誰家打麻將過夜，更絕對沒有任何其他正當理由在外過夜。這使他想到，拋開一切不談，光就隨便外宿不歸一事而論，這種的女人還能夠繼續做他的太太嗎？是她在先瞧不起他了，完全不在乎他了；現在，他也已經不在乎她了！更是鄙視她了！那麼，就當作她在日本還沒有回來好了，暫時不去管她，自己趕快想辦法結束這件事情，一了百了就好了。但是，至少今天，現在，在法律上她還是他的妻子，所以她的這些行為很使他難過。

這天夜晚，玉蓉還是沒有回家。

第三晚她還是沒有回家。

他忽然驚悟，難道她是就此離去不再回來了嗎？應該還不是罷！她的衣物都還在家裡並沒有拿走呢！不過，目前他對這種情勢竟還一籌莫展。他再四考慮，最後覺得自己對她既然已經死了這條心，也就只好忘了她這個人，至少暫時不去理會這些事，看她底下究竟要怎麼辦。

第六天下午三點多鐘，他午睡起來後，她忽然回來了。這是她從日本回來後，秋寧第二次看到她。她穿的是另外一套藕色半透明薄紗上衣，和一條黑底細白花直到腳面的緞質長裙，高跟鞋，模樣仍然妖豔，只是長長的頭髮沒有梳好，現得很亂，神情鬆弛，意態闌珊，懶洋洋地似乎是睡眠不足又似乎是睡得太多的樣子，一進門就忍不住伸了一個懶腰。秋寧一看之下，立刻從心底裡興起一陣強烈的詛咒，激起滿腔憤怒，只覺得她真是太不自重了！打扮成這麼花枝招展，給人一眼看去就覺得下賤，誤以為最多只是交際花之流，那裡像是上流社會富裕而有聲望的大企業家董事長夫人呢？他自問自己怎麼會娶了這麼一位太太？又驚訝原來好好的太太，怎麼會變成這副模樣？真是困惑！他本來不想理會她，但還是忍不住迸出一句帶著責備口氣的話來了：

「你這幾夜到什麼地方去了？出門也不講一句！」

她早就想到了他會講這一類話，提這一類問題，所以早就想清楚了該如何應付。她本來決心根本就不去正眼看他一下，也不去理會他，只把他當作不存在了。但是這時候聽見他這樣質問她後，一時忍不住了，竟站住轉過頭來狠狠地瞪住他，也很生氣地大聲說：「我上那裡去，難道應該點點滴滴都向你報告嗎？」

「當然應該告訴我！」他大聲說：「這個家也不是你這種女人的旅館，可以讓你來去自如。就算是旅館，出門時也應該和櫃檯或我這個茶房打個招呼。更不用說，名份上你目前還是我的太太。你私自單獨在外面不明不白的地方過夜不回家，你究竟是在什麼地方幹些什麼，我當然有權知道。」

她竟沒有生氣，只是把頭往另一個方向一摔，同時嘴唇也往一旁斜拉了一下，做出一副不屑的表情，那模樣像潑婦又像太妹，只輕輕地說：「老實告訴你，我到什麼地方去，你根本就管不著！我是你的太太難道就不能自己外出嗎？難道個人行動自由都沒有了嗎？哼！真稀奇！」說完後，再也不看一眼就上樓去了。

秋寧看著她，發現她這時候的面貌出奇醜陋！他沒有再說什麼，心裡既恨又怒，更是滿腹疑惑，既然從日本回來了，當然已經和為亮告別了，那她回台北後這幾天幾夜又是和誰在一起呢？打扮成這種妖魔鬼怪樣子（這些衣服一定是這次在日本新添置的，因為他從來沒有見過她穿這些衣服），究竟又是要給誰看的呢？他肯定她還不至於與為亮以外的其他男人做什麼壞事，她應該還沒有壞到那種程度。那麼，她這幾晚在外面究竟做些什麼事情呢？在什麼地方過夜呢？和什麼人在一起呢？而且那天她為什麼要天不亮就出去呢？問題重重，真是百思不得其解！另外，他越來越感到，她確實變太多，從服裝、打扮、姿態、言談、舉止、風格，以至於思想行為等各方面，整個都換一個人了。為了要迷惑為亮，羈束為亮，大概是不用別人教，女人天生都有取悅男人的本能，她自己就知道怎麼打扮和穿著了，這類服飾不僅都是秋寧幾十年來沒有見過的，而且都是她過去批評不屑的。秋寧體悟到，世上不分男女，無論如何愚笨，卻都懂得如何貪污；無論如何貧窮老醜，也都懂得如何追求和勾引異性。這些都是本能，無待他人教育而自知。就某一觀點來看，貪污和性慾是人類無可消滅的兩大缺點。至於現在，她又提到什麼個人行動自由這一套，這倒不是本能而是她最近才學到的了，雖然也不過是人們為了要縱慾而發明的一種新託詞罷了。個人行動自由？儘管她也是大學畢業生，但是她讀的是礦物學系，只研究一些硬綳綳冷冰冰的石頭，並不是政治法律等社會科學，而且以前向來也不交結女權和新思潮方面的朋友，從不理會女性家庭地位方面的討論，也不喜歡讀書，更不要說是有關權利自由這一類書了，所以她向來沒有這方面的智識。而且幾十年來，她過得也很愉快，不曾發生過什麼問題，所有言行都不曾涉及過什麼家庭婦女行動自由權之類問題。而現在，她常常口口聲聲提到這些名詞，當然是因為要爭取與為亮交往的方便。但是這些道理，究竟又是誰在教她的呢？秋寧早就覺得隱藏在玉蓉背後的這個人，一定也還是凌梅莉那巫婆。他再度看清楚了，玉蓉現在以有夫之婦身份另交婚外男人的時候，竟信心十足，振振有辭，錯誤地認為這是她個人的自由權利，丈夫不得干涉，但卻不肯堂皇地提出離婚。家庭有了這種太太，已經百分之百不成其為一個家庭了，這種日子他也不能再忍受了，這情形必須趕快結束；否則，他真會瘋狂。

這天半夜，他起來憑窗眺望的時候，忽然心血來潮，腦子裡跳出一個新的悟解，他知道，目前除了為亮之外，絕對沒有第二個人使玉蓉這樣神魂顛倒，因此，那是不是表示，為亮那小子也到台北來了？否則，還有誰能使玉蓉幾天幾夜不歸呢？為亮如果來了台北是很自然的事情，與玉蓉在日本聚首兩個多星期，兩人仍不滿足，相互沾戀不捨，所以又跟隨玉蓉到台灣來了。另外，他記得海棠在電話裡答應過他，只要為亮一回美國，就會要他打電話來，現在玉蓉回來已經六、七天了，為亮如果回到美國，應該也有六、七天了，海棠那邊卻並沒有電話來，這也可以證明為亮並沒有回美國去。他想來想去，覺得自己的判斷相當合理。

想清楚了以後，他知道事情不能僅憑猜測，應該求證。同時首先也必須掌握玉蓉回台後在外的行動。於是，第二天早上七點多鐘，他先上樓去看看玉蓉在做些什麼。在台北多年來由於家裡向來沒有第三人，所以夫妻倆的房門夜晚向來都是不關閉的。樓上沒有任何動靜，他慢慢走到她房門口，看見玉蓉還在睡，身上除了一小片三角褲外，全身赤條條地沒穿任何其他東西，樣子很倦，睡得非常熟，雖然已經至少睡了一夜，卻還不停地發出低微均勻的鼾聲。他站在她床前靜靜地看她那沉睡的樣子，想像得到她為何會如此酣睡，不禁怒火中燒。他回到樓下後，馬上就到自己臥房裡把房門關起來，用新買不久的手機打給他以前自己公司裡的一位親信，要他迅速替他接洽一家可靠的徵信社，讓他自己與徵信社的人員直接洽談。一個多小時後，上午九點左右，那位親信就回電話告訴他辦妥了，把徵信社洽談人的姓名和電話號碼告訴他。他於是又用手機與徵信社人員先初步簡單洽談了一下。幾分鐘後，還不到九點半鐘，他就帶了幾張玉蓉的照片和一點簡單資料出門，獨自悄悄地趕到徵信社去了。他出門的時候，玉蓉還在夢中。

他要求徵信社立刻開始為他查明玉蓉今後的行動和對外的一切接觸，並且每天給他一個報告，也約好了兩種聯絡方法，並且要求他們立即開始工作。他洽妥後，回到家裡時還不到十一點鐘，聽見樓上有聲音，知道玉蓉已經起床還沒有出去，徵信社人員正好來得及到大門外來跟踪她。到了下午四點多鐘的時候，他午睡起來，發現玉蓉已經不見了。她從日本回來後，今天已經是第八天了，他卻只見過她三次，除了今天早晨看見她在酣睡的那幾分鐘外，另外兩次都只是她從他身旁經過時不到一分鐘，而且都是惡臉相向，只是互相爭辯幾句而已。除此之外，兩人沒有談過話。顯然她完全當作沒有秋寧這個人存在，也沒有這個家，料想只是因為疲倦才回來休息一下，來換換衣服，完全看不出她心裡究竟打的是什麼主意。不過，現在也不必去了解她打什麼主意了。

他因為急於想知道一點訊息，這天晚上八點多鐘的時候，看見玉蓉還沒有回來，就打電話詢問徵信社，能不能夠給他一個今天的初步簡略口頭訊息。對方很合作，很爽快的答應還是會寫一個書面，而且不到一個鐘頭，就派專人送來了一份半張紙的報告，並且附了兩張照片。報告中有旅館招牌、地址和電話總機號碼，有旅館房間號碼和電話分機號碼，有住房人杜為亮的年齡籍貫，有玉蓉進入旅館的個人照片，工作做得很好。這些資料證明為亮果然是來台北了，就住在這家小旅館裡，玉蓉的確是去與他聚會，初步證據就很確鑿。不過這當然只是初步資料。他要求徵信社的人，要為他設法取得兩人在房間裡進一步的鏡頭、談話錄音等等。當然，有錢能使鬼推磨，天下有許多看來似乎不可能的事情，其實只要有錢，就變得可能了，在今日的台灣總歸還是辦得到的。

玉蓉又是連夜不歸，顯然已完全沉迷了，也橫下心不顧一切了。照這些行動看來，她大概是打定主意要和秋寧分手了。但是秋寧認為，她這種種行事，實在最笨不過，太欠考慮。世人只知道「利令智昏」和「財迷心竅」的話，殊不知更厲害的還更是「色令智昏」和「色迷心竅」，所以有些人才會色膽包天，做許多荒唐事。古往今來，真不知道有過多少人竟還死在這個「色」字上呢，他真為她的前途而悲！他以前本來還極力想挽救她的悲哀命運，也是挽救自己晚年的安寧生活。可是現在，由於她所暴露出來的這許多絕情忘義的瘋狂行為和心態，實在使他太傷心了。他恨她都已經來不及了，那裡還有時間去同情她呢。

玉蓉回來一夜再度出去後，外宿不歸又有六、七天了。那天午後，徵信社人員破例提前來到秋寧家，說任務似乎可以告一段落了，因為男主角已經離境了。他們這些日子裡陸續送來的資料，包括今天的最後一批，相當豐富而且有價值。照片包括兩人在房間裡床上光身擁抱的鏡頭，兩人穿便裝短褲便鞋同在餐廳用餐親暱的鏡頭，兩人服裝整齊在百貨公司遊逛時互相摟著腰肢的鏡頭，在飛機場流淚擁吻送別的鏡頭，以及一些其他次要的鏡頭等等；至於錄音帶裡，則包括兩人的床笫浪語，在旅社房間中的談情說愛對話，在機場送別的對話等等；還有兩人這幾天在一起的行動書面紀錄，想要的東西果然都有了，作為證據是足夠了。秋寧躲在房間裡看了這些照片和聽了這些錄音之後，覺得真是不堪入耳也不堪入目。兩人在旅社房間裡的種種照片和對話固然不去多說，就是在機場的擁吻送別的鏡頭，在衆目睽睽之下，那種難分難捨忘形的親熱狀態，竟毫不避諱大衆，看來比台北風塵女郎送別來台觀光的外國恩客，情狀猶有過之！秋寧全身熱血上衝，臉孔滾燙，心中充滿了妒火和恨意。

本來早就應該打電話給美國海棠，問為亮有沒有回來，卻因為有了徵信社的報告，所以也就不需要了。但是現在，氣忿之餘，他又想起這個念頭，竟還故意打電話去。海棠在電話裡說玉亮還沒有回美國，只是前幾天來過電話，說事情很多，要再延遲幾天才能回美，不過昨天來電話說，今天可以起程回來了。秋寧聽她這麼說，知道為亮似乎並沒有告訴海棠到台北來了。

這天晚上八點多鐘，玉蓉回來了，大概是在外面用過晚餐，回來後還是一句話也不說，穿得固然還是花枝招展，但是化妝卻都褪落了，只留下滿臉疲勞和蒼老，以及一副殘花敗柳的神態。她進屋後就迅速上樓去臥室蒙頭大睡了。

秋寧等自己的心情稍稍平靜下來後，想到那男渾蛋總算是滾回美國去了，事情算是暫時告一段落。自己手上有了這些資料，鐵證如山，她還能再賴嗎？他把這些東西都秘密收存起來，並且考慮清楚了，在一般情形下，這些東西不拿出來，以免太羞辱了玉蓉，也免自己臉上無光。而且非到十分必要的時候，也不讓玉蓉知道和看到這些證物，儘管玉蓉可能根本毫不在乎。

玉蓉回家後的第二天，整天還是沒有下樓來。秋寧知道她絕對不是有病，縱然有病，也只是因為為亮走了，患上偷情女人的那種相思病罷了，所以他根本也不想上樓去看她，只是照舊繼續過自己這一個月來的孤獨生活。

確如秋寧所料，玉蓉只是對為亮的離去深戀不捨。從去日本相聚，到回台北至今通共四個多星期，兩人片刻不肯分離，那種濃得膩人的情慾和從未曾有的甜蜜，已把她整個人都熔化了！為亮也已經成為她生命的全部了！她從心底願為他粉身碎骨也在所不惜！她對為亮的這份愛，完全發自內心。也就因為心裡有了這一團熾熱的愛，她才率性而為，毫不考慮任何後果，也從不去研究那些現實問題，因為他確已不再計較任何利害得失了。在她自己說來，這只是一份純潔狂熱的愛而已。儘管她已遲暮，但卻並不自覺業已半老，尤其現在，在為亮如瘋似狂的慾求之下，經過愛情烈火燃燒之後，她只覺得自己性感動人，那裡還嚮往到什麼年歲呢？她又回到了出嫁前的少女情懷，對愛情有許多綺麗的夢；甚至更勝過少女所憧憬的壯麗，因為她更有少女所沒有的成熟經驗，也更有中年男女才會有的那種對情慾的深刻體味。先就她的夢來說，有美麗的也有悲壯的，她嚮往與為亮二人白頭偕老的美景；但也虛構一如某些文學作品所描寫，情侶在無可奈何之時，最後緊緊相擁含笑殉情。想到殉情，她並不覺得有什麼恐懼，果若命定有那麼一天，她也會真正含笑以赴，想起來似乎十分淒美動人，而且只會感到愉快和榮耀，令她不勝嚮往。現在，為亮回美國去了，她整個人有如五臟六腑都被掏空了，內心萬般空虛，只有無從訴說的滿腔惆悵和無奈！豈僅是舊小說所說的茶飯不思？簡直整個世界都毫無意義了。她婚前也曾幾度戀愛過，以及後來與秋寧自相識以至結婚前後一段時間，相互確也曾一往情深，但是卻都不像現在與為亮之間這樣濃情蜜意，使她這樣沉醉。現在她才悟解到，少年的愛情雖然狂熱，但確不如中年愛情之濃烈。中年的愛情是成熟的愛與慾的密切結合，既放縱而又能細細品嚐。在兩人相愛的時刻，知道深沉相擁，細細咀嚼，清清楚楚地吮吸男人的瓊漿，細細體味對方肉體所給予的歡暢，令你平靜清醒地細細體味感官的滿足，實在令人沉醉。尤其四十多歲的中年婦女，有了獨特成熟的狂熱慾火，其猛烈深邃的程度，絕對遠勝青春時期的純情。世人只知婦女的情慾是「三十如狼，四十如虎。」殊不知過了四十更如洪水猛獸！發作後，狂濤洶湧，咆哮奔騰，其力量幾乎無所不在，很快就會泛濫成災，把個人甚至整個世界都淹沒，豈是虎狼之所能比擬？過去的人就說女人四十一枝花，現在世界進步了，營養和衛生設備以及保健方法也都進步了，服飾和化妝品更是應有盡有，女人豈止四十不老？五十也常常有如二、三十歲一般的美！今日甚至是「女人五十一枝花」了，或許還勝過一枝花呢！這年歲的女人，尤其在屢屢體驗過深摯愛慾滋味之後，世上其他任何事物就都如同嚼蠟，完全無味了！真是「曾經滄海難為水，除卻巫山不是雲」了。在她現在心目中，秋寧那又老又醜又可惡的形象，真是一文不值！往日的恩愛都像雲煙般過去了，消逝得無影無踪！反過來，更因為秋寧對她與為亮的交往百般阻難，使她心頭對秋寧只充滿深仇大恨，那還有絲毫顧惜呢？

自從去日本直到回抵台北至今，在這長長一個月左右，她和秋寧除了打過兩三個照面之外，並未交談，所以對於秋寧這一段時期裡的病況變化，也完全無知。留在她心目中的仍然是她沒去日本前的情形：秋寧患的是絕症，血小板的數量一直在惡性增加，服葯後並未見明顯療效，所以不會有什麼希望了，只不知道何時何日會突然惡化。她本來確實也曾關心過他，還曾經告訴自己，願意好好照顧他一段日子。但是自從他打出那個等於是絕交的電話給為亮，以及又在電話裡破口大罵她目前唯一密友的凌梅莉，使得凌梅莉揚言要與她斷絕往來之後，她對他已經恨之入骨，那裡還會再去注意他的病況？現在，與為亮又共享了這麼一段如膠似漆遠勝蜜月的日子後，她的心裡，再也容不下任何他人和任何其他事物了，整個腦子裡只有一個杜為亮。朝朝暮暮，她想的也只有一件事情：如何早早與為亮再度相聚，長相廝守，其他任何事任何人她都不想去理會了。至於如何再與為亮重聚這件事，她倒是早就糢糊體會到，由於為亮本來就不是一個很有主張和很果決的人，加上對海棠還多所顧慮和畏懼，所以與玉蓉甜蜜相處的這個把月裡，兩人除了貪歡，彼此海誓山盟終身相愛，盼望早日重聚，將來永不分離之外，根本還是沒有具體談到過今後如何長相廝守的做法。相愛中的偷情男女常常都是海誓山盟，互愛互信，女人以身相許，也提出互守終身的心願，對於具體做法，卻總是等候男子的行動；而男子卻常常是提不出具體做法。所以玉蓉對重聚的事毫無概念。只是糢糊覺得，下一次好像該是她去美國與他相會。若說到再長遠一點的想法，以及她們倆此生今後打算如何，兩人根本就沒有談到過。但是情勢發展至今，她與秋寧已經互相鄙視，更充滿仇恨，當然已經難以繼續共同生活在一起了。而且自己也已不再能繼續忍耐了。玉蓉的任性、固執、欠理智、不考慮後果、沒有前瞻、不踏實等等，正是她性格裡的主要盲點而從不自知，但卻還常自以為是。

玉蓉把愛和生命都全部委付給為亮了，為亮卻與一百個偷情男子中的九十九個相同，也是毫無責任感的。偷情的男子愛這個女人，所愛的和所貪戀的只是她那溫暖的肉體，那赤條條坦陳在床榻上雪白粉嫩的肉體，那使他欲死欲活而混身戰慄的柔軟肉體！當肉體慾求滿足後，他疲倦了，累了，要睡了，什麼也不再想了，卻留下這名使他享受過人生最大歡愉的肉體，躺在他身旁獨自苦思她的安全、她的榮譽、她今後長期繼續生存的問題，茫然得不到解答。這個男子通常很少想到，甚至根本就不肯去想這些惱人的問題。所以精確透視，偷情的男人大多不是真正心靈密合的愛他偷情的女人，甚至根本就不是真正在愛惜她的靈魂。如今的為亮，也就是這種情形，甚至他自己都沒有真正了解這許多。

自為亮別去後，連續幾天她都賴在床上從不下樓，空虛寂寞之餘，面對的就是這種現實困境，她實在不知何以自處。在茫然無助中，很快就想起了一個多月沒有接觸的凌梅莉，於是立刻打了個電話給她，約好當天晚上在一家小咖啡店相見。

玉蓉對世俗已經毫不在乎了，所以就把百分之八、九十事實都直率地告訴凌梅莉了，包括她逕自去日本旅遊會見為亮，回台北後連續多天外宿，以及與秋寧幾乎已經不再談話，甚至還懷恨他等等情形，都毫不隱諱地告訴梅莉了。她更明白說，因為自己喜歡為亮，所以才會引起秋寧誤會她，至今夫妻之間已成僵局。她唯一沒有說出來的，就是還不好意思把自己與為亮實際是同居了一個月的事實明白直說，但是，不用明說也就可想而知了。她求教凌梅莉，目前應何以自處。凌梅莉何等精明，一聽就明白。她首先就想到玉蓉有點私房錢，雖不知道有多少，但估量絕對足以讓她勉強獨自活得下去。凌梅莉於是懇切分析給玉蓉聽，認為基本上兩人畢竟是老夫老妻，又有了成年的兒女，而玉蓉本人業已半老，她所喜歡的男子比她年輕，又是有婦之夫，所以她若離婚或分居，對她都不適宜，最好應該避免。至於期望與為亮成婚，障礙實在很多，一時恐難寄以希望。不過，現在事情已經發展到這個地步了，不相信秋寧還有度量能寬容她，讓她一面與為亮來往，另一面又與秋寧相互在仇恨中繼續共同生活。所以，儘管秋寧患病需要有人照顧，但至少目前暫時也無法繼續再同住在一起了，縱然破裂已成事實，也是無可奈何的事情。凌梅莉的具體結論是：玉蓉似乎可以先搬出去一段時間，最好是借個理由與兒子或女兒住在一起，以後看情形如何發展再斟酌。

聽起來似乎頭頭是道，看情形似乎也真的只好如此，而且玉蓉在經濟上也沒有問題，向來又總是聽巫婆高見的；但是這一次，卻是玉蓉從認識凌梅莉後第一次對她的主意不贊成。她太了解秋寧的性情了，基本上，事情發展至今，秋寧是否還能容許她以分居的方式來保持夫妻關係，大有問題；至於去美國與兒女同住，更是不可能，而且秋寧必定會認為她搬出去是便於和為亮交往，更何況正好是為亮也住在美國。不過目前除了暫時分居之外，還有什麼更好的辦法呢？她倒也沒有具體主意。倒過來講，如果要遷就秋寧來求取和解，不僅自己絕對不願，而且秋寧也必定不肯，因為自己最近這一個月來的行事和態度，對秋寧顯然太難堪了；更何況她一面恨透了秋寧，已經瞧不起秋寧了！更重要的是她已經死心塌地要設法與為亮終身相守，怎麼可能又真的或假的與秋寧維持夫妻關係呢？

她雖然向來不通盤考慮問題，但是眼面前的現實已迫使她必須要立即有所決定。她覺得凌梅莉的建議固然太理想，自己的考慮雖然是對的，但在這兩種矛盾觀點下，卻找不出具體辦法來。在這種情形下，很容易會想到該向為亮求救了。但是，她太愛為亮了，也非常明白為亮處境的困難，她認為愛情的價值在於雙方的真誠，不是權利義務關係或責任問題，不應該也不忍心拿這個問題去為難為亮，因此，她不僅原諒他，而且更同情他；甚至認為自己反而應該去幫助為亮才好。想清楚後，他覺得，在沒有決定採取任何行動之前，短期內與秋寧相處時，態度應該緩和些才對，以便看看秋寧反應。

次日早晨，她很早就下樓來了，竟恢復往日做早餐的例行工作，並且存心等待秋寧起床後同時用餐。由於這是玉蓉中斷一個多月後首次恢復兩人共進早餐，秋寧覺得有點意外，但卻並沒有說出來，只是一時還沒有摸清楚，她的真正意向究竟為何？他不先開口說話，只在等待她開口說些什麼。而她呢，知道剛回來就談問題很不適當，所以根本也還不打算談什麼。

就這樣，第一天的三餐都是她做好而且兩人共同進用，一如以往。但是兩人卻始終沒有交談。到了第二天早餐時，還是她先開口，用一種平淡態度問他：「你最近身體怎麼樣？」

她幾乎已經幾個月不問他的身體，甚至明顯表示出根本不關心他的身體。現在光是這樣一問，就已經顯得很特別了。他平靜地望了她一眼，頓了一下，才也用平淡口吻說：「還好，沒有什麼大變化。」

兩人沒有再談什麼，又這樣喫完了沉默的早餐。餐後，她出門去健身房恢復她缺席已久的韻律舞課程。

秋寧現在已經沒有情份上的顧慮了，也沒有其他顧慮了，已經下定決心要與玉蓉離婚了。每每想到那些使他創劇痛深的事情，他就覺得自己幾乎要爆炸了。她去日本之前那一段時間裡，她那種稀有的冷漠和絕情，連續不斷每日借故與他吵鬧，咒罵他，侮辱他，以及明顯是在靜待他死亡的態度，都給他深刻印象；然後就是逕自去日本與情人幽會半個多月，回台北後，又繼續與情人在外面旅館同居半個月不回家，對他的病不僅不聞不問，聽令他自生自滅，而且對他簡直不屑一顧。這種種情形，都太傷他的心，使他永遠不會忘記！而最令他痛恨的，是她既大膽又無恥的種種行為，例如照片上看得出來，在飛機場這種公開場合，她竟毫不避諱地與為亮擁抱熱吻，這給親友知道了，實在令他這個丈夫無地自容！他雖然老了，不宜於一人獨居無伴，但是孤獨總比含垢忍辱要好受些。與其蒙羞地活著，倒不如病死餓死算了。既然老了，早晚要死，也就只好聽天由命，能怎麼活就怎麼活，能活多久就活多久，這些都不重要了。但是，堂堂男子，豈可寡廉鮮恥苟活人間？

內心既已決定與她離婚，應該先讓兒女知道。於是就打電給女兒佩如。

「佩如，你還好嗎？」

「爸爸，我很好，你也很好嗎？」

「乖女兒，你仔細聽清楚，我有好消息告訴你。」秋寧語調很特別地說：「我的病最近有新的大好消息！血小板的數量在兩、三個星期前已經下降到正常範圍內的三十萬片。最近這幾個星期，我每三、五天都自己去私人檢驗所驗血，結果血小板一直都還維持這個正常數字，既不回升也不繼續下降，十分穩定。」

「太棒了，爸爸，我聽了真高興！」女兒愉悅地說：「醫師對這種好現象有沒有怎說呢？」

「要再過幾天才會輪到林醫師複診，這位醫師現在改為要我今後一個月才去一次，好像是已經很有把握的樣子。」

「這多好！恭喜爸爸。」女兒在電話裡也十分雀躍，很高興地說：「媽媽好嗎？」

秋寧沒有立即答覆女兒問題，停了一下才說：「不過，」似乎有點遲疑地說：「不過也有一個可能被你們認為是不好的消息要告訴你和志尚，我現在先告訴你。」

「會有什麼大不了的不好消息呢？除了爸爸的健康重要之外，其他什麼事情都不重要的，爸爸不必太嚴重了。」佩如很樂觀。

「但願如此。」秋寧輕輕咳嗽一聲：「我要說的是你們媽媽的事情。」

佩如馬上喫了一驚：「媽媽怎麼樣了？」

「媽媽雖然還和我一同生活，本來一直還做飯給我喫，也陪我上醫院，但是大概從兩個月前開始，就和我整天不大講話了，對我像是有了深仇大恨，拉長一張臉孔。我除非不要和她講話，我只要一開口講話，她必定立刻就辱罵我，而且面目猙獰。每次陪我去醫院時，也是不斷找機會侮辱我。」

女兒覺得奇怪：「為什麼會這樣？」

「為什麼？你還不明白嗎？簡單明瞭地說，只是為了她有了一個情夫杜為亮，厭惡我這個又老又病的老頭子了。」

佩如不解地問：「為亮叔不是遠在紐澤西嗎？」

「他是在紐澤西不錯，不過人是會動的會走路的。他最近到日本來了，媽媽一句話也不說就獨自跑到日本去和他相聚幾個星期。回到台北後，又整天和他一同住在新店一家小旅館裡，接連兩星期不回家。」他遲疑了一下，才有點不好意思地慢慢說：「兩個人一同在那家旅館裡過夜。」

女兒非常詫異，十分不相信這種事情：「怎麼會是這樣的呢？你在家裡怎麼會知道這許多呢？不會弄錯嗎？」

「你不相信嗎？我早就料到你們會不相信，而且大概誰都不會相信。」他歎息一聲：「我實在不願意講這種事情，但是我有她和為亮在旅館房間裡醜事的照片，有她在飛機場與為亮緊緊擁抱熱吻送行的照片，有她和為亮講醜話的錄音帶，還有為亮在台北旅館住房間的記錄。這些都清清楚楚，比我親眼看見還更可靠。你覺得這樣夠了嗎？現在你相信了嗎？」

電話那端沉默很久不語。

「孩子，我不光是生氣，更覺得很丟臉，她那種不顧羞恥的大膽行為，對我是莫大侮辱，我實在沒有再忍受這種侮辱的必要了。」

電話那端還是很久沒有說話。

秋寧有點奇怪：「孩子，你還在聽嗎？」

佩如是嚇到了。過一會兒才聲音十分低沉地說：「我在聽。」又停了一下才接著說：「那爸爸打算怎麼處理呢？」

「現在我就是要問你們姐弟兩人的意見，你先說，我該怎麼處理才好呢？」

「如果你的照片和錄音帶都沒有錯的話，」佩如很快答覆了：「我不知道怎麼辦！」

「你不用再懷疑照片和錄音帶了！你既然說不知道怎麼辦，我就要說，我必須知道該怎麼辦才行。」秋寧鎮靜地說：「我今天打電話給你，就是要告訴你和志尚，我已經打定主意要和你媽媽離婚了。」

佩如覺得有如五雷轟頂，十分驚訝，忽然感到一陣暈眩，不假思索趕快地就說：「不要離婚！爸爸，不要離婚！離婚太不好了！我不贊成你們離婚。」

秋寧很沉著，於是就慢慢地把玉蓉最近大約兩個月來的所作所為，甚至她的一句重話，一個姿態，一個眼色，都詳細描敘出來，也說出了他的感受，內心自我戰鬥的過程，以及做成現在這一決定的痛苦。不過他說，決定既經做成後，倒也就覺得心安理得，內心很平靜。

佩如問：「媽媽現在在什麼地方？」

秋寧說：「回來了，就最近幾天才回家來，現在住在家裡。」

「現在是住在家裡嗎？」

「回家來住了，但是我們兩人還沒什麼話好說，我也還沒告訴她要和她離婚。」

「不說話有什麼關係？慢慢來呀！還是要說話。」

「孩子，你太天真了！天下有這樣的丈夫嗎？太太私奔與人在外同居一個月後，又回來了。而且也沒有表示從此就與那個男人斷絕來往，丈夫就厚著臉皮默認算了嗎？」

佩如實在也不方便再講什麼了，電話靜默了好半晌後，才只好再問：「這些事情你告訴志尚了嗎？」

「等一下就會打電話給他。」

「沒有別的選擇嗎？」

「我不知道還有什麼別的選擇，你覺得有嗎？」

「你們可不可以先分居一段時間試試看？」

「分居？好讓她毫無顧忌，更方便去和為亮勾搭嗎？讓我乖乖的坐視她為所欲為，並且不知羞恥地戴上她送給我的綠帽子嗎？好讓別人在背後恥笑我嗎？」

「爸，別說得那麼難聽。」

「你也知道難聽嗎？但是，這不是事實嗎？你要知道，你們媽媽已經死心塌地要去跟隨為亮過日子了；而認為我在阻礙她，已經把我恨之入骨了。」

「可不可以讓我和志尚再勸她一次，看看媽媽能不能揮慧劍斬情絲？」

「哼，」秋寧冷笑了一聲：「孩子，你想得太天真了！什麼叫『慧劍』？慧劍指的是聰明人的劍。有許多話我本來都不太願意講，你們媽媽儘管大學畢業，但是實在並不很聰明，而且有時真的很笨。許多人都以為只要有高學歷的人就都聰明，那真是天大的錯誤！尤其你們媽媽固執成性，冥頑不靈，大小事情每次都是一錯到底，現在這次遇到是天大的事情了，照樣還是絕不會悔改。她根本就沒有慧劍，怎麼去斬這個情絲？她做得到嗎？而且，現在她已經迷陷在深淵之中，癡迷到根本不可自拔了。要不然，還會不顧世人譏笑，公然到日本去追為亮嗎？回台灣後又公然與為亮在旅館裡同居半個月不回家嗎？孩子，這樣我還算是一個人嗎？」

女兒在電話裡沉默了半晌，無話可講。

秋寧不想再講什麼了：「我的話講完了，就這樣罷。」

「要不，」佩如趕快吞吞吐吐地說：「讓媽媽來美國跟我和弟弟住好嗎？」

「哈哈，」秋寧大笑一聲：「佩如，你想得太美了！假如這樣做，你媽媽和為亮兩個人才都要向你們姐弟鞠三個躬，說聲謝謝呢，她們真是求之不得呢！因為從此以後，你們媽媽去找為亮或是為亮來找你媽媽，多麼方便呀！我都管不了啦，你們姐弟管得著媽媽嗎？俗話說：『天要下雨，娘要嫁人，誰也沒辦法。』現在是娘要另外交男朋友，你有辦法擋得住媽媽嗎？」

「爸爸你先別急，還是讓我和弟弟商量一下後，我再打電話給你好嗎？」

「你們儘管商量，那我就暫時不打電話給志尚了，你把我們剛剛的談話一字不漏都告訴志尚好了，免得我打電話又要講半天。我還是會照我的計畫進行，不過，你放心，當然也不會今天明天就動手。」

秋寧這幾天來，覺得身體情況越來越好。

一個月一次的醫院例行門診日子又到了。玉蓉現在根本就忘記了秋寧上醫院看病的事情，秋寧當然也不再願意提醒她了，所以儘管玉蓉住在家裡，這還是第一次把她當作不在家，秋寧是獨自去醫院的。他因為身體好些，所以行動也輕便些，尤其是在來往醫院的路途上，不再有玉蓉在旁的不斷辱罵，使他感到完全沒有精神負擔。林大夫這次還是很高興地告訴他，血小板數目仍然維持在三十萬二千片，十分正常。而他身體各方面狀況也都有改善，大致都還正常，只有體溫仍然偏高，整天都超過三十七度，臉孔和身體整天都有點燙熱，雙腳也仍有微腫。林大夫對於這兩種現象，還是維持他一貫態度，置之不理，不置一詞。不過，就血小板這個主要病症本身來說，確實是穩定了，照一般情形來判斷，大概一定期間應該不會因血小板症而送命了。

林大夫診視過他的病後，輕鬆地說：「情形很好。」

這就是林大夫唯一的評論，並且還是照上個月的處方，給他又開了一個月份的葯帶回家。林大夫還說，必須永遠持續服葯來控制血小板的數量。

對於這些好消息，玉蓉完全不知道。

玉蓉這幾天精神渙散，兩眼無神，服裝不整，頭髮也不梳理，而且每天賴在床上的時間很長，真有點像那兩句詩所說的：「自從消瘦減容光，千迴百轉懶下床。」不過，總算還好，仍然照常下樓來草草準備三頓飯，雖然菜蔬很簡單，秋寧當然也不與她計較。喫飯時，兩人很少談話，事實上，秋寧是在等待玉蓉主動提出問題來討論。但是每頓飯後，玉蓉略事收拾碗筷，就上樓躺回床上了，只是偶然還會去她那個韻律舞蹈班上課，但已經不像過去那樣興致勃勃了。

這天晚餐快結束前，她終於開口了。

「我在外面租好了一間房子，這兩天就要搬出去住。」玉蓉聲音低微地說。

老夫老妻本來天天見面，所以秋寧多年來都不曾仔細端詳過她。這時候，他才安靜地仔細端詳她，而且可能是幾年來第一次把她的面貌看得那麼仔細。她沒有化妝，儘管皮膚向來白細粉嫩，但歲月催人老，畢竟已經不再像以前那麼白淨了，不光是黯淡無光，微微泛黑，皮膚上還新長出了一些小斑點，因為沒有擦粉，所以斑點都清清楚楚顯露出來了。他覺得似乎是第一次發現，她額頭和眼尾竟都有了淺淺的皺紋；還有她的長髮，既然沒好好梳洗，更未加整理，完全是剛起床時的那種原來模樣，蓬鬆散亂，不僅已不再有半點秀氣，而且還有點像瘋婆子。尤其穿的衣服，也表現出與前些時候刻意打扮時相反的另一個極端，過於隨便，不只是陳舊，而且無論質料、顏色和式樣，都無一不難看。縐亂不平，也不加整燙。秋寧一眼看去，就強烈地覺得是看到了一名失意的半老太婆，非常陌生，那裡還談得到有什麼動人之處呢。

秋寧沉默了一會兒，心裡在想，眼面前這個女人實在太任性了，更太天真了！快五十歲的半老婦人，原本在一個富裕、幸福和尊嚴的良好家庭裡，過著安寧愉快的日子，竟與婚外男人私奔，而且居然還盲目寄望予有婦之夫的男子，真是太糊塗了！不用多說，將來必定鑄成莫大悲劇。他念在幾十年夫妻情份上，曾經極力挽救她，然而慾火焚毀了她的理智，以致想要救她竟不可得。現在，她仍然繼續在自我毀滅的路上向前奔馳，更開口說出來，決定要離開他了。

他心情複雜，此刻雖然難免突然竟又興起一絲悲憫之念，但由於她最近給他心靈造成的傷痕太深，憤恨之情仍然強烈，所以悲憫之念只是像閃電般地一掠而逝。

他立刻回答玉蓉說：「很好，我看我們確實已經不可能再在一起過日子了，我知道得很清楚，你早就打算要離開我了。我也無力挽回。」語氣中，他不知不覺竟還流露些微感傷。

停了很久他才繼續說：「不過，你所謂搬出去住，究竟是什麼意思？最好說明白一點，我們可以好好討論一下。」

「搬出去就是搬出去。」玉蓉沒有發覺察到他那一絲輕微的感傷情緒，卻忿然地說：「還有什麼意思嗎？」

「你是說要離婚嗎？」

「我們分開來住不就好了嗎？我住我的，你住你的。」

「那意思是說並不離婚，對不對？不過，你不是已經不願意和我一起生活了嗎？現在又說不是離婚，既然不離婚，你名份上不還是我的太太嗎？那你怎麼可以不得到我同意就搬出去住呢？夫妻怎麼可以分開來住呢？」

玉蓉顯然被觸怒了，她眼睛一亮，打起精神來高聲地說：「夫妻不住在一起的太多了，有什麼不可以？」她很快就恢復了自信，又用那種不屑的口吻說：「你願意我們再像這樣痛苦地住在一起嗎？而且，我多少還要有點個人行動自由。」

秋寧很冷靜說：「也不知道是什麼人用一些錯誤的知識來教壞你，欺騙你，使得你口口聲聲地說自由。但是我今天一定要跟你說清楚，在沒有離婚前，你沒有這種行動自由，法律規定夫妻有住在一起的義務，你去向你親密的朋友問問清楚罷，問清楚後再來跟我討論。」

「那你要怎麼樣？」

「我不要怎麼樣。」秋寧毫不衝動，繼續說：「我先問你，你去日本半個多月做什麼？」

「我去日本旅行觀光呀，不行嗎？不是在要去之前就告訴過你了嗎？」

「觀什麼光？」他目光銳厲地瞪著她，臉色鐵青：「你是去和為亮幽會！你以為我不知道嗎？」

玉蓉絶對沒有想到他會知道這件事情，現在突然間被一語道破，心裡震動一下，當時就愣住了；不過很快就回過神來，振振有詞地說：「誰說？你不能信口胡說。」

「誰說？我說！」他十分有信心地說：「為亮那渾蛋比你早一天到日本，而且又與你同一天坐同一架飛機到台北來。」

「你胡說些什麼？」玉蓉見他越說越清楚，這才開始有點心虛，但還是不肯承認：「橫豎你愛怎麼說就怎麼說，沒有用的。」

「哼！沒有用嗎？」秋寧冷冷地說：「你們兩個人來台北後，還同住在新店一家名叫四季長春的小賓館裡，接連十五個夜晚！」他開始憤怒起來了，提高了嗓門叫嚷著：「你們住的是二〇二號房間！我什麼都知道得清清楚楚！我說錯了嗎？」

玉蓉被嚇到了，嘴唇不禁發白。這種事情，忽然之間被丈夫硬生生地一一指證出來，對一個婦人來說，畢竟有點尷尬。不過她還是不太相信他說的這些，她猜想他還只不過知道一鱗半爪，再加油添醋地來唬她，就好像以前說到客廳沙發上那一幕一樣，只是半猜半疑，信口誇大而已。但是她一轉念，縱然就是這樣，你又怎麼樣呢！我玉蓉早就不在乎這些了！而且，畢竟口說無憑。進一步說，橫豎要分手了，我就是和為亮同居又怎麼樣呢？純潔的愛情是神聖的，你要上法院去告我嗎？那就去告罷，我也沒有辦法，要殺頭也只好殺罷，何況你也沒有證據，殺不了我的頭呢？想到這裡，她腦子裡竟浮現出她和為亮雙雙相擁殉情的悲壯鏡頭，心裡還產生一絲甜蜜滋味，毫無恐懼之感了。

她還是態度強硬地說：「你用不著唬我，你有什麼憑據？」

秋寧並不急迫，態度安詳地慢慢說：「豈止有憑據？還有照片和錄音帶呢！你膽大臉皮厚，在飛機場送別那小子的時候，還與他公然當衆擁抱和接吻呢！多麼時麾啊！到時候，我會把照片一張一張都拿給你看，也拿給大家看。必要時，我要播放你們兩人說的一些見不得人的醜話，一句一句，清清楚楚，也讓大家知道你是多麼風流！」

畢竟還是有點羞恥之心，突然聽到這些，她的臉孔還是紅一陣又白一陣。但是念頭一轉，馬上心裡一橫，大聲說：「在飛機場送別好朋友和親戚，互相擁抱已經是通行的禮節了，這也算是什麼新聞嗎？也犯了法嗎？」

「犯不犯法我今天不跟你辯論。現在只是告訴你，別以為我是快要死的人，關在家裡什麼都不知道。你在外面的種種行為，我都很清楚，比我親眼看見親耳聽見還要可靠，你用不著再欺騙我了。」秋寧不想再與她爭吵。

她意識到了，無論如何，這底下接著要面臨的，是一場她從來沒有經歷過的重大糾紛。她完全沒想到，這件事來得這麼快，而且必須要獨自應付。她也自知不是一個幹練的女人，一定會有一些困惱。所以她儘管現在口頭這樣強詞辯論，內心實際已經失去安寧了，臉孔很快就轉變成蒼白，一種莫名的恐懼在襲擊她。她恐懼的不是秋寧這個人，也不是要和他分離這件事，更不是上法院，但究竟恐懼的是什麼，卻自己也不知道。人常常會因為情況不明而恐懼，她現在正就是陷入這種情形之中。

但是她強自鎮靜：「那就隨你怎麼辦罷！」

秋寧這時又繼續說：「擁抱不算什麼？那麼兩個人在二〇二號房間床上一絲不

掛緊緊摟抱在一起算不算什麼呢？你想看嗎？我隨時都可以拿出來給你見識見識，行嗎？還有，床頭上對話的錄音帶，你們海誓山盟，說得多麼浪漫。不過我聽起來卻是很醜！你想聽一聽自己的話說得多麼噁心嗎？至於你對為亮說你恨我的那些話，我也就不去管它了。」

這真把她逼得惱羞成怒了。她對秋寧早就怨恨透頂，至此，實在再也沒有任何值得留戀的了。這時候，她的心情正處在對為亮深戀和對秋寧深恨的兩大極端交迫煎熬之間，就像有些人所描寫的情境，這是一種前有俊男急奔而去的誘惑和後有猛虎緊追的恐怖情狀，叫你不得不儘快拼命奔跑向前。但是俊男竟不能轉身來保護妳或是援救妳，任妳在孤立無援之下，卻還心甘情願地繼續去追逐他。想到這裡，她覺得事情發展得有點太快，在這種複雜而焦急的心情下，恐懼與憤恨交織下，實在再也不能忍耐了，竟脫口說出內心的真話來：

「你是要離婚嗎？我早就受夠你了！你以為我還會跟你繼續在一起嗎？別做夢了！離婚就離婚，誰要和你再在一起？」

秋寧忽然回復了冷靜，停了很久才說：「離婚？好！記住，是你說的！」

「當然是我說的！」

「那很好。」秋寧想了一下：「這對你多少還可以保留一點面子，我也贊成。那我們一兩天內找律師去談，辦個手續罷。」

「當然要找律師，一切照規定辦就好了。」

「你有什麼條件嗎？」

她冷笑了一聲：「我不會要你的錢，你放心。」

秋寧歎了一口氣，又有點感傷：「我會送你一些錢，如果合理的花用，估計應該足可維持你下半輩子的生活。這不是你提出來的，是我誠心誠意自願奉送的，絕沒有任何附帶條件。我送的錢會一次付清給你。」

「沒有這個必要。」玉蓉有點傲慢地說。

「不管妳有無必要，這還是我的一點心意。」秋寧溫和地說。

秋寧想，玉蓉幾十年來嘴硬，就不必與她爭辯了，到時候設法替她開個户頭把錢存進去，再把存摺印章一起送給她就好了。

第二天，玉蓉在早餐桌上對秋寧說，她大概需要二十天左右的時間安排一些事情。秋寧勸她不要著急，一步一步來，他會等她告訴他說已經準備好了之後，再一起去找律師商量。兩人說過這些後，玉蓉就出去了。

以後十多天裡，玉蓉幾乎都是一早就出去，黃昏時分才回來。當她在家的時候，大概都是在清理她的衣物用品。因為他趁她外出時曾上樓去看過，她房間裡的東西和衣物都被翻得很亂了。

再過十天左右，她帶了一名陌生女子開了一部車來，把她的重要行李搬走了。秋寧有點詫異地問她：

「你把東西搬到什麼地方去？我並沒有催促你搬出去，你可以慢慢處理這些事情。」

「我只是先搬一部份東西，等到我們辦妥離婚手續後，我會全部搬出去。」

「你今晚回來嗎？」

「我不知道。」她不肯講。

「那你可以留下你的地址和電話嗎？」

她這才改口：「我現在還是每晚都會回來住，等我全部安置好了，要搬出去之前，會把地址留下來的。」

秋寧默然看著她出去，不願意逼她，也就不再講話了。

七、情癡

接下來的日子，她果真仍舊住在家裡，但還是一早就出去，黃昏後才回來。

這樣繼續十天八天後，事先也沒有說一句，那天晚間她就沒再回來了，而且從此以後也沒再回來了。秋寧想，她大概是就此離家了。

秋寧有點驚疑，她為什麼不等待辦妥離婚手續就先搬走？也沒有等自己送點錢給她，而且用的又是老手法，不告而別，這在目前情形下實在沒有必要。他於是立刻打電話給少數親戚朋友們詢問，很技巧地打聽，都沒有人知道她的行踪。接著又向所有可以查詢的親友都查詢過了，也打電話去許多旅館和大小飯店查問過了，都沒有任何消息。

他於是再打電話找那家徵信社，來的人還是上次與他接頭的邵先生，他委託他們去找玉蓉。他把她參加的韻律舞蹈班地址，以及與她比較接近的一些好朋友和親戚們的姓名地址，都寫在一張紙上交給邵先生，而且叮囑要特別注意其中的幾個人，尤其是凌梅莉那名巫婆。他後悔那天沒有把替她運走行李的汽車牌照號碼抄下來，也沒有查明那位駕車女子的姓名。

十天後，徵信社人員來報告，答案是一直查不到具體結果。他於是和那位邵先生再研究。

秋寧問：「你們有什麼進一步的做法和建議嗎？」

邵先生說：「合理的判斷有幾個：第一、也許她躲在台北什麼地方，例如我們沒有想到的親友家，或是我們雖然去查問過了，她也確實是住在那裡，但是卻隱瞞不告訴我們；或是住在我們不知道的她的朋友家。第二、也許她真的已經在台北什麼地方租了一間房子暫住。第三，有可能到台北市近郊或鄰近的鎮市什麼地方，租了一間房子暫住。第四、出國了。」

秋寧沉默不語，細想了很久，警覺到她有可能已經去美國了。

「你們可不可以替我查查她有沒有出國？出國一定有出入境記錄和飛機票記

錄。」

「這有點費事，但是並非辦不到，我們可以代查。如果需要你本人出面的時候，要請你簽名和蓋章。」

「我簽名是當然的事情，丈夫尋找自己的太太應該是合法行事，但是我不願意公開報警，就委託你們替我辦罷。我判斷她出國的可性很大，尤其是美國。請你們為我查明她何時出國，以及飛行目的地是那一個機場。」

過了一個多星期，徵信社的調查結果來了，玉蓉果然是在她離家幾天後就去美國了，飛機抵達的是紐澤西州的紐瓦克機場，正好是為亮居住的那個被稱為花園州（Garden State）的地方。

現在究竟應該如何處理，還得細細思考一下。

對於她不待辦妥離婚手續就不告而別這一點，他始終不解。他想了幾天，猜想可能是還不願意現在就辦離婚手續；又由於她不是一個很有主意的人，所以也許只是還沒有拿定主意，要和為亮商量之後再決定；當然，或許有什麼他想不到的其他顧慮。但可斷言，決不是對秋寧還有絲毫留戀。而且，無論是什麼原因，都可能有人在背後替她研究策畫出主意。

這算是家庭大事了。他決定要把這一切打電話告訴兩個兒女，並且要孩子們在美國就近留心玉蓉的消息。揣想過些時間也許有可能她會打電話給兒女，他並且指定女兒佩如親自去為亮家看看，也許能看出點什麼跡象來。

佩如很快就去了為亮的那家小禮品店，藉口說是因為自己工作公司的業務出差，要到附近某處接洽，所以順道往訪。她從來沒有去過他們的店，一進門就看見為亮兩夫妻都在店裡招呼生意。海棠看見佩如忽然來訪，十分高興，熱烈表示歡迎，把她拉到小櫃檯裡面併肩坐下來親切款談，問候她父親的病，問候她母親，也問佩如姐弟近況，談些親戚間的近況，更熱烈詢問她父母回台北後的生活安排等等。佩如告訴她說，父親的病大有進步，海棠聽後非常高興。海棠還說到，很難得不久前秋寧還自己打過好幾次電話來，說有話要問為亮。說到這裡，海棠轉過頭去向同坐在小櫃檯裡的為亮說：

「為亮呀，我告訴你說秋寧哥有話問你，要你趕快打電話給他，電話打過沒有？」

為亮在她們兩個女人談話的時候，低頭一聲不語，本來神態就有點不自然，這時候無可奈何，只好望了佩如一眼，低聲說：「回來事情很多，還沒有忙完呢。」「這麼久還沒打，打個電話要不了多少時間呀。」海棠盯了他一眼，停了一下才說：「等一下我來替你接通，你來講。」

為亮似乎有點不安，很快就大聲說：「我自己會打，不用你費心替我接。」

海棠盛讚玉蓉的賢淑和伺候病中丈夫的辛苦，還要佩如替她特別向玉蓉致意。她們又談了些兩家的家常事和美國近事，海棠神情相當愉快。只是為亮自始不太面對佩如，而且有形無形中總是設法和佩如保持距離，並且很快就借故要檢查貨架上貨品走出櫃檯去了。佩如在有心旁觀之下，很容易就看出他的神情明顯地很不自在。當然，海棠是察覺不出來的。

佩如告辭出來後，內心忖想，確如父親所預料，媽媽的行為，為亮似乎應該都已知道了，而且很可能最近兩人早已在美國見面了；但是海棠顯然還被矇在鼓裡，完全不知道為亮去日本這一趟一個多月裡的所作所為，更不會知道玉蓉竟已經到美國來了，而且很可能就住在她們那個不大的都市或附近什地方。她把這些情形分別打電話告訴了父親和弟弟。父親告訴她説，要保持高度注意玉蓉的消息，猜想她短時間內可能還不會公開露臉，大概也不會與兒女聯絡，而會躲藏一段時間。

秋寧也知道，這種男女私情的事情不過是社會常事，並不特別。許多丈夫都可能發現，到了中年，甚至還不到中年，太太在性方面的需求特別成熟和強烈。但是很奇怪的，同時也對丈夫的肉體失去興趣，甚至感到厭倦；卻對其他男人，尤其是比自己年輕的男子，不勝愛慕。又由於太太越來越老成練達了，對自己有了高度自信，所以更敢作敢為地去對其他男人表達愛和實現愛。不過，大多女性都會自動考慮到社會規範的約束，尤其會慎重考慮到生活安定和幸福等等現實問題，所以只好把這種興趣和情慾極力隱忍和壓制，絕大多數家庭賴以繼續維持安定；但也不乏少數太太不能或不願約束自己，於是就出現不少黃昏之戀的故事。另一方面，世上有些男子具有戀母情結，如果剛好與上面所説的那種中年太太相遇，就很容易出現老少戀或姐弟戀的事情。

至於玉蓉，近些年來，雖然也曾不止一次顯露過對其他男子的興趣。秋寧冷眼旁觀，也早就默識於心。不過他很明智通達，知道異性相互喜歡原是人的天性和本能，男女皆然；只要沒有越軌的實際行為，不威脅到家庭安定，配偶應該可以在某種範圍內諒解和寬許這方面的一些行為，所以他從不苛求玉蓉。

可是現在，玉蓉行為已經嚴重越軌了。在這種半老徐娘年齡，成熟的情慾和高度的自信，使她敢作敢為，不再忍耐，恰好又受到他人誤導，使她自我確認，以為這只不過是她應有的個人自由和權利。在秋寧看來，則認為這不僅絕對是對自由和權利的誤解和濫用，而且嚴重違背社會正義！另外，以她半老之年，竟愛上原有妻室的堂弟為亮，最後竟願為此拋棄幾十年的結髮丈夫與良好家庭，以及安定的晚年生活，甚至還演出私奔的情節，實在愚笨。

現在他所面臨的問題，是如何處理這種狀況。

秋寧對玉蓉的複雜性格充份了解，當她以前接受這位丈夫和安於這個家庭時，她表現出許多婦女美德：心地善良、對人和睦、愛家庭、愛孩子，愛丈夫。當秋寧還沒有十分發跡的時候，她勤儉耐勞，毫不抱怨；雖然常有不同意見，卻都是對那些日常細事，絕不會在重要事情上反對丈夫。但是進入中年後，她越來越自信，以致性格中那種強烈的固執，也不再自我約束了，所顯露出來的一廂情願、走極端、任性、堅持等等，都使他常為她惋惜，更平添許多煩惱；至於自從她愛上為亮後，所表現出的大膽、荒謬，以至絕情無義的種種行為，秋寧也實在難以忍受。現在事情已經發展到這個地步了，他毫無辦法挽救。但是無論如何，最後他還是想到，畢竟是幾十年夫妻情份，他私心還是願意對她作某種程度的原諒，姑且暫時不去追究她的行事，也不去對親友解說，只當作事情沒有發生，暫時隱忍於心，靜觀發展。

他把這決定告訴了佩如和志尚，兒女兩人也都贊成。

八、紐布隆斯威克的黃昏

轉眼就一年多了。

四月，是春天了，但是美國東岸氣候猶寒。有一天，當地的中文報紙第三版頭條新聞，用斗大的字體印出如下標題：

富商之妻自台來美與堂弟戀情破裂

在獨居公寓中仰葯自盡

這則新聞報導詳細，佔了大半個版面。內容除了像許多社會新聞一樣，照例有一些錯誤的情節和加油添醋的描寫之外，整個主體故事還算不太走樣。

故事說，女主角是台灣企業界某名人的妻子，名字叫做胡玉蓉，五十五歲，拋棄在台的丈夫和富裕的良好家庭，隻身來美與情人相聚。情人是她丈夫的堂弟，不到五十歲，與太太共同居留美國近二十年，經營一間東方禮品店。這位富婦獨居在紐澤西州情夫居留的紐布隆斯威克New Brunswick近郊一間自有小套房中業已近一年，平日閉門很少外出，也幾乎不與鄰居來往，生活一向還算安寧。據鄰居說，她相當孤獨，很少看見什麼朋友來找她，只有一位華籍男子經常來訪，據說那可能就是她的情夫，但在大約一個月前，這名男子也不再來了，卻有一名華籍悍婦，幾乎每隔日就登門一次，與她激烈爭吵，這才引起鄰居注意。初步了解，這是一樁嫂弟不倫之戀，女主角比男主角年長六、七歲。可能是男主角不久前開始厭倦這一戀情，或是事情被男主角的太太發現了，引起了家庭糾紛，男主角終於絕情不再來了，那名登門來吵鬧的悍婦應是男主角的妻子。鄰居說，由於有六、七天之久門户深鎖，不見富婦外出，引起鄰居疑惑。

那天黃昏，有兩位熱心的鄰居特別走到她房門口去敲門，室內久久沒有回應，正在仔細觀察時，卻聞到門縫透出輕微臭氣，這才大為疑惑。經報警破門而入，發現富婦已經氣絶多日。據警方依各種跡象初步判斷，似為服毒自盡，正由驗屍官詳加勘驗中云。

報紙刊有三張彩色照片，一張似為死者前幾年的照片，服裝整齊，外貌端莊大方，氣質高雅，神態動人，確有貴婦人氣質；另一張似乎是不久前在美國某一旅遊勝地留影，穿的是日常便服，未加修飾，頭髮稍亂，神態憔悴，與另張相較，判若兩人；第三張是警方人員在場查驗時所拍死者上半身照片，已現白髮，滿臉皺紋，肌肉鬆弛，神色蒼老。一縷斜陽照射在她的臉上，狀況淒慘。

山河依舊，青山不改；燦爛耀眼的豔陽斜照世界，把房屋和樹木全都染成金黃，格外美麗。都市的車輛依舊成群在奔馳，世人永遠都在匆匆追趕著。（完）

後記

我自一九八〇年代初起，幾乎每年都會去美國一次。因為是有事要辦，所以事畢就離去，每次都只停留最多兩星期。起先大多是在東岸，後來大多在西岸。在偶然的機會裡，竟很意外地在兩岸都聽到秋寧與玉蓉的故事的大體輪廓，深為感觸，也不無感歎，並且使我想到了許多問題。

這個故事，與地區社會、時間和人物三者都有密切關係。故事的地點，開始於美國西岸的舊金山附近聖馬迪奧市（San Mateo），然後移到台北繼續上演，最後結束於美國東岸的紐澤西州紐布隆斯威克市（New Brunswick）。故事中的人物，男女主角都出身中國大陸遷台家族，深受我國傳統道德薰陶，成長後在台灣接受良好的高等教育。男主角更是出生於大陸，也曾從台灣去美國接受更多的教育，學成回台從事企業，經營十分成功，而且成為台北一家他持有大部份股份的企業的負責人，深具資本主義社會自由競爭精神。

半個世紀來，台灣經濟、社會、文化、政治等各方面都發展得很快，尤其交通方便，與各國交往便捷，思想開放。在上述種種情形所建構氛圍下的台灣社會的人民，很自然地大多具有多元文化思想，而且也不知不覺地表現在日常生活行為上。在這多種不同文化相互之間，有許多固然很快就已經融合了，但也有許多相互之間卻有衝突。如果有任何個人剛好遭遇到文化衝突的焦點時，就會出現火花甚至形成悲劇。

以上說的是時代與社會環境對生活其中個人的影響，屬於可變的客觀因素。另外，還有個人的主觀因素。

主觀因素固然也有可能隨時代與社會的變動而有所變動，但有些部份卻或許是永遠不會有什麼變動的，例如下面所列舉的這些肉體生理上的基本需要：求生存、求飽暖、滿足性慾、追逐物質、以至於最後等而上之的才追逐榮譽。這些需要，從原始社會人類以至於現代世界人類，永遠都不曾有過重大的改變。所不同者，只是追逐這些東西的方法與手段，會隨時代與社會之不同而有所變更，分別訂出一些不同的規範（法律、社會規範、風俗習慣等），使得手段或方法温和些，文雅些；但有時也會使得手段更直率和更開放，就像二十世紀末葉對性越來越開放那樣。

在上述衆多主觀因素中，雖然以求生存和求飽暖二者最基本，但似乎仍以性慾一事最強勢。個人只要在生存和飽暖問題稍獲解決後，性慾問題立即湧現。中外古今的文學作品，以愛情為主題者居多，而且都歌頌愛情的純潔、偉大和神聖，似乎把愛情視為真理，認為愛情永遠是正確的，不會有錯。不過，只要稍加透視，無待多說，男女之愛的核心就是性愛，性愛的本質絕大部份就是性。所以當歌頌愛時，也就是間接在歌頌性。愛情不過是性慾的昇華，最多也只是把性變和緩了，變温柔了，變文雅了，加入了一些崇高情愫。姑無論是否認為應該歌頌性，但至少必須承認，性慾的力量巨大，排山倒海，可以使個人為之犧牲一切，更可使英雄氣短，「三軍將士齊解甲，衝冠一怒為紅顏」，千軍萬馬不敵褒姒一顰，萬里江山換來美人一笑。自古以來，傾國傾城的中外史事不絕如縷。所以詩人歎息：「問蒼天情是何物？直教人生死相許！」

愛的另一個面相就是恨。這種由愛轉變而成的恨，實在也是愛的另一表現形式，恨只不過是愛的化身。但由性愛轉變成的恨，力量甚至比性愛本身更為強大可怖。而當你在同時寫愛和恨時，實質上你就是在寫它的共同中心：性慾。

少年期的性慾固然強烈，但中年卻更成熟。尤其婦女自少女期以來幾十年間經已飽嚐肉體之歡後，少年時那種對性的衝動已經穩定下來了，對性慾的要求也已習慣了。在渴望但卻未曾獲得前，她會像行家對酒一般憧憬那種歡愉滋味。在得到之時，她不再只是少年時那麼狼吞虎嚥，而更會像饕客進用美食那樣細細咀嚼，好好品嚐，充份欣賞那種奇異美味。當她對一個男子厭倦了，她有勇氣也有辦法更能毫不遲疑地殘酷地去冷淡他，而且不顧一切去使另一個男子拜倒在她石榴裙下。她想得到的，幾乎總是早晚必定得到。

在我民族以往社會裡，禮教的束縛使婦女受到太多阻礙，致使無法展露她們的願望，更不能輕易遂其心願；但卻仍然還有許多竟能遂願。這種事實，村里民間比比皆是，很容易聽到也很容易看到。有些甚至著之於書，成為所謂「美談」。例如膽大越牆來會張生的崔鶯鶯，棄家與司馬相如私奔的卓文君；更有勾通奸夫西門慶毒害丈夫的潘金蓮，其他為愛而演出轟轟烈烈故事的更所在多有。這些人裡面，有懷春少女，有貪得無厭的有夫之婦，有熱情如火的寡婦，總而言之，無論少女或半老，無論有夫或無夫，情慾相同，都可以冒滔天大險，不顧一切奔向她所慾求的男人。

到了現代台灣和美國的華人社會，變遷已多，不僅婦女性自覺和性自主觀念大為開放和普遍。有的中年婦女甚至希望能在維持原有家庭和保有原來丈夫的狀況下，能夠享有婚外情夫。前幾年流行的美國小說「麥迪遜之橋」一書中的中年女主角，似乎可以作為這種婦女的代表人物。她原本是賢淑家庭主婦，恰好丈夫不在家時，有陌生男子來到她面前，她就毫不遲疑地與這名男子共享短期的兩性快樂。男子離她而去後，她仍然回復她賢淑家庭主婦本色，並不接受男子邀求隨他而去。故事寫得相當溫馨動人，使讀者忘記了家庭安定和社會道德等問題。

但是，婚外情通常當然很難期望丈夫接受。現代社會的婦女，大多出外工作，很少有再留在家庭做主婦的了，接觸婚外男人既多又方便，自己手頭也有了收入，經濟不必仰賴丈夫，更加強了婦女實踐性自主的大量機會和可能性。這只要看台灣和美國社會離婚率之高，而且還繼續在增加的事實，就可以證明了。而無論在台灣或美國，除了因婚外情造成離婚外，中年有夫之婦有婚外情而尚未到達離婚地步的情形也不少。進一步言之，當職業婦女更有了權力時，也未嘗不會出現有美國Michael Crichton 所著暢銷小說「Disclosue」（漢譯「桃色機密」，並經拍成電影，廣受歡迎）中的情節，美麗的女上司瑪莉迪絲在公司辦公室內強暴她的男部屬桑德斯，饑渴難忍地把桑德斯的胸膛也抓傷了。Michael 在該書「後記」中說明，那是取材於一個真實故事，並且在卷首引用華盛頓郵報女總裁的話說：「在權力的國度裡，沒有性別之分。」也在卷首還引用了美國有關性騷擾的法律條文。

本書沒有必要像社會學論文一般討論這一課題。不過，上述這種情形，如果純粹就維護婦女性自主立場來看或許是值得的；但是站在家庭幸福與善為護育下一代的觀點來看，則顯然對之是一種損傷。本書無意於武斷偏執地表示強烈反對或贊成，不過家庭的安定程度大為降低則是事實。

明白地說，本書第一主題只是試圖分析當今中國大陸以外華人社會中一些四、五十歲已婚婦女的情慾觀念和情慾性質。書中提到國人所說的「女人四十一枝花」

這句話，由於現在醫藥衛生和化妝品等方面的改善和進步，更加強了這句話的真實性。由於這些客觀環境條件變了，影響到婦女的心理和生理也隨之有不同程度的改變，四、五十歲婦女的情慾需要不僅十分旺盛，而且還到達了生命中性慾要求的高峰期。尤其是當婦女到了這個年齡，感傷青春漸逝，轉眼將老，潛意識中更難免不自覺地會有縱慾以享受生命在這方面的殘餘歡樂之念。書中對這種心理觀察入微，也大膽刻劃出許多細膩隱情，並且據以創造出許多警語。例如說：「白天是丈夫面前的賢妻良母，夜晚卻是情夫床上的任性蕩婦。」但是，這些描寫都是中性的，並無價值評判的用意，只是根據認知據實寫來，是描寫現實情況。

至於本書中的這一對夫婦，秋寧與玉蓉，實在是這個社會，尤其是台灣這個社會，發展到現今這個時代，他們這種年齡階層新出現的典型人物，具有部份的代表性；換句話說，他們絕非只是這一小說中才有的孤獨人物，台灣社會上類似的男女似乎不少；但當然並非全體。這種人物之出現於這種社會和這個時代是必然的；正有如五十歲的中年女教授為了標榜婦女性自主而公開呼喊：「只要性高潮！不要性騷擾！」稍加注意的人都會發現，這種呼聲並不出自熱情奔放的二十或三十歲少女，卻是發自熟透了的中年高級知識婦女，這絕對是過去沒有的事情。值得特別注意。

當然，我們絕對沒有說所有婦女都是如此。

故事中的男女主角都出身良好家庭，自身又非常富有。女主角雖然天生賢淑，但是對丈夫的肉體卻厭倦了，情慾無所宣洩。男主角雖然厚道開明，卻畢竟難於忍受太太的紅杏出牆。情慾在兩人身上分別燃燒起愛與恨兩種不同的烈火，使賢淑的她變得固執又放縱，使寬恕的他變得刻薄又堅決。致使整個故事終於成為悲劇結局。

本書的第二主題是婦女性自主觀念對家庭的影響，雖然就本書故事而言，無論對丈夫或太太任何一方都是悲劇。尤其在這種社會和這種時代背景下的丈夫，到老年都還遭逢這種男子最不能忍耐的侵襲，使他產生諸如愛與恨，尊嚴與羞辱，容忍與憤怒、感恩與嫉妒等等相互間衝突的痛苦，以及所引起精神上的種種掙扎，都值得去瞭解和分析。本書對此也作了相當努力。更重要的是社會因此所必須付出的重大代價是否值得？在現階段華人社會中的可行性又如何？這些都值得讀者自行探討，本書並未有明白結論。

本書在人物描寫上很費了一些功夫。我們都知道常人性格絕大多數本來都是矛盾的，加上台灣社會所處轉型期間存在的多元文化矛盾，使得生活其中的個人也必然出現矛盾性格和矛盾言行而常不自覺，男主角秋寧就充份顯現了這種情形。一方面痛恨他妻子玉蓉醉心婚外情慾；另一方面又仍懷不忍之心。而女主角玉蓉也不例外，一方面確實始終有她善良的本性，甚至在夫妻感情已經破裂後，仍能盡心伺候丈夫的病；另一方面卻一經勾引就棄年老病重的丈夫於不顧，赴日去與情人幽會，火熱的情慾淹沒了她的善良本性。本書就此把這一對怨偶活生生地呈現在讀者面前。

作者還企圖誠實捕捉故事中每一個人物的性格全部真相，而後據實分析呈現在讀者眼前。例如作為婚外情男主角的為亮，那種只求一己短時間安慰與歡樂，卻並未表現絲毫愛情責任感的事實。我們雖然不能為他這一配角有過多描述，但他的那種逢場作戲式的獵取速成愛情心理，業已實際勾描出來了。又如為亮的妻子海棠，既深愛丈夫卻又專制虐待丈夫，看似矛盾的行徑，實際並不矛盾，而有其本質上一貫相通的道理；正有如本書所析述，專制獨裁者幾乎無一不是高度愛國主義者。他們都認為，為謀求國家利益，人民應該束緊褲帶和放棄自由，來共同努力建立一個富強的國家。這與海棠的嚴格管制丈夫以獨佔丈夫的愛和維繫家庭的安定，心理是相同的。總而言之，作者始終都是就其幾十年來對人生實況長期觀察悟解所得，努力據實為讀者析述；避免主觀偏頗地把任何一個人物寫成片面的英雄聖人或是惡棍敗類。因為作者認為所寫的這一切都只是事實，絕不是他個人的見解或主張。我向來認為，世上沒有真正完人，沒有絕對完美的聖君，聖人也難免有缺點；反之，十惡不赦的殺人暴徒，仍有他殘餘的人格和其他方面的善良言行和意念。除了性格上的矛盾之外，人生還另有其他影響因素，除有源自各人性格的行事必然性（necessity）外，還有其他外在因素觸發出來的或然性（possibility）。我們常常只知道說，人的性格決定其一生，但卻容易忽略，或然出現的外來因素也常常改變人的一生。人生本來不就是這樣嗎？

很容易看出來，作者無意把這故事寫成情色小說。彷彿D.H.勞倫斯的「查泰萊夫人之戀人」不是情色小說一樣。勞倫斯甚至還曾寫到查泰萊夫人用荊棘製成小花環戴在園丁情人的下體上，這真是血淋淋的描寫，也是大膽的諷刺！顯然無從否認，那多少有點在讚美「性」，至少也是查泰萊夫人在讚美「性」。這種表意的手法雖然相當露骨，但較之時下流行的一些描寫性行為用詞的粗糙、大膽和直接而言，算是相當溫和了。可是本書中甚至如此溫和的描寫方式卻也不曾出現。最多也只是把女性的那種源發於強烈性慾的濃情密意，堆砌得有點化不開。我之如此，並非故意避免，只是就本書寫作目的而言，無此需要。

作者當然不只是在敘述一個曲折的愛情故事而已，我在本篇後記的第一段就說明：主要是「這個故事使我想到了許多問題。」我在整本書中已經把這些問題都提出來了，現在也在這篇後記中再加析明。

我不否認，實際上我認識本書中男女主角，而且知道可憐的男主角是一位君子，女主角也不是世俗標準下的壞女人。當然，杜秋寧和胡玉蓉都不是他們的真實姓名，只是我用來在這本書中代表他們的符號；其他人名也都是我替他們另取的，而不是他們的真名。本書所塑造的杜秋寧和胡玉蓉二人，只是本文所一再析述的這個社會和這個時代的產品，我只是把我所認識的這對夫婦拿來作為毛胚，再採擷綜合這個社會和這個時代風尚下這種年齡這一類型婦女常見的行事方式，構造出來的人物；並不是我所認識的這對夫婦本人。我不知道世上是否真正有我書中所描寫的杜秋寧和胡玉蓉這樣的一對夫婦。文學上的寫實主義，絕非要求像是用攝影機照相那樣，果若是那樣的話，繪畫就會完全失去存在的價值了。因為無論如何，最好的繪畫畢竟也未必能比最好的照片那麼逼真。

紐布隆斯威克的斜陽 ／ 韻子著. -- 初版.
-- 臺北市 ： 臺灣商務, 2004[民 93]
面： 公分.

ISBN 957-05-1903-7 (平裝)

857.7 93013850

紐布隆斯威克的斜陽

——女人四十一枝花

定價新臺幣 300 元

著 作 者 韻 子
責任編輯 葉幗英
校 對 者 王國強
美術設計 江美芳
發 行 人 王 學 哲
出 版 者
印 刷 所 臺灣商務印書館股份有限公司
臺北市 10036 重慶南路 1 段 37 號
電話：(02)23116118 · 23115538
傳眞：(02)23710274 · 23701091
讀者服務專線：0800056196
E-mail：cptw@ms12.hinet.net
網址：www.commercialpress.com.tw
郵政劃撥：0000165 — 1 號
出版事業登記證：局版北市業字第 993 號

• 2004 年 9 月初版第一次印刷

ISBN 957-05-1903-7（平裝） 24745000